ハタラクオトメ

桂望実
Katsura Nozomi

幻冬舎

ハタラクオトメ

装丁
bookwall
（ブックウォール）

人形制作／サカモトキョーコ

撮影／下村しのぶ

もくじ

登場人物一覧

【日高株式会社】	
北島真也子（ごっつぁん）	本書の主人公。総務部人事課。157センチ、100キロの食いしん坊OL。
林絵里（絵里様）	営業一部。孤高の女一匹狼。成績優秀。
石川亜衣	秘書室勤務の美人新入社員。意外な素顔の持ち主。
谷垣真由美（ジミー）	経理部。話す時や食事の時に、口元を手で覆う癖がある。
深浦もえ（ラッパー）	宣伝部。歌うように喋る。ジミー先輩と同期。
小滝千香	営業一部。ごっつぁんを慕う甘え上手な後輩。
奥谷高士（バンザイ）	取締役。女性だけのプロジェクトチームの発案者。
竹内剛	総務部人事課係長。謝ってばかりいる。
徳永りえ	総務部に勤務する派遣社員。
上野哲夫（ミミゲ）	営業一部部長。自分より年下の社員を下の名前で呼ぶ。
富岡明弘（バブバブ）	営業一部二課課長。呆れるほどの童顔。
成川佳典	営業一部。甘え気質が抜けないごっつぁんの同期。
佐藤光雅	営業二部部長。ミミゲとは犬猿の仲。
浅田恵一	宣伝部部長。何かと派手。
柳本志郎	製造部部長。工場勤務の悲哀が滲む。
町村智仁（骨皮筋右衛門）	製造部。痩せこけているが、仕事はできる。
手塚佐奈江	企画部。企画を通すためなら、キャラを変える。

【ごっつぁんの友人・知人＆親族】	
山本明希	ごっつぁんが住んでいるマンションのオーナーの一人娘。気難しい中学生。
松永佳那子	ごっつぁんの大学時代の友人。あぶなっかしい性格の持ち主。
北島いち	ごっつぁんの祖母。札幌在住。慈愛に満ちたアドバイスをくれる。
小川美咲	ごっつぁんの高校時代の友人。札幌でクリーニング店を経営している。

第一章

それが働くってこと?

1

「お疲れ様でした」私は竹内剛《たけうちつよし》係長に声をかけ、ヒップバッグから『スニッカーズ』を取り出して、「どうぞ」と勧めた。

竹内係長は笑って、「助かるよ。昼、食べ損ねたんだ。ごっつぁんはまるでドラえもんのポケットを持ってるみたいだね。出てくるのは食べ物だけだけど」と言って受け取った。

もう一つ『スニッカーズ』をヒップバッグから取り出し、袋を剝《む》いて齧《かじ》った。「食事を抜くなんて恐ろしいこと、しちゃダメですよ」

「うん」立ったまま、『スニッカーズ』を食べ始める。

「係長、もしかして、七十キロもないんじゃないですか？」

「体重？　六十八キロぐらい」

「それ、体重とも呼べませんね」

竹内係長は口を開きかけたが、なにも言わずに目を伏せて、『スニッカーズ』を食べながらテーブルの上の書類を捲《めく》った。

「私の体重をお聞きになりたいのでしょうか？」助け舟を出してやる。

顔を上げた竹内係長は、困ったような表情で頬《ほお》を膨らませている。

私は言った。「身長は百五十七センチで、百キロです」

「おぉ」

体重の数字で竹内係長を感心させた私、北島真也子《きたじままやこ》は社内のほとんどの人から『ごっつぁん』と呼ばれている。

五年前、この日高株式会社の営業一部に初出勤した時、自己紹介をするよう言われた私が、「ごっつぁんと呼んでください」と自ら提案したからだ。

この会社での「デブ枠」はもらった。そう宣言したのだ。

これは、「デブ」でいじってもらって結構という意思表示でもある。

でも、この新しい上司は、まだ私のいじり方がわからないようだった。

先週の四月一日付けで、私は営業一部から総務部人事課に異動になり、竹内係長の下で働いている。竹内係長は、「北島君」から「ごっつぁん」になるまで四日もかかったぐらいの遠慮がちの人だから、私をいじるにはまだまだ時間がかかるかもしれない。

私は『スニッカーズ』を食べ終わると、テーブルの上を片付ける。

さっきまでここにいた、秘書室の社員たちが使用したカップを、トレーにのせた。

すると、竹内係長が口をもぐもぐさせながらカップを集め、トレーにのせるのを手伝ってくれる。

営業一部にいた頃、会議の後片付けは私の仕事だった。二十名の営業部員たちのフォローが、アシスタントの私の役目だった。営業部員の代わりに客に謝り、営業部員がミスった書類を訂正し、営業部員が欲しがる資料を作った。私は営業部員たちを手伝ったが、その逆はなかった。でも、竹内係長は違う。私が新しい職場での仕事に不慣れで、参ったなぁという顔をしていると、「どうした?」と声をかけてくれて一緒に手伝ってくれる。なんて親切な上司なんだろうと、感動しまくった。一週間だけ。

今週に入って感動は薄くなり、疑問が浮かんできた。

あれもこれもと手を出すから、どれも中途半端になっているような……。

ミーティングルームのドアがノックされた。

三十センチほど開いたドアから顔を出したのは、ミミゲだった。

営業一部部長、上野《うえの》哲夫《てつお》は、左耳の中から太い毛が一本伸びている。だからミミゲ。私の元上司だ。

ミミゲが私に向かってなぜか頷《うなず》き、すぐに言った。「剛、ちょっといいか?」

「はい。なんでしょう」竹内係長がミミゲに近づいていく。

ミミゲは、自分より年下の社員は下の名前で呼ぶ。私のことはごっつぁんだけど。たぶん、フレンドリーな部長って思われたいんだろう。

ドアを間に挟み、二人はひそひそと話をしている。

二人の横を通り抜けて出て行ってもいいだろうか。いかにも密談って感じだから、近づきたくはないんだけど。自社商品の腕時計へ目を落とした。

日高株式会社は中規模の腕時計メーカーで、創業五十五年になる。昔は置時計も含めて時計全般を製造していたが、競争に負けてどんどん規模を縮小し、現在は腕時計のみに特化している。五百人の社員のほとんど全員が、自社商品の腕時計をしていた。自社商品への愛情というよりは、七掛けで買える社員割引制度に惹かれている人が多いのではないかと思う。開発力も技術力も他社より優れている点はなく、三四目のどじょうをそっと獲りにいくのが社風だと、営業一部の飲み会の席では必ず自虐的なネタで盛り上がった。

竹内係長が額《ひたい》を擦《こす》りながら戻ってくる。

困った時の竹内係長の癖《くせ》だ。

テーブルの上にあった手帳や書類を手に取ると、早口で「ご苦労様ね」と言い、慌ただしく部屋を出て行った。

ミミゲから余計な仕事をフラれたんじゃなければいいけど。

もう一度腕時計に目をやってから、トレーを持ち上げた。

給湯室で片付けを済ませて席に戻ると、すでに派遣社員の徳永《とくなが》りえは帰った後だった。

そのりえは、私のデスクに、『十日の件ですが、本当に私も行ってもいいんですか？』とメモを残している。

どうして派遣社員の人は遠慮するんだろう。営業部の時もそうだった。独り暮らしの私のマンションには、食事をしにいろんな人が訪れた。社員とか派遣とか、関係なかった。毎日一緒に働いている仲間だから食事に誘う。それだけなのに、派遣の人は、「私なんかが行ってもいいのか」と尋ねてくる。派遣は社員と親しくなってはいけないという、私の知らない法律でもあるのだろうか。

竹内係長も課長も席にいなかったので、総務部長のデスク方向に向けて「お先に失礼します」と少し大きな声を上げた。

隣に机を並べている総務課の人たちから「お疲れ様」と言葉が返ってきた。

私は更衣室に向かう。

通路をカブキが歩いてきた。

去年入社した小田切恭平《おだぎりきょうへい》は、細い一直線の眉《まゆ》が急角度なため、歌舞伎役者のようだと、そのニックネームを付けられた。

「お疲れ様」と私が声をかけると、カブキは小さな笑顔を作り、「お疲れ様です」と答えた。

カブキが営業部の部屋の前で足を止めて、私を待つような素振りをしたので、少し足を速める。

カブキの前で立ち止まり、「まだ仕事なの?」と尋ねた。

「はい。事務処理がいくつか残ってるんです」

「大変だね」

「いえ。こうやって働けてる幸せ、わかってますから」

「そう……なの?」

「はい」晴れ晴れとした顔で、頷いた。「社会復帰できて、凄《すご》く嬉しいんです。今の幸せに感謝してます。あ、それじゃ、お疲れ様でした」

私に会釈をしたカブキは、部屋に入っていった。

「ただ今帰りました」と声を上げながら、カブキは出入り口近くの自席に座った。

その周辺にいたスタッフ数人から「お疲れ」と声がかかった。

首を伸ばして、彼らの様子を窺《うかが》う。

僅《わず》かに緊張の空気が感じられ、その渦の中心にはカブキがいる。

カブキは入社して営業部に配属になった。その眉ほどには個性はなく、無難に仕事に慣れていっているように見られていた。三ヵ月ほど経ったある日、カブキは隣席との境に、油性のペンで、線路を書き始めた。そして、この線路からこっちには入ってこないようにと、隣席に座る二期上の先輩に宣言した。整理整頓が苦手な先輩に対する、笑えない冗談かと思っていたら、本気だった。やがて自分宛の郵便物を、大勢の人に触られるのが嫌だと言って、手袋を着用して仕分けするよう総務部に言ったり、何時間も室内で除菌スプレーを噴射し続けるようになった。上司と人事課は休職させようとしたが、意外なことに、カブキは抵抗した。母親まで巻き込み、何度も説得を重ねて、なんとか休ませたと聞いている。

先月になって、異常なハイテンションで職場に現れ、すっかり元気になったので、復帰すると宣言した。

まずは週に二、三日からスタートしたらどうかと周りは勧めたし、営業以外の部署で肩慣らしをしたらとアドバイスもしたが、カブキはそれらを拒否した。

なんでも、自分のすべてを認めてくれる存在を知ったらしい。自分は愛によって守られているので、心配はいらないそうだ。

カブキは先週から元の営業職に復帰した。

カブキがパソコンのキーボードを叩き始める。

周りの社員たちは、なるべく自然に振る舞おうとしている。ちょっとぎこちないけど。

カブキだけじゃなく、どう接したらいいか困っている職場の皆も愛によって守られますように。


心の中で合掌してから、その場を離れた。

五時半にタイムカードを押し、電車を二回乗り換えて、A駅で降りる。

駅前のスーパーで買い物をして、二十分ほどで店を出た。

途端に大きな白い布が目に飛び込んでくる。

スーパーの向かいで、数日前からマンションの建築工事が始まり、敷地は大きな布で覆い隠されていた。

こうした白い布を見ると、私は覗《のぞ》かずにはいられない。

だから、今夜も布と布の境目から中を窺った。

向こう側は真っ暗で、どんな様子かまったくわからない。

白い布から顔を離し、歩き出した。

二十年前、古くなった実家の建て替え工事があった。当時も今も札幌の駅前で小さなビジネスホテルを家族で切り盛りしていて、私たちはそのホテル内で暮らしてもいた。当時七歳だった私は、小学校から急いで帰ると、ホテルを覆う白い布の中に入り、毎日少しずつ形を変えていく様をわくわくしながら眺めたものだった。それ以来、工事現場を覆う白い布を見ると、つい中を覗いてしまう。

両手に提げたレジ袋が重くて、足を止め、持ち直した。

ふうっと息を吐いて、再び足を動かした。

祖母のいちのように、キャスター付きショッピングバッグを引いて歩きたくなる。料理好きの祖母は、毎日のようにキャスター付きショッピングバッグを引っ張って、買い物に行く。あれがあれば、大根や白菜などの重い野菜を買うのを躊躇《ためら》わなくなるだろう。でも残念ながら、スーパーはA駅の駅前にあった。スーパーをいったん通り越してマンションに戻り、キャスター付きショッピングバッグを手に、再びスーパーに買い物に行くのはしんどい。体重百キロの私は、自分の身体を運ぶだけでも大変な労働だった。

四つ角にある一軒の店の前で足を止めた。

猫のイラストが入った便箋《びんせん》や子猫の写真集、猫をモチーフにしたアクセサリーなどを売っている。店は一階のみで、二階以上は賃貸マンションになっている。私の部屋はここの三階にあった。

店のドアは閉じられていて、クローズの札がかかっている。ここは、マンションのオーナーであり、二階に家族と共に住み、店主でもある山本敦子《やまもとあつこ》の気分次第で開け閉めされた。猫にまつわる物を売る敦子は猫好きではなく、自身も猫は飼っていないし、マンションもペット禁止だった。

郵便受けを開けると、札幌の祖母からハガキが届いていた。思わず笑顔になって、レジ袋を足元に置き、その場で読んでみる。

ワインバターソースを作る時は、フライパンに赤ワインを必ず先に入れること。この順番を間違うと、滑らかなソースにならないこと。バターを入れる時は、小さく切ったものを手早くフライパンに落とすこと。

料理のヒントが縦書きで記されていた。

そっか。バターの大きな塊《かたまり》を、一つだけフライパンに落としてかき混ぜたのがいけなかったのか。

祖母になにか聞きたいことがあると、私は往復ハガキを送る。電話が苦手で、メールもできない祖母は、往復ハガキならすぐに返信してくれる。

エレベーターで三階に上がり、部屋に入った。

靴を脱ぐと、横歩きで狭い廊下を進み、ダイニングとキッチンの間にあるカウンターにレジ袋をのせた。壁の時計を見ると七時前で、友人の松永《まつなが》佳那子《かなこ》がやって来るまで三十分ちょっとしかない。急いでポロワンピースの上にエプロンをした。

祖母からのハガキを冷蔵庫の扉にマグネットで留め、料理に取り掛かった。

料理好きの祖母は、一日の多くの時間をキッチンで過ごす。小さい頃から、私はカウンター越しに祖母の手元を見ているのが好きだった。成長していくにつれ、祖母の料理を手伝うようになった。祖母と一緒にキッチンに立つのは、家族の中で私だけだった。両親は仕事で忙しかったし、二人の兄と姉は食べるのが専門だった。専門ではあっても、皆、私より体重は少ない。食事を一緒に作りながら私は学校のことを話し、祖母は昔話や近所の人たちのことを教えてくれた。

祖母の話の中で私の一番のお気に入りは、祖父にまつわるもの。

祖父は私が生まれる前年に他界していて、写真でしか知らなかった。祖母と周囲の話をまとめてみれば、相当やんちゃな人物だったらしい。

家同士が決めた祖父と祖母の結婚は、どちらも不本意なものだったらしい。そのせいか、祖父は外に複数の女性がいて、あまり家に帰って来なかったという。祖母は祖父を愛しているからというよりは、その茶目っ気のせいで、この事態をなんとかしようと決意した。武器は料理の腕のみ。長男だった祖父の家には、なにかと親戚が集まる機会があったという。そこで見事な料理をふるまい続けた。近所の人や祖父の友人、知人たちにも。やがて、北島いちは料理上手な立派な妻と評価されるようになった。あんないい奥さんを放っておくのは勿体《もったい》ないと、周囲の人間が祖父に言うようになった。周りから言われて、祖母の魅力を見直したのか、徐々に家に寄り付くようになったという。やがて外の女性とは縁が切れたのか、切られたのか、ほとんどの時間を家で過ごすようになったそうだ。

私はそこで必ず言う。お祖母ちゃんが料理の腕で勝ったんだねと。

すると、祖母は首を横に振る。まだまだと言って笑う。そして祖父が病に倒れた時の話をした。

祖父は病院の食事を摂《と》りたくないと我が儘を言い、入院を拒否した。そして、自宅で祖母が作ったものだけを食べた。そして最後の日、祖父は祖母の手を握りながら、「お前と結婚して幸せだった。ありがとう」と言った。この時、祖母は勝利を手にしたのだという。

ドアホンが鳴って、手を止めた。

モニター画面に映っているのは、こちらを睨《にら》むように立つ、山本敦子の一人娘、明希《あき》だった。私がドアを開け、「いらっしゃい」と声をかけると、「結局、頭と性格の悪いヤツらがマスクをしない」と明希が言った。

なんのことやらさっぱりわからないが、いつものことなので、気にせずに明希を招き入れる。明希はキッチンカウンターの向こう側に置いてあるスツールに腰掛け、私は料理を再開した。

中学一年生の明希は、ちょっと心配な女の子だ。

大学進学と同時に北海道から上京した私は、ここで東京暮らしを始めた。すぐに大家に娘がいることがわかった。当時三歳だった明希を、マンションのエレベーターの中や共用通路でよく見かけた。いつも一人だった。敦子の放任主義によるものだったが、一人でいる姿はなんだか寂しそうだった。敦子から離婚したと聞いた日、私は明希を食事に誘った。以後、ちょくちょく私の部屋で食事をするようになった。このマンションに住んでいる明希の祖母も、敦子も料理は嫌いなようで、彼女の小学校の運動会や遠足には、私が弁当を作った。そのせいなのか、何度も賃貸の契約更新をしたが、家賃が上がったことも更新料を請求されたこともなかった。

今では妹を心配する姉のような気分でいる。

私はかまぼこに包丁を入れながら言った。「これから荒れてる佳那子が来るんだけど、一緒に食べてく？」

「荒れてるの？」

「多分」

「なんで？」

ため息をついて、手を止めた。「ちょっと……色々あったようでね」

「どうせ、男がらみのことでしょ」

私は黙ることで、その通りだと伝える。

明希がカウンターに頬杖《ほおづえ》をついた。「くだらない」

「佳那子にとっては、一大事なのよ」

つまらなそうな顔をして立ち上がった。「帰る」

「そう？　なにか話があったんじゃないの？」

激しく首を左右に振り、玄関に向かいだす。

私はエプロンで手を拭きながら後を追う。

明希の背中はあまりに小さく、黒いTシャツから伸びる腕は、私の半分ほどの細さ。

思わず、私は声をかける。「寒くないの？　ここんとこ、冬に逆戻りって感じじゃない。そんな、Tシャツなんて薄着して、風邪、引かないようにね」

「風邪を引いて、すっごい咳《せき》をしているくせに、マスクをしないヤツら——そういうヤツらは、他人がどうなってもいいと思ってるんだよね。なんで、菌を平気でばらまけるんだろう。射殺したっていいよね？」

出て行く明希の背中に向かって言った。「射殺はしないで」

キッチンに戻り、料理の続きに取り掛かった。

野菜スープの味見をしている時、佳那子が現れた。

興奮した様子でスツールに座ると、佳那子は唇を噛《か》んだ。白いブラウスの肩が小さく上下している。大学で同じクラスになり親しくなった佳那子とは、もう九年のつき合いになる。佳那子がこんなふうに興奮するのは、男がらみの時に限られた。

私は冷蔵庫から作り置きしている麦茶を取り出し、カウンターに置いた。

ごくごくと一気飲みした佳那子は言った。「ごっつぁん、聞いてよ」

「うん」

「あいつ、浮気してた」

「メールにもそう書いてたね。証拠を握ったとか」

「そう。ね、私、ビールがいい」空のグラスをカウンターの端に置いた。

「食事が済んでからね。ビールでお腹が膨れると、食べられなくなるでしょ」

不満そうに佳那子は唇を尖《とが》らせた。

私はレンジで作った薄焼き卵を細かくカットする。

それをボウルに入れ、刻んでおいたレタスを加える。そこに炊きたての玄米を入れた。塩と胡椒《こしょう》をふり、マヨネーズを絞り入れる。しゃもじでさっと混ぜて、二つの皿に移した。

ダイニングテーブルに食事を並べるのを手伝うよう私が言うと、佳那子は立ち上がった。

「尾行して三日」佳那子がキッチンのシンクで手を洗う。「たった三日で摑《つか》んじゃったの。証拠を」

「尾行？」

「そう。生命保険の営業やってて、生まれて初めて良かったと思った。時間の自由が利くからね。朝、一回出勤すれば、あとは外に出られるからさ」

六人掛けの大きなテーブルに皿を並べると、向かい合って座った。

佳那子は「いただきます」と言って混ぜご飯にスプーンを差し込み、口に運んだ。「ん、美味《おい》しい。それでね、あいつの浮気相手、大学生だったの。それに、あいつ、出世しないわ、多分」

「んん？　なに？」

「三日のうち、二日は仕事がなかったの。フリーのカメラマンなんて、そんなもんかもしれないけどさ。だったら、そういう時間を練習とか、勉強とかにあてればいいと思わない？　それとかさ、営業よ。仕事ありませんかって、営業すればいいのにさ、部屋から出ないの。多分、オンラインゲームしてたんだと思う。お腹が空くと、コンビニに買い物に行って、また部屋に戻っちゃうんだよ。信じられないよ。それが、昨日よ。カメラバッグを持って出てきたの。尾行したら、一軒のレストランに入ったのね。私が向かいのファストフードの店に入って、窓ガラス越しに見張ってたら、フラッシュが光ったから、店内で撮影してたんだと思う。で、一時間。たった一時間で終了。そのお店からあいつ、出てきたのよ。お店の人が見送りに出てきたのね。そしたらあいつ、にこーっとしたの。すっごい深くお辞儀しちゃってさぁ。多重人格じゃないかと思っちゃった。媚《こ》びたり、つるんだり、そういうの、馬鹿にしてたじゃない？　クールな男って売りだったのにさ。私、すっごいショックでって、聞いてる？　私の話」

「聞いてる、聞いてる。浮気の話はどこいっちゃったの？」

「これから。あいつ、またアパートに戻ったの。またゲームかよって思ってたらさ、割とすぐにまた出てきたの。カメラバッグを持ってなかったから、これは、浮気相手に会いに行くんだなって、ピンときたわけ。ボロ車が停めてある駐車場に向かったから、急いでタクシー拾ったのね。運転手に、あの車、つけてくださいって言っちゃった。なんか、私、格好よくない？」

　佳那子は彼の車を尾行し、大学のキャンパスに行ったこと。それほど可愛くない女を助手席に乗せたこと。向かった先はコンサート会場だったこと。そこではクラシックの演奏会が開かれていたことを、一気に語った。

　私は佳那子からカメラを渡され、そこに残っていた、彼と女子大生のツーショット画像を眺めた。

　女子大生は結構可愛かったが、私はなにも言わずにカメラを佳那子に返す。

それから三十分ほどかけて食事をしている間中、佳那子は彼の悪口を言い続けた。

やがて佳那子は満腹になったようで、お腹を擦《さす》った。「ふうっ。なんか、すっごいたくさん食べちゃった気がする。ごっつぁんちに来ると、絶対太るんだよね。いつも、翌日からダイエットしてるって、知ってた？」

「知らなかった」と言って立ち上がり、冷蔵庫から缶ビールを取り出した。

用意してあったつまみとビールをテーブルに置いた途端、佳那子が唸《うな》り声を上げた。

「北島家ではこうだって、知ってるでしょ」私は笑いながらプルトップを開けて、ビールを飲んだ。「食事の後で、お酒。おつまみ付きでね。食べたくなかったら、手を出さなければいいんだよ。残してもらって全然構わないんだよ」

「そうは言ってもさぁ。おつまみはおつまみで、美味しいんだよねぇ。困ったもんだよねぇ」

佳那子は首を伸ばして、レンジで蒸したソーセージとキャベツの入った皿を覗く。私は中濃ソースの瓶をシェイクし、ソーセージとキャベツの上に垂らした。

「あー」と非難めいた低い声を出した佳那子は箸《はし》を持ち上げ、その箸をゆるゆると皿まで動かした。

2

やり過ぎだと思う。

どうして、ラペルピンなんだろう。

しかも、王冠のモチーフと、星型のヘッドの間はチェーンで結ばれている。ファッション雑誌でしか見かけないものを、身に着ける勇気の持ち主は浅田《あさだ》恵一《けいいち》宣伝部長だった。

人事課の応接室では、十五分前から浅田部長が一人で喋《しゃべ》っている。竹内係長はにこにこしながら、しきりに相槌《あいづち》を打つ。

うちの会社でもダイバーシティを検討することになった。竹内係長から初めてその言葉を聞いた時は、新しいダイバーズウォッチのことかと思ったが、なんでも多様性を考慮した働き方という意味らしい。

画一的な勤務体系を見直すそうで、私は一昨日の四月十三日から竹内係長の隣に座って、様々な部署、役職の人たちから話を聞いている。現状をリサーチし、どういった働き方が理想か意見を聞くのが目的のはずだったが、皆の不満を聞かされているだけのような気がしてきていた。

浅田部長が内ポケットからジッポーのライターを取り出した。この建物内は禁煙なのにと思っていると、浅田部長はライターを掌《てのひら》に打ち付けた。掌には白い粒が三つ。それ、ミントケース？　やっぱりやり過ぎだと思う。

浅田部長の自慢話は延々と続きそうで、退屈しのぎに、まだお昼前ではあったが、大事な今夜のメニューを考える。冷蔵庫にある、長ネギとじゃがいもを今日で使い切りたいな。安売りしていたので大量に買ったツナの缶詰を開けようかな。どんなコラボになるだろう。

竹内係長の声が聞こえてきて、私は頭の中からいったん料理を消す。

「そうしますと、浅田部長のセクションでは、自宅勤務は難しいということでしょうか？」

テーブルの上でジッポーのミントケースを回転させる。「そうだね。複数の人と折衝《せっしょう》するっていうのが、宣伝部だからね。自宅っていうのは、ちょっとないよね。宣伝部の大変なところってさ、たいしたことない商品を、たいしたものだと信じ込ませることなのよ。商品が素晴らしかったら、なにもしなくてもオッケーだけどね。うちの商品はさぁ」目を大きくさせ、おどけた表情をした。「オリジナリティがないでしょ。残念ながら。だから、宣伝部がアイデアを絞るしかないんだよね。正攻法の広告じゃダメだから。雑誌を読んだり、映画を見たり、テレビを見たり、街を歩いたりっていうのが大事なんだよね。インプットをしなくちゃ、いいアウトプットなんてできないでしょ。なのに、派手な部署って誤解されがちだからさぁ。これで自宅勤務オッケーなんてしてごらんよ。社内でなに、言われるかわかんないよ」

え？　気にしているの、そこなの？　だったら、もっと地味な格好すればいいのに。変なの。

竹内係長がノートになにかを書きつけてから言った。「それでは、残業時間を減らす、なにか案はありませんでしょうか？」

「ないね。マスコミ相手でしょ、こっちは。そのマスコミが二十四時間動いている限り、どーしたって、対応時間は長くなっちゃうのよ。人数だって足りてないしね」

「そうですか」

テーブルに置いてあった浅田部長の携帯から、大きな着信音がした。

それより大きな声で、浅田部長が電話に出た。

そして、腕時計に目を落とすと、五分後にこちらから掛け直すと言った。

この打ち合わせの終了時間を勝手に決めてるし。

電話を切った浅田部長は、「悪いね。バタバタしててさ」と嬉しそうに言って、立ち上がった。

竹内係長も席を立ち、「ありがとうございました」と言って頭を下げた。

しょうがないので、私も竹内係長に倣《なら》ってお辞儀をする。

浅田部長が出て行くと、竹内係長が、「お疲れ様」と明るく言った。「次は」と書類を覗き、「林さんだね」と確認した。

こんな調子で新しい勤務体系なんてできるのかな。

ノックの音がして、林絵里《えり》先輩が入ってきた。

黒いスーツ姿の絵里先輩が、静かに私たちの向かいに座った。

二期上の絵里先輩は、入社してからずっと営業一部で外回りの仕事をしている。それは本人の希望だと聞いたことがある。絵里先輩は女性社員たちとも、男性社員たちとも距離を取っていた。その雰囲気から絵里様と呼ぶ人もいる。

長い黒髪を後ろで一つに縛り、薄いメイクと華奢《きゃしゃ》なネックレス。地味な装いではあっても、眉より一センチ上で真っ直ぐにカットされた前髪に、強い意志が表れていた。

竹内係長が人事課がやろうとしていることを絵里先輩に説明し、現在の働き方について、どう思っているかと尋ねた。

絵里先輩は少しの間、テーブルを見下ろしていたが、ゆっくり顔を上げた。「働き方、でしたら、特別不満を覚えたことはありません」

身を乗り出すようにして竹内係長が言った。「働き方、以外で何かあるのかな？　いいよ、なんでも。言ってみてください」

難しそうな顔をしながら口を開いた。「会社を愛せないんです」

竹内係長と私は同時に固まった。

絵里先輩はゆっくり話し出す。「入社して七年になります。希望していた営業職にしてもらいましたし、男女平等とは全然言えませんけど、もっと酷《ひど》いところはたくさんあるだろうしと思えば、我慢できる範囲です。新規の仕事を取れた時には、嬉しいんです。嬉しいんですけど、喜びは小さいんです。仕事に慣れたことで、感性が鈍くなったのかとも考えましたが、ちょっと違うようなんです。どうも、会社を愛せないからじゃないかと思うようになりまして」突然、頭を下げた。「申し訳ありません。場違いなことを話しまして」

「いいんですよ」竹内係長は人の良さそうな笑顔を見せる。「愛せませんか。そうですか。それは困りましたね」

会社って、愛する対象？　私は会社を愛しているだろうか？

んー。愛してないわ。潰れたら困るなとは思うけど。

「昔は」竹内係長が言う。「運動会やったり、社員旅行なんてあったらしいんですけどね」

首を左右に振った。「それは、社員同士の親睦を深めるってことですよね。そういうことじゃないんです。違うんです」

絵里先輩は残念そうな顔をした後、外部のセミナーや勉強会への参加費用を、会社が負担してくれると嬉しいと言ってから、部屋を出て行った。

壁の時計が十二時五分前を指していたので、私は竹内係長を見つめた。

竹内係長は笑って、「はい、昼ね。どうぞ」と言って、手をドアの方に向けた。

いったんデスクに書類を戻しに行き、財布を握ってすぐに階段に向かう。二十階建てのオフィスビルにはたくさんの企業が入っていて、出勤時や昼時などにはエレベーターはなかなか来ない。日高は二階のフロアを借りているので、ほとんどの社員が階段を利用するが、こっちも結構混んでいた。

制服のブラウスの袖口《そでぐち》をまくりながら階段を下り始めると、背後から声がかかった。

「なんで腕まくりなのよ」

振り仰ぐと、同期の成川佳典《なりかわよしのり》だった。

「これから昼食だからよ」私は財布を成川に見せるように掲げた。「戦闘モード入ってますから」

横に並んで言った。「人事課、どう？　慣れた？」

「自分がなにをやっているのか、まだよくわからない」

「なにそれ。ま、いいよ、ごっつぁんは、それで。ごっつぁんは、いてくれれば、癒しの存在だから」

「それじゃ、私のいなくなった営業一部は、荒れてるの？」

「荒れてるとは言わないけどさ。ごっつぁんの後にきた新入社員の子はさ、なんていうか、女の子なんだよ。だから、気ぃ、遣うんだよね」

最後のステップを下り、私は言った。「念のために言っておくと、デブにも性別があって、私も一応女なんだよね」

「あっ」

「あっ、じゃないよ。デブをなめてると、デブに足をすくわれるよ」

フロアの隅に、ランチ会のメンバーが立っているのが見えた。

私が彼女たちに向かって歩き出すと、「じゃ」と言って、成川が左に進路を変えて去って行った。

メンバーの前まで進んだ私は尋ねた。「今日は、どこのお店？」

今日の幹事の加藤《かとう》いづみが手を上げた。「ササオカ」

「あそこかぁ」腰に手をあてた。「大盛りにして、帰りにコンビニだな」

小《お》滝《たき》千《ち》香《か》が私の腕に手を回した。「私、全部食べられないと思うんで、ごっつぁん先輩にあげますから、ね」

八人のメンバーが全員揃ってから、私たちはカフェに移動した。

毎週水曜日に、仲の良い女子社員八人が、会社近くのレストランでランチを摂る『ランチ会』を開くようになってから一年になる。普段は自作の弁当持参の私も、水曜日だけは外食をする。店を選ぶのは幹事で、この幹事は交代で務めた。だから、味や量ではなく、店内のインテリアがお洒落かどうかで決める幹事の時には、私はとてもがっかりすることになる。

会社から五分の距離にあるササオカは裏道にあり、普段は静かなカフェだが、ランチ時には近隣のOLたちで賑《にぎ》わう。

二種類しかないランチメニューのうち、私はあさりとブロッコリーのパスタを頼んだ。大盛りで。

右隣に座った千香が言う。「成川さんとなに話してたんですか？　さっき」

「ん？　あぁ。なんだったたっけな。そうだ。人事課の仕事には慣れたのかとか、そんなこと聞いてきてたな」

「そうなんですか」

「なんで？」

「なんでもないですけど」と千香は言い、腕を絡めてきた。「ごっつぁん先輩って、男性社員の皆さんと仲いいですよね」

「デブだからね」

「えー、なんですか、それ？」

「デブは性を超えるんだよね。本当だって。中性的な存在になるみたいだよ。女って意識しないから、話しかけやすいんだろうね。世代も超えるよ。私が二十七歳でも三十七歳でも、どっちでもいいってところじゃないかな。デブはデブだから」

「そんなぁ。ごっつぁん先輩が愛されるキャラクターだからですよ」

常に明るく元気のいいデブでいること。これが団体の中で平穏な生活を送る重要な要素だと、私は知っている。

正面に座るいづみが大声で言った。「佐藤部長、すっごいムカつくの。まとめてくれって言われた書類があってさ、ちょっとわからないことがあったから、質問しに席に行ったのよ。そしたら、今、それどころじゃないって言ったんだよ」

「サイテー」「なにそれー」といった非難の声が飛び交う。

いづみが拳《こぶし》を作り、それを激しく上下させた。「仕事をやらせといて、それはたいした仕事じゃないって言ってるんだよ。やる気を根こそぎ奪っていく上司なんですけどぉ」

「最悪」「自分でやればいいじゃんねぇ」とメンバーたちから声が上がり、食事前からテーブルは熱くなる。

千香が手を上げた。「はい。私も昨日、ムカついたこと、ありましたー」

「なになに？」「言っちゃえ」と誰かが促し、千香が話し出す。

「ミミゲが成川さんを自分のデスクの横に立たせて、この数字はなんだって言い始めたんです。で、部長として成績の悪い部下にどんなアドバイスをするのかと思って聞いてたら、たるんでるんじゃないかとか、ガッツが足りないんだとか、精神論ばっかりでした。成川さんは、はい、はいって返事するだけなんです。十五分ぐらい、ずっとそれを続けてたんです。それで、成川さんがミミゲから解放されて席に戻ったんで、私、隣だから、ちゃんとミミゲに言った方がいいですよって、後輩だけど囁《ささや》いたんです。あれなんです。成川さんのせいじゃないんです。成川さん、卸《おろし》の会社の担当じゃないですか。その卸の人が、百貨店のバイヤーさんとお酒の席でトラブって、出入り禁止になっちゃったんです。うちは直接百貨店さんとは取引できないじゃないですか。だから、そういうこと、ちゃんとミミゲに言うべきですよね？　なのに、成川さん、大丈夫だからって応えたんですよー。意味がわかんないじゃないですか。怒られてる成川さんに同情したと勘違いしてるんですよ。僕は大丈夫ってことなんですよー。違うじゃないですか。黙って叱られてる場合じゃなくて、事実を上司に報告して、これからどうするかを考えるのが、正しい部下の生き方ですよね？」

いづみが頷いた。「従順なのがいい部下って、上も下も思ってんだよね。そんなんじゃ、三流の会社は永遠に三流なのにね。男って、なんであんなに階層にこだわるんだろうね？」

ランチ会出席者たちから、社内で目撃した、男たちの順列固執の話が次々に披露されていく。

やがて店員が両手に皿を持って現れた。「大盛りのお客様は？」

私は元気よく、「はいっ」と手を上げた。

3

東京駅から特急に乗った。

シートに座ると、私は足元のバッグから豆大福と緑茶のペットボトルを取り出し、隣の竹内係長に勧めた。「どうぞ」

「ん？　ありがとう」

「疲れている時は、甘い物ですよ」

「うん」

成田空港の近くにある日高の工場に、竹内係長と二人で向かっている。本社社員へのリサーチを始めてから二週間が経った。今日は工場勤務の社員に話を聞きに行く。

工場に行くのは五年ぶりだった。入社式とその後一週間の研修を工場で受けて以来になる。

午前九時過ぎの車内は結構混んでいて、空席はない。ドア横の荷物置き場から、スーツケース同士がぶつかる、ガタンガタンという音が聞こえてきた。

なんだか哀しい気分になっていく。

どうしたんだろう。久しぶりに元彼のことを思い出してしまった。

いかんいかん。

暗いデブは罪悪だ。

急いで豆大福を口に運んだ。

自分用に買ってあったほうじ茶で、口の中をすっきりさせてから、私は言った。「竹内係長、毎日残業してるんじゃないですか？」

「ん？　そうだね」

「これ以上できませんって、断ればいいんですよ。課長なんて暇なんですから。部長だってそうですよ。係長、なにも言わないから、どんどん仕事が流れてきちゃうんですよ。どっかで堰《せ》き止めないと」

竹内係長はなにも言わず、ゆっくり豆大福を口に運ぶ。

できないと言ってはいけないと、どこかの学校で教えているんだろうか。ギブならギブだと早く言ってくれた方が、周りも助けようがあるんだけどな。

私は何度も竹内係長に尋ねている。お手伝いすることはありますかと。でも、「ありがとう、大丈夫だよ」と言うだけだ。全然大丈夫じゃないはずなのに。

このままじゃまずいと思うから、意見を言っている。でも、個人的に同情をもたれていると受け取られちゃうみたい。そういえば、先々週のランチ会で千香が披露していた話も、この手のだったよなぁ。

私は尋ねる。「どうして私、人事課に異動になったんでしょう？　人事課で役に立ってるのか、ちょっと疑問なんですけど」

「異動理由は僕にはわからないけど、これからだよ。ごっつぁんの本領を発揮するのは。ごっつぁんは癒しの存在だし、社内にある摩擦《まさつ》のようなものを、緩和してくれると期待したんじゃないかな。ごっつぁんの周囲には自然と人が集まってくるでしょ。それ、凄いことだよ。ごっつぁんになら、皆、本音を言ってくれそうじゃないか。男女どちらもね。心のケアを担当する専門家が社内につめている大企業もあるようだけど、うちはそんなことできないからさ。ごっつぁんに、皆の心のオアシスになってもらおうってことかもしれないよ。それに、これからは、女性が元気に活躍できる企業が生き残っていくからね。女性が働きやすい環境を作るには、女性代表のごっつぁんに参加してもらわないと」

ペットボトルのキャップを閉めながら言った。「本気で言ってますか？」

驚いた顔をした竹内係長は、すぐに穏やかな表情に変えて「これからだよ」と呟《つぶや》いた。

私が皆の心のオアシスになるなんて絶対無理。目標でもないし。

「工場は何回目？」竹内係長が聞いてきた。

私はバッグからティッシュを取り出して、「唇に白い粉がついてます」と指摘し、「研修の時に一週間通ってからは一度も」と言った。

竹内係長はティッシュで口の周りを拭《ぬぐ》った。「営業の時は行かなかった？」

「ええ。用事がなかったですし」

「うちはメーカーなのにね」

私が竹内係長を見つめていると、「うちは造ってなんぼの会社だから、工場が根幹でしょ」と続けた。

「本当はさ」竹内係長が静かな口調で言う。「どんな部署の人も、もっと工場と関わるべきだと思うんだ。本社と工場が離れているのは良くないよね。同じ場所にあれば、もっと工場からいろんなものが生まれるんじゃないかって思うんだ。僕はね。土地が高いからしょうがないんだけどさ」

離れていても、メールや電話で連絡を取り合えるのに。竹内係長はなにを言ってるんだろう。日高はバブルが崩壊した時、工場で働く四百名の社員を抱えているのが辛《つら》くなった。本社と工場を切り離して別会社にすることが検討されたと聞いている。結局、社長の強い希望が銀行に理解され、分割は免《まぬが》れたらしい。それがきっかけかどうかはわからないが、本社と工場の間には微妙な空気が存在している。

その微妙な空気を初体験したのは、営業アシスタント時代に出席させられた会議でだった。こちら側には本社勤務の社員が一列に座り、向こう側には工場の社員がずらっと並んだ。司会役だった企画部の人間は中間に座っていたが、明らかに本社側についていた。二時間余りの会議は、静かに始まり、静かに終わった。熱く意見を戦わせたりしない。企画部の社員が新製品について説明し、営業部のスタッフがいくつか質問し、工場から来た人たちはメモを取り続けるだけだった。大人だから？　多分、違う。

冷ややかだった。造るってことに。工場で働くってことに。本社の人間と仕事をするってことに。

空港第2ビル駅で降りてタクシーに乗り換え、十五分で工場に到着した。

受付には誰もいなくて、電話機が一つあるだけだった。

竹内係長は受話器を握ってどこかに電話をした後、靴を脱いで、来客用のスリッパに履き替える。

竹内係長を真似《まね》て履き替えている時、シューズボックスの横に置かれているガラスケースに気が付いた。中にはたくさんの腕時計が陳列されている。

三歩丘うて見る商品ばっかり。

してだろう。

日高の商品は全部知っているはずだった。品番を言われれば、すぐにモデルが頭に浮かぶほど。覚える気はなくても、毎日電話を受けたり、伝票をおこしていれば自然とわかるようになる。

でも、ここに並んでいるのは初めて見るものばかり。

それに……アナログの文字盤に結構有名なアパレルブランドや、ロングセラーのお菓子の商品名が記されているのは、どういうこと？　あ、あの右端の文字盤には、テレビの人気番組のタイトルロゴが印刷されている――。

竹内係長に声をかけられ、慌ててガラスケースの前から離れた。

竹内係長に続いて歩き出す。

細く続く通路の明かりは消されていて暗い。右の窓ガラスからこぼれてくる明かりだけが頼りだった。

首を右に捻《ひね》り、窓ガラスの向こうにある作業場に目を向ける。

整然と機械が並び、数人の社員の姿があった。

一つひとつの機械にはライトが付いている。そのライトが緑色なら順調。黄色や赤色のライトが点滅している機械ではトラブルが発生していると、研修中に習ったのを思い出した。

あんなにあっちこっちで点滅してるのに、人がこんなに少なくて、大丈夫なのだろうか。こんな調子だから納期を守れないんじゃない？　約束した日に納品するのがメーカーの責務だった。一日でも遅れれば、もういらないと言われるし、納入価格を値引きしろと迫られる。出荷が遅れる度に謝罪をして歩くのは営業だった。それが嫌な営業は、この自社工場ではなく、中国の提携工場で造らせたがる。中国の工場の方が納期を守るし、人件費が安いので低価格で造れる。

今では、国内に出回る日高の商品の多くは中国製で、工場で造っているのは「ＭＡＤＥ　ＩＮ　ＪＡＰＡＮ」を喜ぶ、海外のバイヤーからの注文品がメインだった。

作業場は分厚いガラスで囲われているが、ガチャガチャと機械の作動音は洩れてくる。

通路を突き当たると、左に折れた。

さらに少し歩き、正面のドアをノックし、中に入った。

そこは机の並ぶ事務室で、私たちを認めた柳本志郎《やなぎもとしろう》製造部長が、若い男を一人引き連れてすぐに近づいて来た。

誘われるまま私たちは事務室を突っ切って進み、奥の応接室に入る。

ソファに座った柳本部長は、祖母なら骨皮筋右衛門《ほねかわすじえもん》と呼びそうな痩せた男を、町村智仁《まちむらともひと》と紹
そういえば社長に奥さんのことを尋ねた。

社長の奥さんは、昔ここで働いていたんだっけ。それでか。本社の人間な

のに、工場を大事そうに言ったのは。

会議で能面のような顔をしていたのと同じ人物とは思えないほど、柳本部長はにこにこ顔で無駄話を続けた。

やがて新卒者の話になり、今年は一人も採用してもらえなかったので、来年は最低でも二人は欲しいといった要望が柳本部長から出された。

竹内係長は「売り上げは確実に伸びていますしね」と言って何度も頷いた。

私はびっくりして目を見開いたが、三人は冷静な顔で次の話に移っている。

聞き間違った？

だよね。

営業のどの課も、昨年と同じ数字を取れなくて四苦八苦している。月末になると、部長の機嫌は悪くなり、課長たちの顔は青ざめる。あれはどうなったと部長が大声で喚《わめ》き、営業部員たちはうな垂れるだけ。これが毎月末の恒例行事になっていた。これは今年に限ったことではなく、私が入社してから五年間、売り上げは緩やかな下降線を描き続けている。

柳本部長が言った。「今は町村君が頑張ってくれてますが、やっぱり一人っていうのは大変なんで。新卒が入ってくれれば、現場にいる中堅を渉外に回せるからね」

聞き返したくなったが、私を置いてきぼりにして、三人は話を進めていく。

竹内係長が言った。「新卒のことは、私からもうちの部長に話しておきます。新しい勤務体系についてはどうですか？　なにか希望はありますか？」

「うちは工場だからね」同意を求めるように筋右衛門へ視線を送ってから続けた。「自宅勤務なんてできないしね。十八年前に大リストラがあった時、極限まで人数を減らされてからというもの、一人にかかる負担が大きくてね。誰かから風邪引いたんで今日は休みますって電話があっただけで、現場はパニックだよ。パニックっていうのはちょっと大袈裟《おおげさ》かもしれないけど、実際そうなんだ。人数が減っても生産数は落とせないからね。今の人数はギリギリ過ぎるんだ。ダイバーシティだっけ？　そういうのは、余裕のある会社しかできないよね。毎日ギリギリで仕事を回しているうちみたいなところじゃ、やりたくてもできないよ」

竹内係長は額に手をあて、ゆっくり擦る。

やがて小さな声で、「ですよねぇ」と頷く。

天井近くのスピーカーからチャイムが鳴り、同時に私のお腹が鳴った。

竹内係長が「お腹空いた？」と聞いてきたので、「はい」と大きく頷いた。

本社ならここで「ごっつぁんたらー」と笑いの一つも生まれるところだが、柳本部長は「それはそれは」と言って立ち上がった。

筋右衛門も音をさせずに席を立つ。

竹内係長と二人で社員食堂に移動し、窓側の席に向かい合って座った。

私は尋ねた。「ざる蕎麦《そば》なんかで足りますか？　一回箸で摘んだら、全部持ち上がっちゃいそうな少なさじゃないですか」

「昼はね、こんなもんで充分だよ、僕は。ごっつぁんは？　カツカレーの大盛りで足りるの？」

「足りませんね。近くにコンビニ、なかったんでしたよね。お煎餅《せんべい》しか持ってきてないから、午後、倒れるかもしれません」

「それは困るなぁ」と楽しそうに言った。

私のデブキャラを、少しはいじれるようになった竹内係長が、なんだか可愛かった。

私は口を開いた。「さっきの話だと、工場は随分ギリギリの人数で動かしてるってことでしたけど」

「そうだね」

「本社で新しい勤務体系を作るのも大変そうですけど、工場も本社以上に難しい問題がたくさんありそうですよね」

竹内係長は唇を横に引き結び、考えるような顔をした。

私は尋ねた。「さっき、新卒が入ってくれれば、現場にいる中堅を渉外に回せるとか言ってましたけど、本社に手伝いにくるってことですか？」

「いやいや。工場は工場で営業活動もしてるんだよ。そのことを言ってたんだ」

「え？　そうなんですか？　あっ、さっき売り上げが伸びてるって言ってたのって、もしかして……」

「そうそう。本社の営業を通さずに、工場がクライアントから直接受注して、製造して納品している部門の売り上げのこと」

「へぇ。あの、あれですか？　入り口のガラスケースに入ってたのですか？　見たことない時計ばっかり並んでいるなと思ったんですよ」

「多分、そうだろうね。モデルまでは僕にはわからないけど」

「結構有名な、アパレルブランドのロゴ入りの腕時計、ありましたよ」と、私は教えた。

竹内係長は頷き、「本社と比べたら、注文数はまだまだ全然少ないけどね」と言って、蕎麦をつゆの入った器に沈めた。

つゆを吸っていく蕎麦を観察するのが好きなのか、じっと器を覗き込む。

やがてゆっくり顔を上げた。「バブルが弾けてね。ここの工場はいらないって声が出たそうだよ。バブルの頃、文字盤にダイヤモンドなんかの宝石を入れた腕時計が、そりゃあ売れたらしいんだ。飛ぶようにって言葉がぴったりするぐらいね。そういうのはさ、腕のいい職人じゃなきゃ、できなかったんだ」うどんのように太くなった蕎麦を箸で持ち上げた。

ジュジュジュッと音をさせて啜《すす》ると、また器を覗く。「バブルが崩壊して時代が変わった。時代に背中を向けられるのは仕方ないって諦めがつくけど——本社の同僚たちから背中を向けられたのは、ショックだったんじゃないかな。最終的には、別会社にはならなかったけど。それからだそうだよ。営業を通さずに工場で直接仕事を受けるようになったの。自分たちのことは自分たちでなんとかしないと、誰も守ってくれないって思ったんだろうね。最初は小さな数字だったらしいけど、十八年の間に少しずつ数字を伸ばしたんだ」

「凄いですね。営業にいたのに、全然知りませんでしたよ」

「工場の売り上げが伸びれば伸びるほど、営業部長たちのプライドを刺激するようでね。部長以上が出席する会議では、当然工場の数字は発表されてると思うんだけど。無視を決め込んで、部下たちには一切話をしてないんだろうな」

私は初めて聞く話にびっくりするあまり、竹内係長の不味《まず》そうなざる蕎麦の食べ方につっこむのも忘れていた。

社会人になって知ったことがある。会社の中は学生時代の何百倍も濃い人間関係があって、ぐちゃんぐちゃんな世界だということ。

うちの会社が特別なのかと思って、友人に尋ねてみたが、どこにでも人間関係と仕事が複雑に絡《から》み合う世界はあるようだった。そこに生息するのは主に男性という共通点もあった。

それにしても、シカトって……大人気《おとなげ》なさ過ぎ。

顔を右に向け、窓ガラス越しに外を見た。

もう昼食を済ませたのか、作業着姿の男性三人がキャッチボールをしている。

ここにもあるんだろうか。本社のようなぐちゃんぐちゃんな人間関係。

明希なら「くだらない」の一言で片付けるだろうな。

私はカツを、一切れ丸ごと口の中に入れた。

竹内係長と私は、四人との面談を済ませ、午後三時に工場を出た。

会社に戻ると言う竹内係長と別れ、私は直帰させてもらうことにした。

いつもより一時間半も早い時刻に乗り換え駅に降り立つと、凄く得した気分になった。

目の前に並ぶ改札に向かっていた足を、ひょいと右に方向転換する。

緩いスロープの先にあるデパートに入った。

そこはデパートの地下一階にあたり、ケーキや和菓子を揃えるショップが続いている。ゆっくり回遊してから下りのエスカレーターに乗った。

下のフロアから店員たちの声が聞こえてくる。

途端にわくわくしてきて、手すりをぺしぺしと叩いた。

早く下に行きたくて、自らの足を使って下りてしまう。普段なら絶対こんなことはしない。身体を動かすのは一ミリだって嫌なデブの習性を、私も踏襲している。

フロアに降り立つと、目の前の通路を進む。

両脇から店員たちがトレーをどんどん突き出してくるので、その都度、私は足を止める。トレーには小さな紙皿がいくつも並び、そこに試食用の食品がのせられ、爪楊枝《つまようじ》が刺さっていた。

私は「いただきます」と言って、片っ端から試食していく。

試食は大好きだった。

美味しいものを色々口にできるし、料理の勉強にもなる。しがないＯＬには手の出せない値段のものを、ちょっとだけでも食べられるのは嬉しい。

地下二階で出された試食を完全制覇してから、チョリソーとレンズ豆の煮込みと、白身魚の包み揚げマヨネーズフルーツソースを買い、デパートを出た。

A駅まで戻ると、改札の前で、首の後ろをタオルハンカチで拭いた。

今日みたいに湿気の多い日は、デブにはキツイ。あとひと月もすれば、私の嫌いな梅雨がやって来る。そしてその先には夏。

はー。一気に気分が下がっていく。

最近のエコ至上主義も私には逆風だった。公共の場所の冷房は年々控えめになっていく。会社の私のデスクにある二台のマイ扇風機を、今年はまだ動かしていないが、スイッチを入れる日は近い。

ふーふー言いながら歩き、やっとマンションが見えた時には、大きく息を吐き出した。

店先の商品を中に仕舞おうとしている、明希の背中が見える。

明希の背後まで進み、「ただいま」と声をかけると、彼女はゆっくり身体を捻りながら、「傘の水切りが成功すると、幸せになるっていう都市伝説、ある？」と言った。

この子の将来が心配で堪らない。

生まれて初めて言った言葉が「イヤ」だったという明希は、成長するにつれ、その強烈な個性を磨き続けていた。クラスでは間違いなく浮いているだろうが、成績は良く、将来は弁護士になりたいそうだ。

明希は思っていることを言葉に変換するのが滑らかではなく、誤解を招きやすくはあったが、気分は一定していた。

それが最近、その気分に僅かな上下の波を感じるようになった。イラついた表情を見せるのでなにかあったのかと尋ねるのだが、首を左右に振るだけでなにも言わない。言いたくないからなのか、言葉にできないからなのかはわからなかった。

私が夕食に誘うと、素直に頷いた。

先に部屋に戻った私が料理に取り掛かっていると、店仕舞いを終えた明希がやって来た。スツールに座った明希に、カウンター越しに言った。「学校はどう？」

「別に」投げやりな調子で答える。

「お祖母ちゃんとお母さんは？」

「知らない」

「なにか怒ってる？」

「別に」

小学生の時には友人がいたようだが、中学に入ってからは未だできていないようだった。以前、私が友達ができるといいねと言うと、「くだらない」とのコメントが返ってきた。気の合うクラスメイトがいればつき合うが、いなければ、無理して作る必要はないと言われてしまった。休み時間にはどうしているのかとさらに尋ねた時には、次の授業の予習とさらりとかわされてしまった。

「別に」以外に明希からなにも引き出せそうもないので、海老《えび》の背わたを取りながら、私は今日行ってきた工場の話をした。

聞いているのかいないのか、明希は相槌の一つも打たずに、カウンターに頬杖をついている。

出来上がった料理を私がテーブルに運び始めると、明希はキッチンで手を洗った。

デパートで買ってきた二品に、八品を加えた十品が並ぶテーブルに、私たちは向かい合ってついた。

手を合わせ、箸を親指と人差し指の間で挟み「いただきます」と言った私は、すぐに続けた。

「そのコンビーフとピーマンの炒め物は、食べる前に、この粒マスタードをお好みでのせて。でも、ちょっとだけね」

返事はなかったが、明希は私の言う通りに、粒マスタードをのせてから炒め物を口に入れた。

私はこっそり微笑む。

この瞬間が好きだ。

こうやって食べてと私が言って、その通りにしているのを見ると、一緒に美味しいものを楽しもうとしているって感じられるから。

いつも以上にお腹が空いていて、ばくばくと食べた。

うーん。幸せ。トランスしそう。

思わず、私は口を開いた。「美味しいもの食べてると、幸せだよね。今日は遠くまで行ったせいか、いつもよりお腹が空いてて、余計美味しく感じるよ」

「運動量は変わらないんじゃない？」

「ん？」

「工場へ行ったっていっても、移動は電車とタクシーだったんでしょ。消費したカロリーはいつもとそんなに変わらないはずだよ」

ごもっともな意見を、私は聞き流す。

隣の寝室から携帯の着信音が聞こえてきた。

私は食事を続ける。

着信音が途絶えた。

「いいの？」明希が言う。

「うん。大事な食事中だから」

「急ぎの用事だったら？」

「五分、十分を争うような急用なんて、世の中にそうはないって。皆、急ぎ過ぎ。もっと自分のペースで過ごすべき」

「電話が嫌いなだけじゃなくて？」

「それもあるけど」

祖母ほどではないが、電話やメールがあまり好きではない。顔が見えない相手と話をするのは落ち着かなかった。それが友達であってもだ。だから私の電話料金は、家のも携帯も基本料金に近い金額で済んでいる。

明希がご飯茶碗をテーブルに置くと、大きな音がした。「電車の中で携帯電話で話すヤツの家を、燃やしてもいいでしょ」

「放火はよくないよ」

「ホームで濡れた傘を何回も何回も振って、水切りするヤツは、その水滴が他人にかかることなんかどうでもいいんだ。傘が濡れていることが、そんなに気に食わないなら、ドライヤーを持ち歩けばいい。そんなヤツ、セメント抱かせて、海に捨ててもいいよね」

「殺人もよくないよ」

私は二膳目のご飯をよそうために席を立った。

4

竹内係長の後に続いて、関係者用の入り口から体育館に入った。

あちこちから、ペシンペシンとボールがどこかに当たる音が聞こえてくる。一時間後の午後二時からここで、バレーボールの大学別対抗選手権があり、この試合の計時を担当する片岡信幸《かたおかのぶゆき》先輩に会うためにやって来た。ゴールデンウイーク中ではあっても平日の今日、カレンダー通りに働かなくてはならない日高の社員が、ここに三人集合する。

片岡先輩と面談するなら、なにもわざわざここに来なくてもいいはずだった。片岡先輩は同じ総務部で、総務課に所属している。私より三期上の片岡先輩の席は人事課の隣の島にあるので、椅子《いす》を少し後ろに引けば、ぽんぽんと肩を叩けるぐらいの距離にいる。

私がそう言うと、竹内係長は「バレーボール、好きなんだよねぇ」と遠い目をした。

結局、外出届けにはスポーツ係を手伝うためと書かされ、午前十一時に会社を出た。

うちみたいな三流メーカーでも、スポーツ大会の計時を頼まれることがあった。オリンピックや世界大会のようなビッグなスポーツ大会では、大手の一流メーカーが多額のスポンサー料を支払ったうえで、最先端の計測機械と人を持ち込んで参加する。日高にはそういったお金も技術もないし、人手も足りていないので、積極的には参加できない。ただ、頼まれれば、やりましょうといったスタンスだった。

こういった業務は営業部が担当するべきだという意見もあったが、利益がでない仕事なので、宣伝部が受けるべきだという人もいた。でも、計測するのだから製造部だろうという人もいて、結局そういった誰もやりたがらない仕事が吹き溜まる、総務部総務課が担当になった。片岡先輩の名刺には、スポーツ係と小さく書かれている。そうはいっても片岡先輩に技術はないので、日高の工場を定年退職した人たちが作った、有限会社に全面委託している。だがたまに人手が足りない時や、大事な試合の時には片岡先輩が現場に出た。大事な試合というのは、テレビ中継されるとか、優勝決定戦だといったことではなく、社長が観戦に来てしまう試合を指した。今日のスケジュールに観戦が入っていると、秘書からこっそり教えてもらった片岡先輩は、朝からこの体育館につめている。社長の出身大学が出場するかららしい。

案内板に従い歩き進むと、コートの横に出た。

左方向に白い布をかけられた長テーブルがあり、パソコンや書類がのっている。揃いのTシャツを着たスタッフらしき人たちが、忙しそうにその周りを行き来している。

長テーブルのさらに向こうに、クラブのＤＪブースのような個室があり、その窓ガラス越しに片岡先輩の姿が見えた。

私たちは彼に近づき、竹内係長が窓ガラスをコツコツと叩いた。

すぐに気付いた片岡先輩がブースから出てきた。

竹内係長が、手にしていたレジ袋から一・五リットルのペットボトルを取り出した。「これ、差し入れ」

「おっ」受け取った片岡先輩が目を大きくした。「『ロケッタ』ですね」

「もう一本あるんだ。はい」

「おおっ。『アイスフィールド』だ」

竹内係長が私に説明した。「片岡君はミネラルウォーターにうるさくてさ。そこら辺で売ってる水じゃ、喜んでくれないんじゃないかと思って、輸入物を持ってきたんだよ」

片岡先輩がペットボトルをしげしげと眺めた後、一本を少し持ち上げた。「係長だって、結構水にうるさい方じゃないですか。こっちが『ロケッタ』ってペルージャの鉱泉水で、こっちはバンクーバー島の天然氷河水、ですよね？」

「そうそう」

「早速、いただきます」

私たちはフロアの隅に重ねられていたテーブルと椅子を、組み立てて腰掛けた。

竹内係長が持ち込んだ紙コップを、テーブルに並べる。

片岡先輩がキャップを捻ると、ポンと中途半端な音がした。

苦手なガス入りかと、がっかりしながらも、飲んでみる。

発泡加減がこれまた中途半端で、残念な感じだった。

私はバッグからどら焼きを出し、テーブルに置いて、「どうぞ」と言った。

片岡先輩がどら焼きを食べながら言った。「ごっつぁんは、うちが計時やってる試合の観戦、初めて？」

「はい」

「だったら、今日はいい試合に来たよ。ごっつぁん、学生時代、なにかスポーツは……してないか」

「柔道部からスカウトされましたが、断りましたね。大学の相撲部には、女子部はなかったですし」

「ハハ。そうなんだ。社長はさ、春日大学のバレーボール部出身なんだって。だから、この大会の計時の依頼を受けるかどうかも、毎年即決。それで、毎年、会長から呼び出されるの、僕なんだよ」竹内係長に顔を向けた。「僕いつのまにか社長派ってことになってるんです。誰もやる人がいなくて、スポーツ係にさせられただけなのに、ですよ。時計メーカーとしてスポーツの試合に計時協力するのは、社会貢献の一つだっていうのが、社長の考えだからなんですよ。善し悪しではなく、社長の意見に反対するのが、会長ですからね。今年なんて、会長室で稟議《りんぎ》書《しょ》をピンって指で弾きながら、これは我が社にとって本当に必要なことなのかねって、僕に聞いたんです。聞くなら、社長に聞いてくれって思いましたけど、そこは、『はい』と答える以外に道はないですよね。なぜこの大会に計時で参加する必要があるのか、納得できるレポートを上げろって言われて。それ、僕の仕事じゃないですよね」

「大変だったねぇ」竹内係長は笑いながらどら焼きを食べる。

「係長、全然、気持ち、こもってないですねぇ」

「総務部なんて、なんでも部だからねぇ。ほかの部に異動希望出すかい？」

「ほかっていってもなぁ」視線を遠くにして、唇を尖らせた。「営業はちょっとだしなぁ。宣伝部なんて、あのノリにはついていけなさそうだし。経理部はどうかなぁ。会社のいろんなことに巻き込まれなさそうですよね。あれっ。なんだか急に魅力的に思えてきましたよ、経理部が」

「経理部に空きが出る予定はないし、人員増加は期待できない部署だけど、一応経理部に異動希望ってことにしとく？」

「そんなぁ」首を右に大きく倒した。「しとく？　なんて、全然可能性がないからって、気軽に言ってますね」

竹内係長はふふふと笑った。

この二人がこんなに仲が良かったなんて、知らなかった。

竹内係長がトイレに行くため席を外すと、片岡先輩が話しかけてきた。

「試合が始まったらさ、さっき僕がいたブースあるでしょ。あの前に椅子が並ぶから、そこに座って観るといいよ。特等席だよ。間近で観ると、迫力を楽しめるからね。でも、あれだなぁ。ボールと間違えられて、ボールボーイにコートに放られないようにね」

「大玉ころがしの試合ではないんですよね？」

片岡先輩が大声で笑った。

竹内係長が戻ってきて、さらに無駄話を十分ほども続け、片岡先輩は自分の仕事に戻っていった。どうも、これで面談終了となったらしい。

試合が始まるまでの間、邪魔にならないよう観客席に移動することになり、竹内係長と私は階段を上った。

観客席には誰もいなくて、私たちは最前列に並んで座る。

席につくとすぐに竹内係長はカバンの中に手を突っ込み、携帯を取り出した。しばらくいじっていたが、少し慌てた様子で私になにも言わずに後方の出入り口に向かって行った。

私は一人でぼんやりコートを眺める。

やがて天井のすべてのライトが点けられ、コートに太陽が落ちたかと思うほどの明るさの中、選手たちが走り出てきた。

女子選手たちがコートに散らばる。

腕時計で時刻を確認した。

試合までまだ時間があるから、練習かな。同じ青いユニフォームを着ている選手たちが、コートの左右にいるし。

やがて、竹内係長が戻ってきた。

額を擦っている。

私は尋ねた。「なにか、トラブルでも？」

「ん？　あぁ、ちょっとね。あ、でも、大丈夫」

真っ赤になっている額からして、全然大丈夫そうじゃないんですけど。

竹内係長がなにか話し出すかと思って待ってみたが、なにも言い出さなかった。

アタック練習が始まり、ネットの前に立った一人の選手が、右にトスを上げた。後ろから助走してきた選手が飛び上がり、そのボールを左のコートにぶち込む。

ボールは超ハイスピードでコートに落ちた。

途端に選手たちから、「オッケー、ナーイス」と独特の節回しで声が上がった。

トスが上がり、ドスンで、オッケー、ナーイスが繰り返される。

リズムが一定で、それが心地良い。

「バレーボール、好きなんだよね」竹内係長が口を開いた。

「バレーボール部だったんですか？」

「いや。中学からずっと映研だった。映研ってわかる？　映画研究会。映画を観て、好き勝手なことを言い合う集まり。バレーボールは社会人になってから好きになったんだ。勿論、観るだけだけどね」

「私もテレビで試合中継をやってるのを、観るぐらいですけど、バレーボールって、なんか、いいですよね。応援してると燃えるっていうか。つい、興奮しちゃいますよね。ラリーが続くと、特に」

「そうだね。バレーボールはさ、誰の得点か、ミスかがはっきりしてるのがいいよね。そういうの、いいよね」

それって……。

私はコートへ再び視線を向けた。

選手たちがコートに向かって一列に並び、深々とお辞儀をしている。

青いユニフォームの選手たちが立ち去ると、今度は赤いユニフォームを着た選手たちがコートに散らばっていく。

確かにバレーボールは、誰の得点かミスかわかりやすいスポーツかも。

日高で竹内係長の頑張りは、結果としてわかりにくいから、わかりやすいバレーボールに魅力を感じるのかな？

人事課だから？　営業なら売り上げの数字で評価がはっきりして、わかりやすい？　でも――営業部員と面談した時、営業成績だけで評価されるのは困ると言っていた人がいた。不公平だからというのが理由だった。来店客数も売り上げも年々減っている百貨店に商品を卸している会社が担当の営業部員は、どんなに努力しても、昨年を越える数字は取れないという。そういった点を考慮してくれるような人事評価にして欲しいと言われ、竹内係長は頷きながらメモを取っていたっけ。

誰もが納得できる人事評価はあるんだろうか。一人ひとりの頑張りが正当に評価されるなんてこと。

アタックを打つ人、トスを上げる人、レシーブをする人、コーチ、監督、用具係――。造る人、売る人、皆に知らせる人、働きやすくサポートする人。

どうかなぁ。

日高にはぐちゃんぐちゃんの人間関係はあるし、社長派と会長派に二分されていたりもするし。それに、男と女じゃ評価の基準も違うし。

赤いユニフォームの選手たちが、ネットの前でブロックの練習を始めた。

それから十分ほど竹内係長と練習を見学してから、一階に下り、片岡先輩が言っていた特等席に座る。

私たちのすぐ側には、審判らしき人や、望遠レンズ付きカメラを持った人がうろうろしていて、慌ただしく準備をしているようだった。

私は竹内係長にトイレに行くと断って、その場を離れた。

トイレの個室を出た私が手を洗っていると、緑色のユニフォームを着た選手が隣に並んだ。

思わず手を止めてしまうほど、背が高い。百八十センチ以上はありそう。

体重は七十キロもないんじゃないだろうか。ちょっと痩せ過ぎ。

できるなら、今ここで彼女の腕を引っ張って、私のマンションに連れて行きたい。それで、美味しいものをたくさん食べさせたい。

彼女の手元へ目を向けると、液体石鹸《せっけん》のボタンを何度も押していた。石鹸がないようだった。

「こっち、良かったら、どうぞ」私は言って、一歩後ろに下がった。「こっちのは、石鹸出るから」

驚いた表情を見せた後、小さな声で、「ありがとうございます」と言って、私の前に移動した。

私は彼女と入れ違いに隣の鏡の前に移動し、掌を水に濡らして、その手を首の後ろに回した。ひんやりして気持ちいい。

バレーボールの練習を観ていただけで、汗をかいてしまった。もっとギンギンに冷房をかけてくれないだろうか。私だけじゃなく、選手だってそう思ってるんじゃないかな。

ねぇ、と心の中で同意を求め、左に顔を向けた。

流水を受けている彼女の手に、目が止まった。

震える手を擦り合わせている。

見ちゃいけないものを見てしまった気がしたものの、彼女の手から目を離せなかった。

やがて彼女は水を止めると、濡れた手を自分の頬に押しあて、鏡の中の緊迫した表情の自分に向き合う。

彼女の緊張がこっちにまで伝わってきて、なんだか息苦しい。

頑張れ。

私は心の中で応援する。

彼女は肩にかけていたタオルで顔を拭くと、フーと大きく息を吐き出した。

やがて静かに出て行った。

ふうっ。

私は胸に手をあて、吐息をついた。

手を濡らし、もう一度首の後ろを冷やしてからトイレを出た。

通路を進むと、正面に並ぶ自動販売機の前に竹内係長がいて、携帯電話を耳にあてていた。会社の誰かからだろうか。

ぺこりと、竹内係長が自動販売機に向かって頭を下げた。

係長も頑張れ。

私は心の中で声援を送ってから席に戻った。

コートの周囲に四つ置かれたキャスター付き電光得点表示板は、二メートルほどの高さがあった。表示板の下には『ｈｉｄａｋａ』のロゴ入りパネルが取り付けられている。

さらに、私の目の前の審判席らしきテーブルには、大型のデジタル置時計があり、勿論この置時計にも日高のロゴがしっかり入っていた。スポーツの計時用に特別に造ったものだろう。

選手たちが現れた。

私の前方に置かれているベンチに、赤いユニフォームの選手たちが座った。トイレで隣り合った選手と同じ緑のユニフォームを着た選手たちは、右サイドのベンチについた。

必死でトイレの彼女の背番号を思い出そうとするが、出てこない。ちらっと見たんだけどなぁ。忘れちゃったなぁ。

やがて審判らしき揃いのジャージを着た人たちが、中央に集まりだした。一塊になると、その七人全員が、日高のデジタル置時計と自分の腕時計を見比べ始めた。

私は首を伸ばして片岡先輩を探す。すると、フロアの右隅に、さっきまでとは打って変わった、きりっとした表情の片岡先輩が立っていた。片岡先輩の背後にいる人たちが、日高のOBがやっている会社のスタッフかな。

笛が鳴り、選手たちが一斉にコートに走り出した。

セレモニーのようなものはなく、いきなり第一試合が始まった。

右のコートの中に、トイレの彼女の姿はなかった。控え選手だったのかな。

一セット目は、トイレチームは二十五対四のボロ負けだった。

コートがチェンジになり、トイレチームは全員で左に移動した。

私の隣席に竹内係長が座った。

「どうかしましたか？」私は尋ねた。「もう一セット終わっちゃいましたよ。トイレチーム、ボロ負けですよ」

「トイレチーム？」

「緑の方です。本当の大学名は香林大学ですけど。会社でなにかありましたか？」

「う、ん。いや、今日はこの試合を楽しもう」と言って、唇を横に引き結んだ。

全然楽しもうって人の顔じゃないんですけど。そんな切羽詰まった顔で、バレーボールを観戦しなくても。

二セット目もトイレチームは完全に押されっ放しだった。赤いユニフォームのチームは気持ち良さそうに拾って、上げて、バズーンとアタックを打つ。

十七点目が赤チームに入った時、ベンチにいたトイレチームの選手が一人立ち上がった。試合が中断され、その選手と前衛の選手が交代した。

あっ。

交代で入ったのが、トイレの彼女だ。

ネット前のレフトの位置に立った彼女は、赤チームを見据える。

赤チームのサーブで試合は再開され、トイレチームが拾い、セッターが速いトスを上げた。

彼女が打つ。

ドスンとお腹の底に響くような音がして、赤チームのコートに落ちた。

「よっしゃぁ」と彼女が叫んだ。

トイレチームの全員が彼女の元に集まり、抱き合うように身体をくっつけあって喜ぶ。

別人みたい。トイレでは震えていたのに。

竹内係長が言った。「今アタックを打ったのが、幻のエース、今井《いまい》選手」

「幻のエース？」

「中学生の時、すでに今ぐらいの身長があってさ。将来有望と言われてたんだ。別格だったよ。

それでバレーボールの名門高校に入学。全日本の監督が、彼女の練習を見学するために、高校に行くぐらい、期待のされ方が半端じゃなかった。それが、高校に入学して半年も経たない頃、練習中に大怪我《けが》をしてね。もうコートに帰ってこられないんじゃないかと噂《うわさ》されるほどの大きな怪我だったんだ。彼女の名前はそこでいったん消えたんだ、皆の記憶から。だから幻のエース。それが突然、去年の秋の大学バレーボールリーグ戦に今井は出てきたんだ。彼女がコートに現れたのは四年ぶりだったよ。バレーボール界では無名の香林大学から出場してきた。まだ本調子じゃないのか、スターティングメンバーには入らないんだけどね。途中から彼女が入るとさ、子どもの試合に大人が入っちゃったようになるんだ」

私は今井を見つめた。

チームメイトに声をかけ、手を叩く。自信たっぷりに。私にトスを上げてこいって全身から発信しているよう。

でも……本当はびくびくしている。

手が震えてしまうほど。

あの時、緊張をチームメイトに見られたくなかったから、トイレで一人だったのかな。

大変な世界で生きてるんだな、今井は。

だけど、なんだかちょっと羨《うらや》ましい気もする。

事務職のOLには、あんなふうにガッツポーズを取る機会はない。

トイレチームはトスを全部今井に上げ、彼女はそれをすべて決めていった。

今井が後衛になっても、今度はバックアタックのトスが彼女に上がる。

今井は得点を重ね、あっという間に二十対二十の同点になり、相手チームの監督がタイムを要求した。

その時、今井が正面の電光得点表示板に目を向けた。

わっ。

それ、その表示板、うちの会社のです。

ちょっと誇らしい気がする。

なんでだろう。

今井が見たってだけなのに。

得点を確認したかったからだよね。それに、点数の下に書いてある日高のロゴなんて見ちゃいないよね。

でも……それ、うちのなんですって言いたくなってしまった。

やがて、長い笛の音がして、タイムアウトが終わった。大きな声とともに選手たちがコートに散っていった。

5

更衣室で制服を脱ぎ、下着姿の身体をバスタオルで包んで丸椅子に腰掛けた。

マックシェイクを強く啜る。

朝稽古《げいこ》が終わったばかりの関取なみの汗が、全身から滴《したた》り落ちた。

年金事務所に出かけて、会社に戻ってくるまでの一時間でこの汗だ。内定と同時に特注してもらった19号の制服に着替えるのも、今日は三回目になる。ゴールデンウイークが終わった昨日から突然気温が上がり、もう夏かと思うほどだった。

三分でマックシェイクを飲み終わり、少し汗が引いたところできれいな制服を身に着け、濡れた制服とバスタオルをバッグの中に押し込んだ。通勤のバッグはビニール素材で、プールへ行く予定のある人が持つような大型だった。

腕時計で時刻を確認する。

午後四時スタートの企画部スタッフとの面談には、間に合うな。

プチパンケーキも買ってくれば良かったなぁ。迷ったんだよなぁ、さっき。

残念な気持ちを引きずりながら人事課に戻り、「ただいま帰りました」と声をかけて、自席についた。

「お帰りなさい」と、すぐに明るく応えてくれたのは、五十センチの高さのパーティションを挟んで向かいに座るりえだった。

少し間を置いてから、「ご苦労様」と竹内係長が言った。

竹内係長のデスクは、私とりえの机に横付けされていて、こちらの境界にも同じ高さのパーティションがある。

竹内係長の声が張り詰めていて、私は腕時計を外そうとしていた手を止める。

首を伸ばして竹内係長を窺うと、赤い額が目に飛び込んできた。

私は口パクで「なにかあった？」とりえに尋ねたが、彼女は不思議そうな顔で小首を傾げただけだった。

私は外した腕時計をキーボードの横に置き、ハンドタオルで手首を拭く。デブは腕時計のベルトの内側にも汗をかく。

「ごっつぁん、ちょっと、いいかな？」と竹内係長が言って、立ち上がった。

私がノートとファイルを持って立ち上がりかけると、「なにも、いらないよ」と竹内係長は言った。

そういう竹内係長も手ぶらで、部屋の奥にある応接室に向かって行く。

企画部との面談が始まるんで声をかけられたんじゃないみたい。私はノートとファイルを置き、竹内係長に続いて応接室に入った。

上座側に座った竹内係長は、向かいの席を手で示した。

私が腰掛けると、竹内係長がすぐに話し始める。「新しい勤務体系を作るって話ね。あれ、ストップになった」

「はい？」

「今、そういう段階ではないってことになったそうだよ」

「な、なんでですか？　ストップ？　新しい勤務体系を作るって、上の人が言い出したんですよね、確か」

「取締役」

「気が変わったんですか?」

「取締役の話では」淡々とした調子で竹内係長が話す。「中国の提携工場で造った品に不具合が出たそうなんだ。二万円ぐらいの、『フューチャー』っていったかな」

「え? 『フューチャー』が?」

「あ、知ってる?」

「はい。珍しくヒットした商品でしたよ。結構な数が売れたと思うんですけど」

「珍しくヒットしたのに不具合かぁ……ついてないね。これから自主回収と、すでに買った人には無償修理をするので、会社としてはかなり厳しい状況になるだろうと。今の段階でこの三ヵ月の売り上げ、昨年対比で八パーセントも落ちてるっていうのにね。社員一丸となって、この危機的状況を乗り越えなくてはいけない時に、新しい勤務体系は用意できないってことらしい」

イタリアの有名な車のモデル名を冠した腕時計だった。車好きでない人にも認知度の高いそのモデル名で、アパレルや雑貨など多角展開をしている。去年、営業が、そこのブランドから出す新シリーズの腕時計製造の仕事を取ってきた。フューチャーラインと名付けられ、デジタル四モデルが発売された。未来っぽい流線型のデザインが良かったようで、追加注文が続き、一時は生産が追いつかないほどだった。

あれが自主回収かぁ。きっついなぁ。

私は言った。「時間をかけて面談をして、いろんなアイデアを練って、ほかの会社のことを調べてが、全部無駄になっちゃったんですね」

「ごめんね」

「係長が謝らないでくださいよ。係長を責めてるわけじゃないんですから。ただ、ちょっと……虚《むな》しいなって思って」

顔を少し左に捻ってから、上方へ目を向けた。「仕事の九割は虚しいもんだって、先輩から教わったことがあったよ」

「九割ですか？　それ、ほとんど全部じゃないですか。残りの一割はなんなんですか？」

「そこに、喜びや楽しさが詰まってるって先輩は言ってたな」

「随分小さな喜びですね」私は呟いた。

静かに笑った。「本当だね」

竹内係長は慣れちゃってるのかな。この虚しさに。

それが働くってこと？

それ、ちょっとヤだな。

応接室の内線が鳴り、竹内係長は素早く席を立ち、受話器を取った。

竹内係長は「はい」「はい」「申し訳ありません」と言い始め、いつものように電話の相手に謝罪する。

私からやる気がみるみる消えていく。

途端に、お腹がぐぅっと鳴った。

第二章

どうせまたポシャりますよ

1

私のデスクの内線電話が鳴った。

着信画面に映っているのは、奥谷高士《おくたにたかし》取締役の番号だった。

書類の上に付箋《ふせん》を貼り、入力が済んだ箇所がわかるようにしてから、私は受話器を取った。

「はい、北島です」

「ごっつぁーん、ちょっと話があるんで、来客ルームに来てくれないかな」

書類に目を落とした。「今すぐですか?」

「三時のオヤツにどうかと思って、『ドゥー・シュークル』のケーキ、買ってきたんだよね」

「すぐ行きます」

データを上書き保存して、書類をデスクの引き出しに入れ、鍵《かぎ》を閉めてから席を立った。

日高が借りている二階のフロアの一番奥に、木目調のドアがある。

重いドアを押して中に入るとカウンターがあり、その向こうには秘書たちのデスクが並んでいる。

私がカウンター越しに来客ルームへ来るよう内線をもらったと言うと、手前に座っていた新入社員の美人、石川亜衣《いしかわあい》がにっこりして、「三番にどうぞ」と言って左方向を掌で指した。

それは、入社して一ヵ月ちょっとの新入社員とは思えない、余裕のある、流れるような所作だった。

この秘書室の右奥には、会長室と社長室、取締役たちのデスクが並ぶ部屋がある。そして左には広さの違う三つの来客ルームが並んでいて、入るよう促されたのは一番小さな部屋だった。

私が三番の来客ルームに入ってケーキを待っていると、奥谷取締役がやって来た。

五十歳の彼が取締役になれたのは、「万歳」と叫べるからだと言う人もいた。

「日高株式会社のー、更なる発展をー、願いましてー、ばんざーい」と、それはそれは大きな声で叫ぶのを、私も何度か目にしたことがある。

この力を買われて、取引先の式典やパーティに招かれ、お腹の底から「ばんざーい」と叫んでいるらしい。

それで、バンザイとニックネームが付けられた。

ローテーブルにケーキの箱を置くと、「今、コーヒーを頼んだから」とバンザイは言って、向かいに座った。

バンザイが箱を開けたので、私は身を乗り出して中を覗く。

バンザイが箱をすっと滑らせてきた。「苺《いちご》のは新製品だって。チョコの方はロングセラーだよね。二つとも食べて」

「ありがとうございます」

「ごっつぁん、いい笑顔だねぇ」

すぐに亜衣がトレーを持って現れ、手早くローテーブルに小皿やコーヒーを置いていく。

亜衣が部屋を出て行くと、私は早速サイドについているフィルムを外し、苺のケーキを口に入れた。

あー。美味しい。

たっぷりのフレッシュな苺を使ったと思われるクリームが最高。苺の酸味と甘味が舌を刺激してくる。

「凄く美味しいです」と私が言うと、バンザイはコーヒーカップに口をつけてから頷いた。

目鼻立ちが大きく、水商売の人のような匂いをもつバンザイは、どこで情報を仕入れるのか、女子社員の間で話題になる旬のブランドや、行きたい店などに詳しかった。また、そういった店で買ったものを女子社員にくれるので、取締役の中では比較的人気のある方だった。

バンザイがカップをソーサーに戻した。「今日来てもらったのはさ、新しいプロジェクトのリーダーをごっつぁんにお願いしようと思ってね。あれ？　どうしたの？　なんで食べるの、止めちゃうの？」

やばい。うっかりしていた。

ケーキにつられてのこのこ来てしまったが、思いつきで部下に指示を出す、困ったちゃんであるバンザイに呼び出された時に、警戒心を起こすべきだった。

新しい勤務体系を作るって時も、このバンザイが突然閃《ひらめ》いたと言って竹内係長を呼び出したことからすべてが始まった。結局、新体系を作ること自体がポシャったけど。

バンザイが続けた。「実はさ、女性だけのプロジェクトチームを作ったらどうかと思ってさ」

私はわざと遠い目でバンザイを見つめた。

「ピンとこない？」バンザイは分厚いシステム手帳を開き、紙を一枚取り出した。その紙を広げると、畳み皺《じわ》を指で伸ばすようにした。「これ、見てよ。女性だけのプロジェクトチームを発足させて、そこで開発したレディースモデルの腕時計が大ヒットだって。雑誌に取り上げられてる。やっぱり、こういうの、大事なんだよ。女目線っていうの。化粧品や飲料業界なんか、もう女性の企画力がなければ、やっていけないほどだっていうし。これからは、時計だってそうでしょ。うちもやろうよ、こういうの」

雑誌の切り抜きには、国内の時計ブランド別売り上げランキングで、第二位を誇る大企業の、商品の開発からヒットするまでの軌跡《きせき》が書かれていた。

第二位。

うちはたぶん、三十位内に入るか、入らないか。

横綱がやっていいことと、ちびっ子相撲の選手がやっていいことは違うと、バンザイに理解させるにはどうしたらいいんだろう。

「でね、リーダーはごっつぁん」バンザイはなんの躊躇いもなく、言い切った。

「なんででしょう？」

「俺の奢《おご》りでケーキ食べたから」

私はヒップバッグから小銭入れを取り出した。

「冗談だよ」バンザイが大きな手を広げて、私の動きを制した。

小銭入れを仕舞いながら言った。「開発なんてできませんよ、私。皆を癒すために参加しろって言うなら、そのチームに入ってもいいですけど、リーダーなんてできません」

「ごっつぁんならできるって。自信もってよ」

根拠のない励ましで自信をもてという方が、無理ってもんでしょうに。

バンザイがケーキを指差す。「食べても、食べなくても、やってもらうよ」

すぐにフォークを摑み直して、ケーキの続きに取り掛かった。「チームを作らなくても、企画部に女性はいるし、彼女たちが企画したレディースウォッチはたくさん発売してますよね」

「このプロジェクトチームに、企画部は参画しないんだよね」

「はい？」

「企画部発じゃないってところが、ミソなわけよ。プロが入ってないってことが大事なんだよね。今必要なのは、消費者に近い感覚。そういうこと」

苺のケーキを食べ終え、チョコレートケーキののっている皿にフォークを移した時、心を覆っていた雲も、すっと動いた。

これもポシャる。

きっと、そうなる。

だったら、今、心配する必要はないか。

頑張りまーすと言っておけばいいんだろうな、多分。

「取締役」

「ん？」

「このチョコレートケーキも美味しいです」

「それは良かった」

「なので、そのプロジェクトのリーダー、頑張ります」

目を大きくしたバンザイは、「おっほ」と不思議な音を発した。

今月分の給与計算を終えた私は、パソコン画面の右下隅に表示されている時刻を確認した。五時十分。

私は竹内係長に、データを共有フォルダに入れたと告げる。

キーボードの横に置いていた腕時計を腕にはめながら、なにか手伝うことはあるかと尋ねた。

たとえあってもあるとは絶対に言わない竹内係長は、「ないよ。ありがとう。お疲れ様」と言った。

私がパソコンを終了させ、デスクの上を片付けていると、「大変だと思うけど、頑張ってね」と竹内係長が言った。

なんのことだろう。

手を止めた私は、ぼんやり竹内係長を見つめた。

「女性だけのプロジェクトのこと」竹内係長が言った。

「あっ。すっかり忘れてましたよ」

二個のケーキを食べ終えて席に戻った私は、一応と思って、竹内係長にバンザイから指示された話をした。

竹内係長は真剣な表情で私の話を聞くと、それは大変だと何度も呟いた。

あまりに心配そうなので、「どうせまたポシャりますよ」と私が言うと、「そうかな」と首を捻った。

いつも困ったちゃんの被害に遭っている竹内係長としては、悪い方へ悪い方へと考えてしまうのかもしれない。

「どうなるかわかりませんから」私は言った。「今、悩んでもしょうがないですしね。お先に失礼します」

退社して、スーパーで買い物を済ませ、自宅に戻った。

今夜は七時に佳那子が来るので、早速料理に取り掛かる。

今日のメインは、昨日祖母から届いた往復ハガキに書いてあったレシピで作る、簡単パスタだ。前に大家の敦子からもらっていたコーンポタージュスープの缶を、戸棚から取り出した。

確か、商店街の福引で当てたと言っていた。

笹かまぼこを小さくカットし、レンジで茹《ゆ》でたニラとコーンポタージュスープを鍋に入れ、塩を強めに振る。パスタソースの準備はこれで終了。

七品の料理がテーブルに並んだ頃、佳那子がやって来た。

「五キロは重かった」と、佳那子はぶつぶつ言いながらカウンターに米を置いた。

友人たちの多くが、食事に来る時、メールで手土産はなにがいいかと尋ねてくる。その方が遊びに行きやすくなると言うので、大抵リクエストをするようにしている。今夜は米をお願いした。

パスタが茹で上がるタイミングを見計らいながら、ソースを温め始める。

茹で上がったパスタの上にソースをかけた。

ダイニングテーブルに向き合って座り、食事を始める。

佳那子が温野菜のサラダを口に入れ、「このドレッシング、激うま」と言ったので、黒酢ベースに醤油《しょうゆ》と玉ねぎがポイントだと説明した。

祖母のレシピで作った簡単パスタも、好評だった。

祖母は和食だけでなく、新しい食材や冷凍食品などを取り入れて、レパートリーを増やす柔軟性をもっていた。祖母のそういったところが、格好よくて好きだ。

コーンポタージュスープを使って、カルボナーラ風の仕上がりになるということは、『なんちゃってドリア』や『なんちゃってグラタン』もできる可能性があるってことだ。明日、早速ドリアを作ってみよう。上手くいったら、そのレシピを返信用ハガキに書いて祖母に送ろう。

「私さ、人生をかけてやりたいことを、見つけたんだよね」佳那子が突然口を開いた。

私は大皿からカボチャのミニコロッケを二個、自分の小皿に移した。

「ごっつぁん、なんでシカト？　今度の気持ちは、今までのと全然違うの。本当だって。迷いがないんだよね。納まるところにぴたっとはまったって感じで。なんでそういう顔、する？」

「二ヵ月に一度は、人生の目標を見つけたって騒ぐから」

「今度は違うんだって」目を剝いて声を大きくした。「ちょっとぉ、真剣に聞いてよ。いい？あのね、私、探偵になろうと思って」

口へ運んでいたコロッケが箸の間から落ちた。

佳那子の目を覗くと、全然笑っていなかった。

あぁ……冗談じゃないんだ。

佳那子は、私がテーブルに落としたコロッケに箸を伸ばした。

コロッケを私の小皿にのせて、佳那子が言った。「おーい。どっか違う世界にワープしちゃった？　してないのね。そこまで驚いた顔、しなくてもよくない？　ほら、元彼のこと、ちょっとつけたり、調べたりしたじゃない、私。その時はさ、あの野郎って怒ってたから、自分の気持ちに気づかなかったのよ。でも時間が経ってさ、ちょっと落ち着いたら、実は、タクシーでつけたり、友達に話を聞きに行って、推理したりっていうの、結構楽しかったんだよね。大変な仕事だって思うよ。そうだよね。でもさ、あんなにドキドキする仕事って、ないよね」

「それは……彼のことだったからじゃない？　他人だったら、尾行しててもドキドキしないんじゃないの？」

「私もそうじゃないかと思ってさ、試しに明希ちゃんのこと、つけてみたのよ」

「あ？　い、今、なんて？」

「だから、大家の娘の中学生、明希ちゃん」人差し指を下に向けた。「ほら、ごっつぁんが、最近ちょっと様子がおかしいから、心配だって言ってたじゃない。だから、元彼の時みたいにドキドキするかどうか試すのに、ちょうどいいと思ってさ。そしたらさ——なんで、そんな顔すんの？」

「ちょっと、趣味、悪くない？　嗅《か》ぎまわるなんてさ」

「それは、考え方次第だよ」佳那子の口調がむきになる。「最近の学校の中は、私たちの頃より難しくなってるみたいだよ。もしかしたら、一人で苦しんでるかもしれないじゃない。ま、駆け出しなもんで、どこまで探れるかはわからないんだけどさ。あっ、じゃあ、聞かない？　明希ちゃんの調査の途中報告」

　それ、ずるいよ。

　聞きたいに決まってるじゃない。妹のように気にかけてる子だもの。でも……つけてわかったことなんて——。

　佳那子が咳払いをした。「良心と折り合いついた？　ん？　今、頷いたよね。ってことは、聞きたいってことね。オッケー。明希ちゃんが最近様子が変だったのは、恋。風変わりな子の割に平凡なオチでしょ」

「つき合ってる男の子が？」

「ううん、違う。担任の教師をつけてるのよ」

「なに？　よくわからない」

「あのね、学校が終わると、明希ちゃんはいったん家に、ここね。ここに戻るの。で、私服に着替えて、すぐ学校に戻るの。校内には入らないで、裏口の前にあるコンビニや書店でぶらぶらするのね。で、一人の男性が――後で、明希ちゃんの担任ってわかったんだけど、その教師が裏口から出てくると、距離をとって、後をつけだしたの。その教師が自宅に戻るまで、ずっと。私が明希ちゃんを尾行した二日とも、まったく同じように、その教師をつけてた。ね、恋でしょ」

担任教師を好きになったのかな？　最近時折見せていた苛立《いらだ》ちは、自分の思いに戸惑っていたから？

あの明希が……。

少しだけ寂しい気持ちがするのは、どうしてだろう。

もう、中学生なんだなぁ。

まだ中学生だけど。

2

会議室に集合したプロジェクトチームのメンバーを、私は見回す。

寄せ集めって感じなんですけど。

左斜め前方に座る亜衣が、小さく手を上げた。「私、議事録、取ります」

「ありがとう」私は亜衣の整った小さな顔に向かって礼を言った。

会議室に時間前にやって来て、皆のコーヒーを用意してくれたのも亜衣だった。

気の利くところは、秘書室勤務だからなのか、新入社員だからなのか、性格なのかはわからない。

先週、バンザイに呼び出されてリーダーを命じられた私を含めて、メンバーは六名だった。

記念すべき一回目のミーティングのテーブルには、コーヒーだけでなく、コンビニで買ってきた菓子の袋が並んでいた。

バンザイのポケットマネーから出た千円で、買えるだけ買った品々だった。

私は言った。「午前十時という、一番お腹が空いている時間ですし、バンザイから提供されたお金で買ったお菓子なので、遠慮せずに食べてください」

私の左に座る千香が「いただきまーす」と言って、『かっぱえびせん』に手を伸ばした。

私の正面にいるのが、地味な印象のため、ジミーというあだ名をもつ経理部の谷垣真由美《たにがきまゆみ》先輩で、その隣が宣伝部の深浦《ふかうら》もえ先輩だった。二人は同期で、よく月と太陽にたとえられる。いつも陽気なもえ先輩は勿論太陽の方で、歌うように喋るところから、ラッパーというニックネームがある。こっちが赤面しちゃうような、青春全開の言葉を真顔で吐くところも、ラッパーと呼ばれる理由だった。

私は目の前にあった『カラムーチョ』を口に入れ、トッピングとして料理に使えないだろうかと、しばし考える。

スープに散らすか。それとも、炒め物の上に振り掛ける？

私の右に座っていた絵里先輩が口を開いた。「スケジュールって、どう聞いてるの？」

絵里先輩は私を見つめてくる。

そして、ほかのメンバーも。

あぁ……私がリーダーだっけ。

「バンザイからは、特になにも」と私は答えた。

「えっ？」鋭く大きな声で、絵里先輩が聞き返してくる。

私はもう一度同じ言葉を繰り返す。

絵里先輩は「えっ？」と聞き返すのが癖のようで、その癖は喧嘩腰《けんかごし》の態度と受け取られかねず、あまり評判のいいものではなかった。

「やっぱりね」絵里先輩が大きく背もたれに背中を預けた。「本気で商品を開発する気はないってことよね。おかしいと思ったんだ。突然女性だけのプロジェクトチーム、発足なんて。メンバーに企画部の子がいないって聞いた時から、そうじゃないかと思ってはいたけどさ」

今日はいつもの絵里先輩だった。

喧嘩腰でちょっと皮肉屋で、ズバズバ物を言うのが絵里先輩だ。

竹内係長との面談の時には、絵里先輩らしくなかった。自信なさそうに会社を愛せないと言った時は、まるで普通の女性のようで、私はびっくりした。

もしかしたら、営業で仕事をしている時は、あっちの女を演じているのかもしれない。

私は説明した。「バンザイの話では、プロがメンバーに入っていないところがミソだってことでした。今、必要なのは、消費者に近い感覚だそうです」

絵里先輩は鼻で笑って、カールに手を伸ばした。

ラッパーが歌うように言う。「どんな時計が欲しいかって、皆、言っていきましょうよぉ。おもしろそうよ、こういうの。はい、じゃ、亜衣ちゃんから」

指名された亜衣は恐縮したような顔で、「申し訳ありません。準備しておりませんでした。次回のミーティングの際には、アイデアをもって出席するようにいたします」と答えた。

ラッパーが「硬いねぇ」と感想を言い、「次、千香ちゃん」と指名した。

「えっとぉ、メンズって、機能てんこ盛りじゃないですか？　クロノグラフつけたり、防水機能をつけたり、世界の時刻を表示できたりってしますよねぇ。でも、私はそういうの、全然欲しくないんですよぉ。可愛ければいいっていう感じですかねぇ」

次にジミーが口元を手で隠しながら話し始める。「私も機能に興味はないから……でもそれだと、デザインで勝負ってことになるでしょ。素人に素晴らしいデザインができるのか、ちょっと疑問なのよね」

ジミーは話す時や食事の時、自分の口元を手で覆った。多分、社内の誰もジミーがどんな歯をしているのか知らない。そこにどんなコンプレックスが潜んでいるのか、わからない。

「じゃ、次、私ね」ラッパーが言った。「デザインは勿論だけど、話題性のある商品がいいと思います。有名人とのコラボとか、そういうのね。デザインがいいぐらいでは、メディアになかなかのらないから。具体的じゃない意見で申し訳ありませんが。じゃ、次は絵里様」

「えっ？　私は……本気で商品を出す気がないなら、こういう会議、無意味だと思う。皆、普段の仕事をストップして、ここに集まってきてるわけでしょ。無駄だよね」

誰も口を開かない。

皆も無意味だと思っているから、反論しないのかな。

ま、私もそう思ってる一人だけど。

寄せ集めの私たちに、腕時計の開発なんてできるわけないもの。

ラッパーが口を開いた。「絵里様の気持ちはわかったけど、それはちょっと置いといて、なにかないの？　実現するかしないかはともかく、こういう腕時計、あったらいいなっていうような案」

絵里先輩は挑戦的な目をラッパーに向けた後、小さな声で言った。「どんな商品でもいいけど、日高の名前は入れないで欲しい。『ｈｉｄａｋａ』とロゴが入ってるだけで、過去っぽくなるから」

メモを取っていた亜衣が、手を止めた。

会議室の空気が一気に淀《よど》んだ気がした。

私は殊更《ことさら》明るく言った。「ね、ちょっと、皆、食べてよ。じゃないと、私が全部食べちゃうよ。ほら、ジミー先輩も食べてくださいね。あれですよね、絵里先輩は量販店が担当だからですよね。お店の人たちから、日高の名前が文字盤に入ってない方がいいって、よく言われちゃうんですよね」

「いいんじゃない？」ラッパーが肩を竦《すく》めた。「日高って入れないってことで。どうしても日高って名前を入れたいって人、いないんじゃない？」黒のアイライナーで縁取られた強い目を皆に向けた。「やっぱりね。それじゃ、最後、ごっつぁんは？　どんな時計がいい？」

「そうですねぇ。やっぱり機能っていうより、ラッパー先輩が言うように、有名人とのコラボだったら、売りこみやすいからいいかなって思います。この間、工場へ行って知ったんですけど、あっちは独自に営業活動していて、テレビ番組のオリジナル商品や、有名なアパレルブランドの時計を造ってましたよ。やっぱり、そういう方がいいかなって思います。だって、スケルトンにして、歯車が動くのを見たい女子っていないと思うんですよ」

　笑いが起き、場が少し和《なご》んだ。

　ほっとして、私は続ける。「宝石をちりばめた腕時計が欲しいセレブは、日高の時計を選ばないでしょうし、携帯電話でできることを腕時計に盛り込んでも、あまり意味がないように思うんですよね。となると、やっぱりシンプルに可愛い時計で、人気と知名度のある人やブランドとのコラボだったら、少しは売れるように思うんですが、どうでしょう」

「いいんじゃない？」という声がラッパーから上がり、ジミーも千香も頷いた。

　一時間ほどで会議が終わり、自席に戻ると、デスクにメモがあった。

立ったままで読んでみる。

バンザイから内線があり、今日の午後一時から開かれるＳＰ会議に出席するようにと書かれている。

りえが私を見上げて言う。「今後の参考になるだろうからって、奥谷取締役が言ってました」

私は唸る。

ＳＰ会議は、取締役たちが出席する、社内で一番やっかいだと評判の会議だった。

りえが中腰になり、「よかったら」と言い出したので、「もしかして、代わりに会議に出てくれるの？」と尋ねた。

笑いながら、りえが自分の顔の前で手を左右に振った。「違いますよ。午後やる予定だった、ごっつぁんさんの仕事を引き受けましょうかってことです」

「だよね」

自席でにやにやしている竹内係長に気が付いた。

私は尋ねる。「係長、どうしてそんなに楽しそうなんです？」

わざとらしいほど目を大きくさせてから、「ふふふ」と笑った。

「笑いましたね」私は声を大きくした。「ＳＰ会議に、平《ヒラ》の、しかもデブが出ちゃ、ダメですよね」

「きっと勉強になるよ」

「なんの勉強です？」

「プロジェクトチームのリーダーとしての、勉強」

私は椅子を引き、ドスンと座るとキャスターを滑らせた。

パーティションを越え、竹内係長のデスクサイドに移動すると小声で私は言う。「女だけのプロジェクトチームなんて、どうせポシャるとわかっているのに、会議に出席するの虚し過ぎるんですけど」

「仕事の九割は――」

「虚しいんですよね」最後まで言わせずに引き取った。「残りの一割に喜びや楽しみが詰まっているんでしたよね。どの辺りにあるんですか、その喜びや楽しみ。場所を教えていただけたら、探しに行きたいんですけど」

「始まったばかりじゃない。これから見つかるかもしれないよ」

根拠のない励ましをするのは、社風？　夢で生きてる男という生き物だから？

私は足の裏で強くフロアを蹴って、キャスターの力で自分のデスクに戻った。


あー、お腹空いたなぁ。

今、何時頃だろう。

腕時計を覗きたいが、左にバンザイがいる状況ではなかなか難しい。

午後一時から始まったＳＰ会議は、噂通り面倒なものだった。

たくさんの疑問が浮かび、その答えが落ちてないかと必死で探すが見つけられず、キョロキョロするばかりだった。隣席のバンザイに質問するのも憚《はばか》られ、大人しく座っているしかない。

司会役をしているミミゲが「次、お願いします」と声を上げた。

五名の取締役が一列に並ぶその列の、右端に私は座らされていて、メチャメチャ居心地が悪かった。

向かい合わせに、やはり一列に並んでいるのは企画部の六名のスタッフたちだ。左端には企画部長がいて、同期の荻野《おぎの》友宏《ともひろ》は右端にいた。

その荻野が立ち上がり、彼らの背後にある演台に移動する。

私たちの後ろに控え、雑用を担当している企画部の女子社員が書類を配って歩く。

場違いな私にも書類は配られた。

ダブルクリップで留められたA４の書類は、二十枚ぐらいあるだろうか。

荻野が演台に置かれたノートパソコンをいじると、正面のスクリーンに雑誌の切り抜きや、ビー玉や毛糸、端切れのコラージュ作品が映し出される。

荻野が咳払いをしてから「それでは」と言った。

うっそ。

声、震えてるし。

大丈夫かな。

唇を舐《な》めてから荻野が続けた。「スクリーンをご覧ください」

取締役たちが書類からゆっくり頭を上げた。

荻野が今年の秋冬のファッション傾向について説明を始めた。

一生懸命さは伝わってくるが、意味はまったくわからない。

重厚感、透明感、リッチカジュアル、リッチトラッド、東京モダン、スマート、ラグジュアリー、つややかゴージャス……。

あー、ソレソレーと踊りたくなるのは私だけのようで、ほかの出席者たちは冷静な表情で書類を捲ったり、スクリーンに目をあてている。

ここに居並ぶオッサンたちが、荻野の話を百パーセント理解しているとは思えないんだけどなぁ。

三十分ほどして、ようやく今年のクリスマスに発売したい商品が、スクリーンに映し出された。

スクリーンに浮かんだ腕時計の画像からはいくつもの線が延びていて、部品の説明文と繋《つな》がっている。

雑用係の女子社員が、左端に座る取締役の前にトレーを置いた。

きっと今までのように、サンプルが並んでいるのだろう。

最初っからサンプルを見せてくれないだろうか。そうすれば、会議は随分短くなるはず。

企画部のスタッフは、すでに二度の会議でプレゼンしていた。そこで了承されたものだけが、この最終のＳＰ会議で発表される。ここで了承されれば、日高の展示会に出品することができ、バイヤーたちに見てもらえる。

荻野が言う。「ストップウォッチ機能は勿論、二十四の世界主要都市の時刻を表示することができます。また八桁までの計算機能付きで、アラーム音は六種類から選べます。こういった基本を押さえながら、トレンド感溢《あふ》れるハイセンスなデジタル腕時計を、店頭価格五千円で市場に出せば、多くの消費者に受け入れられると考えます」

バンザイの左隣に座る取締役が、サンプルを手に取って言った。「ブランドはどうするの？」

「その表紙にあります、『シティ』としたいのですが」荻野が答える。

「日高じゃないのね？」

「……はい」

「いや、いいのよ。日高じゃなければ」

別の取締役が口を開いた。「携帯電話に届いたメールを、腕時計に転送して読めたりとか、そういう新しいのは入ってないのね？」

「そう、ですね」荻野は企画部長に縋《すが》るような目を向けたが、彼からはフォローするような言葉は上がらなかった。

同じ取締役が売り上げ上位の会社名を挙げ、「あそこは、体温や脈拍を計測してくれるの、出したよ」と続けた。「サラリーマンが対象なら、健康ってキーワードは外《はず》せないんじゃないのかな」

「この前の健康診断で血圧が高かったんだよな」と別の取締役が言い出し、コレステロールだの血糖値だのといった言葉が会議室内に飛び交い始めた。

これなんじゃない？

日高がダメな理由。

二十代のサラリーマンをターゲットにした商品を出すか出さないかといった判断を、五十代のオッサンたちがする。毎日デスクで仕事をしていて、市場をまったく見ていない人がジャッジしている。権限があるから。

結局、店頭価格を二百円下げることで了承された。

バンザイが耳打ちしてきた。「企画書はさ、やっぱりパワーポイントで作ってね。格好いいから」

「はぁ」

曖昧《あいまい》に返事をして、次のプレゼンの資料に目を落とした。

書類は五枚で、ステープラで留めてあった。

私は手首をテーブルの下に隠すようにして、腕時計を盗み見た。

三時かぁ。お腹が空くわけだよなぁ。SP会議にオヤツタイムはないんだろうな。トイレに行くと席を立って、こっそり食べるしかないんだろうけど、タイミングが難しそう。

演台には企画部の手塚《てづか》佐奈江《さなえ》先輩が立った。

企画部の男性社員たちが皆、スーツにきっちりネクタイを締めているのに比べ、佐奈江先輩はニットにパンツのラフな格好をしていた。女子社員は制服だが、外回りの営業担当と企画部の子だけは私服を着ていいことになっている。

　茶色のフレームの眼鏡のつるを、人差し指の腹で持ち上げるようにしてから、佐奈江先輩が話し始めた。「今年の『ゼッド』ブランドは、クリスマスコレクションとして、おねだりウォッチに相応《ふさわ》しいデザインを考えました。ペアで同じ服や色違いの物を着るのは恥ずかしいことですが、腕時計だけは、揃いで身に着けたいものとの認識があります。また、ボーナス時期、クリスマスというイベント感もあって、通常時期より高額な商品が動きます。彼にプレゼントさせる物としてペアウォッチの特集記事が、この時期、女性雑誌では多く組まれます。消費者を煽《あお》る態勢が整っているとも言えます。お手元の資料の最終ページの左側がレディースモデル、右側がメンズモデルです。ご覧のように、長方形のアナログの文字盤が、サイズ違いで同じデザインです。革ベルトは取り外し可能で、メンズモデルの革ベルトは三色、レディースモデルは十二色の展開を考えています。店頭小売価格はメンズ、レディースどちらも十万円で、この価格には三色までの革ベルトが含まれています。つまりメンズは三色全部の革ベルトがつき、レディースは十二色のうち、好きな三色を選べます。丸々同じではなく、ペアではあるけれども、個性を表現できる。この両方を満足させるデザインです」

　バンザイがサンプルののったトレーを私の前に滑らせた。

　白ベースの文字盤には時間を示す様々な大きさの数字があった。長方形の文字盤のちょうど角にあたる「1」「5」「7」「11」が、異常に大きく間延びしたようになっている。よくわからないけど、ここがこだわった場所なのかな。ベルトは真紅やパープルもあるし、パールピンクもある。意外と白いのもいいかも。三色選ぶの、迷っちゃいそう。それが、楽しいんだろうけど。

取締役の一人が「八八年に、『ｈｉｄａｋａ』ブランドで、こういう文字盤の、出したよね」

と言い出した。

「そうそう。百貨店さんに納品した日に品切れになって、慌てて工場にすっ飛んで行ってさぁ。

出来上がったばかりの時計をスーツケースに収めて、電車に乗って、即納品。それがあっとい
う間に売れて、翌日工場に行ったら、スーツケースを持った営業マンがずらっと工場の前に並
んでたんだよ」と別の取締役が同調した。

企画に穴がなかったら、過去の話するんだ。

うちの取締役って、必要な存在なのかな？

佐奈江先輩に質問はまったく出ず、価格と初回製造本数はそのまま了承された。

佐奈江先輩が演台から離れた。

今だ。

私はバンザイに「ちょっとトイレに」と告げて、席を立った。

3

「ちょっと気になった人、いた？」

エレベーターの扉が閉まった途端、竹内係長にそう聞かれて、私は首を捻った。

「残念ながら、いませんねぇ」と私は答える。

午前中いっぱいかけて四名の中途採用面接に立ち会った。

女性社員の中で一番出世している、経理部の係長が六月いっぱいで退職する。ご主人に海外転勤命令が出たため、家族で移り住むという。五月二十四日の日曜朝刊に求人広告を出したところ、一週間で百五十人から履歴書が送られてきた。書類選考を通過した二十名の面接を今日から三日間かけて行い、六月十日までに一人の採用者を決める予定だった。

面接では、積極性、人柄、柔軟性といった二十項目に点数を付ける。私なんかが点数を付けてしまっていいんだろうかと、竹内係長に何度も確認したが、これも人事課の仕事のうちだからと言われてしまった。

今日の最後の面接者を見送った竹内係長と私は、話しながら自席に向かう。

「係長はどうでしたか？　この人っていう人、いましたか？」

「ピンときた人はいなかったなぁ。あれだね、いつも思うけど、男性より女性の方が全然しっかりしてるよね。やりたいことや自己アピールも、どんどん発言するよね」

「そうですね。男性の方がおどおどしてますよね。面接なんて一世一代のオーディションなんだから、もっとガンガン前に出てくればいいのに」

デスクに辿《たど》り着くと、りえが「お帰りなさい」と言った。

「ただいま」と答え、竹内係長と私はそれぞれのデスクについた。

りえが言う。「どうでした？　面接」

私は答える。「これといって光る素材は見つけられなかったっていうか、そもそも人を見る目があるとは思えない私が、点数を付けることに疑問があるんだよねぇ」

「日高の腕時計をしている人って、どれくらいいるんですか？」

「あっ。そうだよね。そういうの、聞けば良かった。そういえば、私、ここのセミナーに参加する前に、慌てて日高の腕時計を買いにお店に走ったんだった。でも――三回か四回、面接させられたけど、一度も聞かれなかったなぁ。どこのをしてるって。せっかく買ったのにって、ちょっとがっかりしたことを、今、思い出した。明日も面接あるから、聞いてみるね」

私のデスクの内線が鳴り、画面でバンザイからの電話だと確認してから受話器を取った。

「はい、北島です」

「お疲れさーん。ごっつぁんさぁ、今朝の新聞、読んだ？」

新聞を購読していない私は、「申し訳ありませんが、読んでません」と答えた。

バンザイが言う。「『ナイトウ』で、女性プロジェクトチームが開発した商品が、ヒット中って記事が載ってたのよぉ。で、うちのプロジェクトチームはどうなってるかと思ってね」

「メールに添付させていただいている議事録の通り、ですが」

亜衣が毎回取ってくれる議事録は見事なものだった。上司が使えないといった話や、取引先のバイヤーに問題があるといった話はすべてカットされ、まるで前向きに皆で検討しているふうにまとめられていた。

「今週末にさ、取締役会があるのよ」バンザイが明るい声で話す。

「はい」

「そこで、企画案の決裁を取っちゃおうかと思ってんだよね」

「なんの企画案ですか？」

「だから、女性プロジェクトチームの企画案」

額に手をあて、擦った。「あの、まだ具体的な案は一つも出てないんですが」

怖いほどの陽気さでバンザイが喋る。「夏休みの宿題ってさ、結局、八月の三十日と三十一日が勝負だったりするじゃない」

「はい？」

「切羽詰まらないと、アドレナリンって出ないもんなんだよね。企画書はさ、ざっくりしたのでいいから。一つの企画をＡ４一枚にまとめるつもりで。いくつか出してさ、取締役会で了承を得られたら、三月商戦に間に合うかもしれないからさ」

「ま、間に合いませんよ。今、六月ですよ。一年もないじゃないですか」

「なんとかなるって。最初に上の人たちの了解を取っちゃうんだから。即、動けるじゃない」

「…………」

「あっ」バンザイが大声を上げた。「書類はパワーポイントでね。じゃ、よろしくっ」

一方的に電話が切れた。

呆然《ぼうぜん》としていると、パーティションの上からりえが覗き込んできた。「大丈夫ですか？」

「全然大丈夫じゃない」

「どうしたんですか？」

私はバンザイから押し付けられた無理難題について説明した。

りえは目を丸くし、「それで、困って、額を擦ってたんですね。係長みたいでしたよ」と言い、デスクを回り込んで私の横に立った。「仕事、もらいますよ。ごっつぁんさんは、その企画書を作らなくちゃ、いけませんもんね」

「やっぱり作らなくちゃ、ダメかな？」

「ダメでしょうね。取締役からの指示を無視はできないでしょう」

「まだ誰からもアイデアなんて出てないんだよ」

「メンバーの方に事情を説明して、大至急出してもらわないと、ですね。そんな不安そうな顔、しないでくださいよ」前屈みになって囁いた。「ごっつぁんさんは、今回初めてかもしれませんけど、大抵の会社員はそうやって、上からの突発的な仕事に巻き込まれて大変な目に遭うんです。派遣でいろんな会社、行きましたけど、よーく、見かけました、そういうの。抵抗しているよりは、受けちゃって、さっさと終わらせた方が、結局は早く楽になりますよ」

「そう……かな」

励まされているのか、諦めろと言われているのかはわからないけど、とにかくやるしかないんだろうな。

竹内係長に愚痴《ぐち》ろうと思って左を向いたら、デスクに彼の姿はなかった。

竹内係長は、その後ろにある課長のデスクの前に立っていた。

課長から、なにやらやり直しを命じられている。

その背中には、『苦労』という二文字が貼り付いているかのようだった。

今なら、私の背中にも浮き上がってるんじゃないだろうか。

パソコンに向かい、メンバーにメールを書き始める。バンザイからの指示について記し、至急アイデアを出してくれと書き加えて送信した。

ドカベンの昼食を終えると、コンビニで女性ファッション雑誌を三冊買った。超特急でページを捲り、パクれそうなデザインを探した。有名人やブランドとのコラボだったら、なんて思っていたこともあったけど、コネも時間もない現状では諦めざるを得ない。

午後三時を過ぎて、ようやくメンバーからメールが入りだした。

皆、バンザイに対して悪口を一通り並べたうえで、いくつかのアイデアを書いてきている。

しっかし、いいのかね、こんなやっつけ仕事で。

検討を重ねて、そこには熱い情熱があって、上司とぶつかったりしながら企画を通そうとするんじゃない？　ドラマなら。

取締役にざっくりでいいからと言われて、慌てて企画書を作っちゃっていいのかな？

イッツ、日高。

あまり残業をすると竹内係長が心配するので、作成途中の企画書は自宅のパソコンにメール送信して、六時には退社した。

いつもより一時間遅く電車に乗ると、帰宅タイムのエアポケットなのか、車内はガラガラで、デブの私が気兼ねなく座れた。

はー、今日は疲れたから、料理はせずに、冷蔵庫の中のもので簡単に済まそうかなぁ。

隣席のスーツ姿の男が、ビジネスバッグの上にノートパソコンを広げ、キーボードを叩きだした。

横目で盗み見たところ、どうやら、ツアー旅行の企画書を作っているようだった。旅行代理店の人なのかな。

そっか。メーカーじゃなくても、企画して、書類作ってってていうのはあるんだ。

うちほど急じゃないだろうけど。

すでに考えがまとまっているのか、男はトントンと指を動かし、企画書はどんどん出来上がっていくようだった。

コツを教わりたいと思っているうちに、乗り換え駅に到着した。

改札を通り、大きく左に曲がって駅ビルに入る。

七階にある、腕時計のショップに入った。主に海外の有名ブランドの品を扱っているこの店では、信じられないような高額のプライスタグがついている。車が買えるほどの値段のものもある。

腕時計は二極化が進んでいた。ブランド力があれば、自動車並みの価格で売れるし、限定モデルなどは、定価以上の値段で売買される。いっぽう人件費の安い中国などで大量生産された低価格の腕時計も、売れていた。

ヨーロッパのメーカーにはブランド力で負け、中国のメーカーには価格競争で負ける。この結果、日本のメーカーはずっと苦戦が続いている。中でも資金も人材も充分ではない弱小メーカーは、厳しい状況がずっと続いていた。

だったら、どうする?

……パクる。

はあっ。

今までうちの商品はオリジナリティがないとか、三匹目のどじょうを狙《ねら》うしかないとか、散々勝手なこと言ってたけど——。

実際やってみろと言われると、どんだけ大変かってわかる。

店内を一周してから、エレベーターで一階に戻った。

改札のある正面口に向かって通路を進んでいると、お味噌《みそ》のいい匂いが流れてきた。

どんどん匂いが強くなり、引き寄せられるように左に曲がる。

匂いに誘われるまま進み、有名な料理教室の名前が刷られた、ガラス戸の前で足を止めた。

ガラス戸の向こうでは、レッスンが進行している。

三角巾とエプロンをつけた二十人ほどの女性たちが、先生らしき人の周りに集まって、メモを取っている。

北島家では料理教室に通ったことのある者はいなかった。

料理は、美味しいものを食べたいという欲望と、ちょっとしたアイデアと不屈の精神があればなんとかなると、祖母は言う。だから、砂糖が小さじ何杯かを覚えるのは意味がない。それよりは、これとこれを一緒にしたらどうなるだろうと、想像力を膨らませるべきだと語った。

講義が終わったのか、生徒たちは六つの作業台に散らばって料理を始めた。

しばらくぼんやり眺めていると、ムラムラと食欲が湧いてきた。

早く家に帰って、食事にしよう。

その場を離れ、駅へ向かう。

改札を通る時、ふと、カツ丼が頭に浮かんだ。

よし。今夜はカツ丼だ。

ちょっと失くしていた元気が、みるみる身体に戻ってくる。

そうだ。企画書作りがあるから、夜食も用意しておいた方がいいかも。

なににしよっかな。

あれこれメニューを考えながら、エスカレーターに乗った。

第三章

企画を通すためなら……

1

骨皮筋右衛門は、呆《あき》れた表情を隠さず言った。「本気で、これを造れと？」

「……はい」

「売れるんですか？」

私は首を捻った。

酷いアイデアではあるけど、そんな半笑いの顔で企画書を見なくたって、いいじゃん。私だって、こんな企画、通ると思ってなかったんだもん。一番困ってるのは、プロジェクトチームのメンバーたちだ。

先週、バンザイから至急出せと言われて作った企画書のうち、三つが、取締役会で了承されてしまった。

通常のステップを踏まず、いきなり取締役会で決まったせいで、ミミゲはかなりご機嫌斜めらしい。まずは、売る俺たちに話を通せよってことみたい。だったらバンザイにそう言えばいいのに、上には絶対に逆らわなかった。そんなに手続きの順番って大事かなぁ。

企画が了承されてしまったので、まずはサンプルを造らなくてはならない。メンバーに声をかけたが、時間の取れる人がいなくて、私だけが自宅から工場に直行してきた。

以前来た時と同じ応接室に通されて、筋右衛門と差しで向き合った。

「本社の意向に」筋右衛門は顔を上げた。「私たちは逆らえませんから、造れと言われたら、造りますけど」

すっげぇ、嫌味。

中国で造っちゃおっかなぁ。

造っちゃいたいなぁ。

でも、ダメなんだよねぇ。今回は時間がないので、海外ではなく、自社生産するようにとバンザイから言われていた。

「まず」筋右衛門はボールペンの先で企画書の一点を指した。「お聞きしたいんですが、この文字盤についているフックを押し開けると、アロマが香るってありますね。もう少し具体的に教えて欲しいんですよね。どうやって気体を閉じ込めるんですか？」

「薄い板状の物かなんかに、アロマの成分をたきこめて、それを入れたら、と思ったんですが」

「その薄い板状の物は存在するんですか？」

「いえ……あったらいいなと」

筋右衛門にぎろっと睨まれてしまった。

咄嗟《とっさ》に私は俯《うつむ》いた。

「アフターサービスはどうするんです？」

筋右衛門の言葉に、私はゆっくり顔を上げた。「アフターサービス？」

「匂いを永遠に持続させることはできませんから。仮に板のような物だとして、匂いがなくなった時、消費者はどこで新しい板を入手すればいいんです？　日高のサービスセンターに電話してもらって、消費者に直接販売するってことですか？　デパートで買った消費者は、買ったデパートに持ち込みますよ。デパートさんに板の在庫を置いてもらうよう依頼するんですか？何年間、板の在庫を抱えておく予定ですか？　うちでは部品を二十年抱えています。下請けさんにも二十年間は在庫を保管するよう頼んであります。一モデルのために、その板を二十年抱えておきますか？」

うっ。

そこまで考えていなかった。

どうして、取締役会でそういうツッコミなかったのよ。

社長派でも会長派でもない、女だけのプロジェクトチームに横槍《よこやり》は入らず、スルスルと了承されたとバンザイが言っていたが、もうちょっと企画を吟味するべきだったんじゃないの？

私は頭を下げた。「申し訳ありません。そこまで考えてませんでした。言い訳になりますが、突然バンザイ――いえ、奥谷取締役から企画書を出せと命じられて、慌てて作った案でした。素人がその場の思いつきで出したアイデアです。まさか、取締役会で了承されるなんて、メンバーの誰も思ってなかったんです」

「やる気はなかったということですね？」

「やる気は……」

私は言葉に詰まる。

どうせすぐにポシャると思ってたんだもん。

バンザイに急かされたので、チームの皆にアイデアを募って、メールで届いたアイデアをパワーポイントで仕上げただけだった。

どこら辺にやる気に繋がるようなものが落ちてた？

「北島さんだけの話じゃ、ないですけどね」

「はい？」

「やる気がないっていうのは」はっきりと聞こえるようにため息をつき、「こっちのは」と一枚の書類を摘んだ。「文字盤についているフックを押し開けると、鏡がついているんですか？」

「ちょっと鏡を見たい時ってあるんです。リップの取れ具合を確認したり、コンタクトを直したり。腕時計に鏡がついていたら、便利かなって」

「文字盤を押し開けるの、好きですね」

「……すみません」

「これ、結構大変なんですよ」筋右衛門の厳しい口調は続く。「どういうフックにするのかって。開けたい時にはすぐに開いて、でも、ちょっと触れただけでは開かないようにするのって。そのフックでストッキングや服や、別のものを傷つけないようにもしなくちゃ、いけないでしよ」

「あぁ……」

「通常、レディースは薄く、小さくするんですよ。女性の手首は華奢ですからね。でも、こういった場合は、当然厚みが出ますよ。この、イメージデザインの項目に貼ってあるのって、雑誌の切り抜きですよね。こんな繊細な感じにはならないですよ。薄くすると耐久性に問題が出ますから」

「そう……ですよね」

「腕時計って、ファッション性を要求されはしますが、工業製品なんですよ。耐久性なんかはちゃんとクリアしておかないと。千円の腕時計が壊れてもクレームはきませんが、五千円の腕時計が壊れたら、サービスセンターの電話がパンクします」

いつも以上に汗が噴き出てきて、私はタオルハンカチで首の後ろを拭く。

サービスセンターの受信業務は外部委託していて、一コール毎《ごと》に費用が発生するので、クレームの電話は極力避けなければならない。

耐久性なんて考えてなかったなぁ……。

本当に私たちの企画、商品化できるのかな？　概《おおむ》ね、日高の取引の場合、高額品は委託で、低価格品は買い取りだった。

チームの案では、どう考えても低価格にしないと無理だろう。そうなると小売店に買い取ってもらわなくてはならない。

委託と買い取りでは、ハードルの高さが全然違う。

返品できる委託品なら、バイヤーも冒険をして仕入れてくれる可能性があった。でも、バイヤーもリスクを背負う、買い取りとなると、途端に財布の紐《ひも》は固くなる。注文が入らなければ商品は造られず、サンプルだけの幻となる。

ネット通販でもできればいいのだが、百貨店などのリアル販売店からの反発が大きくて、未だに参入できていなかった。

やりたくて始めたんじゃない。

そうはいっても、サンプル止まりになるよりは、商品化されたい。

こんなふうにあーだこーだ言われるのは嫌だし、サービスセンターの電話がパンクするのは困るけど。

それから、様々な質問を受けた。

そのどれにも、まともに答えられなかった。

この拷問《ごうもん》を、私が耐え忍んでいた時間は、およそ一時間。

私が本社に戻らなくてはいけない時間になって、ようやく解放された。

なんと、筋右衛門が、駅まで自分の車で送ろうと言ってきた。

筋右衛門と車内で二人というのは、息が詰まりそうで断りたかったが、タクシーを呼びますからと遠慮するのは大人気ない気がして、好意を受けることにする。

裏の駐車場で待っててくれと筋右衛門が言うので、先に外へ出た。

バッグから乾電池で動くミニ扇風機を取り出し、顔に向ける。

その時、駐車場の左に工事中の建物を覆う白い布を発見した。

すぐに白い布に近づき、顔を突っ込んで中を覗いた。

布から随分離れた所に足場が組まれ、建物は青いビニールシートで覆われている。

なんだろう。工場だろうか。

「パチンコ屋です」

背後から声がして、振り返ると、筋右衛門が立っていた。

私は尋ねる。「ここに、パチンコ屋ができるんですか？　お客さん、来るんですかね。駅から結構あるのに」

筋右衛門は首を竦めただけで、身体を反転させ、歩き始めた。

私は腕を後ろに回して、ミニ扇風機の風を首の裏側にあてるようにした。

今日は三日ぶりに晴れたとはいえ、梅雨の時期特有の湿気を多く含んだ空気は、重たく感じられる。梅雨のない北海道で生まれ育った私にとって、この時期はとても辛い。

筋右衛門が乗り込んだ車の助手席のドアを、私は開けた。助手席のシートを一番後ろまで引いてから、座った。

すでにクーラーは入っていたが、決して快適な状態にはなっていない。ミニ扇風機を頭の上まで持ち上げ、頭頂部に風をあてた。

筋右衛門がエアコンの吹き出し口を、私に向くように調整してくれる。

「恐れ入ります」私は言った。「梅雨は、デブには辛い季節です」

筋右衛門は驚いた顔をしかけたものの、すぐに堪えて、無表情を作ることに成功した。

それほど仲がいいわけではないのに、トラウマとなった過去の出来事を聞いてしまった人みたいな表情の変わり方だった。

筋右衛門はなにも言わず、車を動かした。

デブとの絡み方がわからないのかな。

私はいじってもいいデブなのに。

車内は静かだった。

ミニ扇風機の羽根が回転する音が、やけに大きく聞こえるほど。

ちらっとダッシュボードに目を向けると、ラジオもＣＤも聴けそうなデッキがある。

なのに筋右衛門は、デッキに指を伸ばす気配はない。

デートでもないのに、音楽かけてくれませんかとは言えないよなぁ。

だよなぁ。

いつもはうるっさいと思っていたミニ扇風機の羽根の音が、今はいとおしい。

カチカチカチ……。

ウインカーって、こんなに強い音を出したっけ。

うー。

早く駅に着け。

ミニ扇風機を両手で握る。

こんな時に限って赤信号にばかりかちあってしまい、二十分以上もかかって、やっと駅に到着した。

送ってもらった礼を言い、お願いした設計図の完成予定時期を確認してから車を降りた。

途端にべったりと重い空気がまとわりついてくる。

歩道に立ち、頭を下げ、車がロータリーから出るまで見送った。

とても会社までもたないので、目に入ったファストフードでビッグマックとポテトのLサイズとシェイクを食べた。

これで会社までもつだろう。

電車に乗り、二人掛けのシートに座った。

向かいのシートには、十代に見えるカップルが手を繋いで座っていた。

どうも男が海外に行っていたようで、それを出迎えた女に、旅の話を聞かせているようだった。

久し振りに胸の端っこが痛くなる。

大学時代に二年間つき合っていた一つ年上の彼がいた。

彼から、大学を卒業したらアメリカへ留学するつもりだと言われたのは、つき合いはじめの頃だった。

私は、彼が日本に戻るのを待つつもりでいた。

でも、彼は留学を宣言したからには、期間限定を承知で私がつき合っていると思い込んでいた。

出発の一週間前になって、二人の間に思い違いがあると初めて気付いた彼は、「ごめん」と言った。

その一言で、彼は許されようとした。

酷い男だと思っても、簡単に嫌いになることもできず、出発の前日になった。明日、空港まで見送りに行くと私は言った。

彼は来なくていいと答えた。

「遠慮じゃなくて」と続け、まだわからない顔をしている私に向かって「親とか、友達とか、来るから。だから、そういう人たちに紹介したくないから、来ないでくれ」と告げた。

その瞬間に、楽しかった二年間が消えた。

今でもたまに、電車の中などでスーツケースを持っている人を見ると、あの日のことが思い出されて、胸が疼く。あなたはすぐに日本に戻って来ますか？　それとも誰かを置き去りにして旅立つんですかと、尋ねたくなってしまう。

その後、二人とつき合ったが、どちらも友人を紹介してはくれなかった。

恥ずかしいと思うぐらいなら、なぜ、私とつき合うんだろう。

私は祖母のようにはなれない。

カップルの楽しそうな笑い声を聞きながら、窓外の景色を眺める。遠くの空に真っ黒な雲が浮かんでいた。

2

ホテルのロビーで待っていると、白いスーツ姿の亜衣が走り込んで来た。

「遅くなって申し訳ありません」と頭を下げた。

美人は慌てた時でさえ、絵になるなぁと感心する。

二人でエレベーターに乗り込んだ。

胸に手をあて、亜衣が言った。「いよいよですね。オーダーがたくさん入るといいんですが」

私は頷いた。

十一月二日の今日から一週間、このホテルの一室で日高の展示会が開かれる。来年の三月に発売予定の商品のサンプルを並べ、バイヤーたちから注文を受ける。その後、七ヵ所の地方都市を一ヵ月かけて回る予定だった。

プロジェクトチームの商品も二モデル出している。アナログの文字盤についたフックを押し開けると、中に鏡があるモデルと、左利きの人用にリューズをアナログの文字盤の左サイドにつけたモデルだ。香りを閉じ込めるという案は、価格が高くなる点と、アフターサービスの問題でボツになった。

エレベーターの扉が開き、私たちは歩き出した。

ふかふかの絨毯《じゅうたん》の上を進み、展示会場に到着した。入り口から中を覗く。手前にはショップのようにたくさんの陳列ケースが並び、その奥には商談スペースが広がっている。

午前九時半だというのに、すでに商談スペースのテーブルのいくつかは人で埋まっていた。

会場に足を踏み入れた私たちは、思い思いに陳列ケースの間をぬうように歩いた。

メンズの腕時計が並ぶケースの前で足を止めた。

アナログ腕時計の文字盤の中に、さらに三つの円があるのは、それぞれがなにか時間以外のものを計測できるようにしてあるからだろう。

亜衣の高い声がした。「ありました、ここです」

私は亜衣が指差すケースに近づいた。

瓢簞《ひょうたん》から駒《こま》の、私たちの商品。

二モデルのサンプルの上には、小さなポップが置かれ、女性だけのプロジェクトチームによる初開発商品と書かれていた。

サンプルの下にはタグが置かれ、鏡付きのが八千円、左利き用のが九千八百円と、店頭希望価格が記されている。どちらのタグにも買い取り商品だと書かれていた。

ケースの横には譜面台のような什器《じゅうき》が置かれ、そこには、この商品の説明書類がのっていた。

亜衣が期待の籠った声で言う。「手頃な値段ですから、大丈夫なんじゃないでしょうか？私なら即、買いますもの」

だといいな。

私は商談テーブルに目を向けた。

ミミゲを発見。

向かいに座るセーターにジーンズ姿の男性に、熱心に話をしている。

五年間営業一部に所属していたが、展示会には初めて来た。営業部にいても、かかってくる問い合わせの電話を受けて注文数や返品数などを間違えないよう入力し、伝票を作成し、期日までに送付するのが私の仕事だったから。

こうやって見ると、やっぱり営業って、花形の部署って感じ。

この展示会には直取引している量販店や、専門店のバイヤーが訪れる。百貨店のバイヤーには、別日程、別会場で、卸の会社が主催する展示会で見てもらう。

富岡明弘《とみおかあきひろ》課長が出入り口の脇でぼんやり立っていたので、亜衣と二人で近づいた。

「お疲れ様です」と声をかけると、富岡課長は頷いた。

呆れるほどの童顔で、バブバブというニックネームをもつ富岡課長は、絶対に四十歳には見えない。営業一部で関東地区を担当する二課の課長をしている。

超ド級のいい人であるが故に、部下たちからは会社や仕事への不満を打ち明けられやすく、上からは叱られやすかった。

結果、二年前、胃潰瘍《いかいよう》で入院した。

私は尋ねた。「女性プロジェクトチームの二モデルは、どうでしょう？　注文は入りそうですか？」

「まだ始まったばかりだからね。もう少し様子をみてからじゃないと、なんとも言えないな」

その時、会場に絵里先輩が入ってきた。

私と亜衣が声をかけると、絵里先輩がいつも以上に引き締まった表情で会場を見渡してから言った。「来てたんだ」

「はい」

絵里先輩が強い足取りで、チームの二モデルが並ぶケースに向かうので、私と亜衣はくっついて行った。

ケースの前で足を止めた絵里先輩に、私は尋ねる。「チームの二モデルは、どうでしょう？」

「えっ？」

強い反応に一瞬怯《ひる》みそうになったが、私はもう一度繰り返して尋ねた。

絵里先輩が答える。「正直、厳しいと思う」

「も、もうダメですか？　今、バブバブに聞いたら、まだ始まったばかりだからなんとも言えないって……だよね」私は亜衣に同意を求めた。

亜衣はその通りだと言わんばかりに大きく頷いた。

絵里先輩は鼻で笑った。「バブバブって、そういう人じゃない。はっきり、ダメだって言えないのよ。もう少し頑張ってみようよ、大丈夫かもしれないよ、これからだよって言い続けて定年を迎えるんだろうな」胸の前で腕を組んだ。「展示会って、ただ案内状を送れば来てくれるってもんじゃないのね。誰もが取り扱いたいブランドだったら別だけど。だいたい展示会の時期は集中するから、バイヤーたちは効率よく会場を回りたいのね。なので、事前にどんな新作が並ぶのか知りたがるの。私たちはデザイン画は見せられないことになってるから、口頭でね、説明するのよ。これこれこういう機能がついたモデルと、これこれですって。その時の反応で、おおよその数字は予想できるんだよね」

「そ、それで?」私は先を促した。

私の腕に、亜衣が自分の腕を絡めてきた。

絵里先輩は顔を顰《しか》めた。「商品化は厳しいだろうね。商品化の可能性でいったら、鏡付きのより、左利き用の方が高そうだけど。高そうとはいっても、確率でいったら二、三パーセント程度かな」

「はあっ」亜衣と私は同時にため息をついた。

「無理だったのよ」絵里先輩は遠い目をした。「企画を練る時間なんてなかったもの。最初は女だけのチームを作ることが目的って感じだったじゃない。本気には思えなかった。それが突然、今日中に企画案を出してくれでしょ。それに、ミミゲ、全然売る気ないのよ」

「まだ拗《す》ねてますか?」私は尋ねた。

「そうだね。上からの指示でなにかやらされるのは抵抗ないんだろうけど、今回のは私たちが絡んでるでしょ。自分を通り越して、上の者と下の者が勝手に進めたことだって思ってるから、おもしろくないんだろうね。営業二部の佐藤部長も同じ気持ちみたいだし。でも、表だっては反対できないじゃない、ミミゲも。バンザイから睨まれるから。ただ、売る気は全然ないね。昨日のここの準備の時だって、チームの二モデルは、一番目立たないケースに入れとけばいいって言ったんだよ」

どういうこったい。

部下だった時から、ミミゲの幼稚さには何度もびっくりさせられてきたけど、相変わらずなようで。

「いらっしゃいませ」絵里先輩が出入り口に向かって、頭を下げた。

絵里先輩は「お客さんだから」と言うと、二人連れの男性に向かって歩き出した。

私と亜衣はもう一度、チームのサンプルをじっくり眺めてから会場を出た。

ロビーに降りると、亜衣が言った。「絵里様が仰《おつしや》るように、営業の一部と二部の部長が非協力的だとすると、商品化は難しいかもしれませんね」

「ここまできたら、あとは祈るしかないよね」

「そうですね。あの……工場の方たちは、この展示会にいらっしゃらないんでしょうか？」

「あぁ。どうだろう。来ないんじゃないかな」

「残念ですね。随分骨を折っていただいたのに。展示会場でサンプルが陳列ケースに並べられているのを、見ていただきたかったです」

筋右衛門の黒くて薄い唇が頭に浮かんだ。随分、嫌味を言われたよなぁ。これで注文が入らなくて、商品化にならなかったら、そら見たことかって思われるんだろうなぁ。それはちょっと悔しいけど。

ホテルを出ると、亜衣がくるっと身体を回し、拍手《かしわで》を打った。

私がびっくりしていると、亜衣がにっこりして「たくさんオーダーが入りますようにって、お祈りしました」と言った。

美人は変な行動をとっても、あー、そーかいと頷かせる力をもっている。

私たちは会社へ戻るため、駅へ向かって歩き出した。

3

私は実家の祖母のキッチンで、料理の手伝いをする。

キッチンカウンターの向こうでは、割烹着《かっぽうぎ》姿の祖母が動き回っていた。私は子どもの頃からいつもやっているように、カウンターの前の椅子に座って、祖母から頼まれた作業をしながら取りとめのない話をする。

毎年年末にはなるべく早く帰省して、祖母の手伝いをするのが習慣になっている。日高では今年、十二月二十六日から連続九日の休業になった。

計画通りに一週間をかけて冷蔵庫を空にし、休暇の初日の今日は、午前中でマンションの大掃除を終わらせて、午後二時羽田発の飛行機に飛び乗った。

およそ四ヵ月振りに戻った札幌は、コートがいらないほどの暖かさだった。

実家は、各自の部屋が完全に独立した作りになっている。私たちの住まいは、両親が切り盛りしているビジネスホテルの最上階にあった。家族のなかで一番広い、スイートルームほどの部屋にいる祖母を訪ねるには、ドアのチャイムを鳴らして、鍵を開けてもらわなければならない。両親の使っている部屋のほかに、すでに家を出ている二人の兄と姉、私の部屋もそのままになっている。

私は自分の部屋に荷物を置くとすぐに、祖母の部屋を訪れたのだった。

休暇が取れ次第、二人の兄と姉は、それぞれの家族を連れて戻って来るだろう。そして私のように、すぐにこの祖母の部屋のドアを叩く。皆、祖母の料理が目当てだった。正月になれば、親戚たちも祖母の料理が食べたくて、集まって来る。

小さい頃から、祖母の料理の手伝いを許されるのは私だけで、それは今でも誇らしい気分にさせてくれる。

祖母が言う。「初めてだね。真也子が仕事の話をするの」

「そう？　初めてじゃないでしょ」

「初めてだと、お祖母ちゃんは思うけどねぇ。会社のお友達の話はしてくれたけど、仕事の話はね。立派な働く女の人に、真也子もなったんじゃないだろうか」

働く女の人って……何年も前から働いてるのに。

本当に仕事の話をするのは初めてだろうか――。

そうかも。

ＯＬのほとんど変化のない地味な毎日を聞かされても、つまらないだろうと思ったのかな、私。

でも今日は、祖母に聞いて欲しいことがたくさんあった。

女性だけのプロジェクトチームで開発した腕時計を、先月の展示会でバイヤーたちに見てもらったこと。結局注文は入らず、二モデルとも商品化にならなかったこと――。

「その、バンザイは」祖母がリズミカルに大根を千切りにしながら口を開く。「もう一回、真也子たちに挑戦させてはくれないのかい？」

「どうだろう。わからない。廊下ですれ違った時、残念だったなって言っただけだから。筋、終わった」

「はい、ありがとう。それじゃ、いただきましょう」

サヤインゲンと交換で渡されたのは海老だった。

私は爪楊枝で海老の背わたを取り始める。

祖母が言うように、もう一回チャンスは与えられるんだろうか。やりたくて手を上げたわけじゃない。バンザイが勝手にメンバーを決めて、やりなさいって言ったから。人事課の仕事をやり繰りしながら工場へ行ったり、チームの会議に出席するのって結構大変だった。もしもう一回と言われたら、あの大変さをまた味わわなければならない。そこまでしてやりたいかっていったら――ちょっとノーなんだよなぁ。

でも――。

先週のことだった。

祖母への土産を買いにデパートに行った時、佐奈江先輩が企画した腕時計を売り場で発見した。SP会議でサクサクと説明し、あっという間に了承を得ていた、おねだりペアウォッチ。時計売り場の中で、明らかに特別扱いされているディスプレーだった。買い物を終えてデパートを出た時、一階のショーウインドーの中にも、あの腕時計が飾られているのを見つけた。そのペアウォッチを眺めているうちに、佐奈江先輩が羨ましくなってしまった――。

祖母は大根の千切りを終えると、ニンジンの皮剝きに取り掛かった。「ちらし寿司の決め手は、それぞれの具材の下味ね。椎茸《しいたけ》の味付けはちょっと甘めにして、錦糸卵《きんしたまご》の塩味は軽めにしておくの。そうやってそれぞれの味付けを丁寧《ていねい》にやっても、最後の最後に酢飯のお酢の加減で失敗してしまうと、台無しですよ。この加減を見つけるまで、お祖母ちゃんが何回失敗したと思うかい？　数え切れませんよ。加減を見つけた後でもね、毎回食材は違いますからね、失敗することもありますよ。今でもね。毎回、毎回、真剣勝負ですよ。お祖母ちゃんには東京で働くってことが、どれだけ大変か、わかりませんけどね。それは、一回目だったんだから、失敗して当然じゃないかと思いますよ。生まれて初めてちらし寿司を作って、成功させる人なんていないでしょ」

一瞬、納得しかかった自分が怖い。

腕時計の開発とちらし寿司を、一緒にしちゃ、いけないんじゃないかな。

祖母が続ける。「もう一回やらせてくださいって言ったら、どうなんだろうね。バンザイに。

おや、いけない。違いますね。今度は順番通りにやらないとね。そうすれば、えっと……ミミゲって言ったかしら？　ミミゲも協力してくれるんじゃないかしらね」

祖母の口からミミゲという言葉が出てきて、吹き出しそうになる。

一時間半ほどでちらし寿司は完成した。

早速皿によそってもらい、最高のちらし寿司をお腹に収める。

これから高校時代の友人たちと約束のある私は、お代わりはせずに祖母の部屋を出た。

実家のビジネスホテルから十メートル程度離れたクリーニング店の前に立ち、ガラスドア越しに中を覗くと、険しい顔で伝票を睨む小川美咲《おがわみさき》がいた。

カウンターの前にいる美咲は、怒りの気のようなものを発散していて、とても声をかけられる雰囲気ではなかった。

その伝票になにが書かれているんだろう。

すると、突然、その険しい顔を私に向けてきた。

思わず、後ずさる。

私だと認識したせいなのか、美咲の憤怒の形相《ぎょうそう》は一転し、穏やかな表情になった。

私が恐る恐るガラスドアを横に滑らせると、「久し振り」と美咲の明るい声がかかった。

「大丈夫？」と私が尋ねると、不思議そうな顔で「なにが？」と聞き返してきた。

「美咲、なんていうか……物凄い形相してたよ、その伝票見ながら」

「やだっ」と言って笑い、その伝票をレジの横にマグネットで留めて、「なんでもないのよ。

皆、まだよ。二階、上がってて」と天井を指差した。

店の隣にある小さなドアを開けた。

美咲の住まいになっている二階へ、急な階段を上った。

上り切ってすぐ左にある戸を開ける。部屋に入ると真っ直ぐ進み、勝手に襖《ふすま》を開けて二間続きにしてから、簞笥《たんす》の隙間から折り畳み式のテーブルを引っ張り出して、中央に広げた。高校時代からずっと、ここが私たち、仲良しグループ六人の溜まり場だった。この六畳二間に、皆の笑い声やひそひそ話が染み込んでいる。

私が帰省すると、必ずここで飲み会が催される。今夜集まるのは何人ぐらいだろう。夫や子どもを同伴してくる子もいるし、一発芸ができるからという理由で、初対面の人を連れて来る子もいるので、見当がつかない。

ここでは私は料理を作らない。

参加者の中に寿司屋の娘がいるので、昔から彼女の実家から寿司が届いた。五年前に回転寿司店に衣替えして以降も、特別に寿司桶で配達してもらっている。

酒屋の娘もいるので、アルコールの調達も手抜かりはなかった。こちらも五年前にコンビニに業種転換したが、アルコールの手配を毎回彼女が取り仕切るのに変わりはない。

私は二重窓を開けて、その側に斜め座りする。

この部屋の唯一の難点は、畳ということ。デブには和式の生活は向いていない。

すぐに苦しくなって、押入れを開けて座布団を引っ張り出した。

再び窓の横に移動し、座布団を半分に折ってから、その上に尻をのせた。力士がこうやって座っているのをテレビで観てから、私も畳に座る時は、座布団を二つ折りにしている。

階段を上がってくる元気な足音に続いて、戸が勢いよく開かれた。

美咲が部屋に入って来た。「窓、開けてるし」

私は尋ねる。「今日は暖かくない？　今年はこんな感じなの？」

「そうだね」

「温暖化の影響かね？」

「どうだろね」と言いながら、端にある流しに向かい、水道の栓《せん》を開いた。

テーブルを布巾で拭き始めた美咲に言った。「お店、いいの？」

「うん。パートさんに頼んできたから。もう、今日は上がりにしちゃった」

美咲の頬のあたりを見つめる。

その頬は少し緊張しているようだった。なにか話したいことがあるのに我慢している時、美咲は昔からこんなふうに頬を硬直させる。

美咲が話し出すのを、私は待つ。

しばらくの間、何度も同じ場所を拭いていた美咲が、手を止めた。「私、どんどん嫌な女になってる」

「ん？」

「それとも、昔から嫌な女で、それに最近気が付いたのかな？」

「なんかあったの？」

「突然、どうしようもなく腹が立って、怒りを抑えられなくなるの。私、一応、ここの社長じゃない？　だから従業員を叱りつけるのは、やろうと思えばいつでもできちゃうのよね。今もさ、従業員を怒鳴りつけてきたとこ。伝票一つ、まともに書けないんだから。何度注意しても、同じミスをするのよ。何度言ったらわかんのよって、叫んじゃった。気持ちが落ち着けばさ、ああいう言い方じゃなくて、ほかの言い方をした方が良かったなとか、上に立つ者として、もっと上手い指導の仕方があったかなって反省するの。もっと違う接し方をしていたらって……そんな昔のことまで考えちゃったりしてさ」

私は美咲にかける言葉を必死で探すが、なかなか浮かんでこない。

美咲は地元の短大を卒業した後、両親が経営していたこのクリーニング店を受け継ぎ、社長になった。二十二歳の時、三つ年上の人と結婚した。結婚式に出席するため帰省した私の、彼への第一印象は、口数の少ない優しそうな人というものだった。その時、ペットショップを開きたいと言っていた気がしたが、彼はここに住み、クリーニング店を手伝うようになった。

三年後、彼は突然ここを出て行った。従業員の女性と一緒に。

「あのさ」まだ考えがまとまらないうちに、勝手に私の口が動きだす。「私は従業員の立場でしょ。でさ、従業員からすると、はっきりこのことについて怒ってんだぞってわかる方が、いいかな。拗ねてるんだけど、なににムカついているのか言わないってのは、こっちは一番、面倒。だから、悪くないと思うよ。ミスした従業員をビシッと叱るっていうのは。チビりそうになるほどはどうかと思うけど。それから……自分を責めちゃ、ダメだよ。どんなに注意して接していたって、去っていく人は、去っていくんだから」

美咲はこっくりと頷いた。

やがて両手で頭をガシガシと掻《か》くと、「なんか、楽しい話、しようよ」と言い、「私になんか、報告するようなこと、ないの？」と鋭い目を私に向けてきた。

「ないねぇ」

「そっか。今日は飲んで食うか」

「そうだね」

美咲が笑顔になり、私は少しほっとする。

美咲は怒っているより、笑っている方が何倍も素敵だ。

自分の腕時計にちらっと目をやった美咲が「集合時間まで三十分かぁ。もっと早く来るといいんだけど。先に飲んでちゃ、ダメだよね？」と確認してきた。

私は「三十分なら、待ってようよ」と答え、「楽しい話じゃないけど」と断ってから、プロジェクトチームの話をした。

一通り聞き終えると、美咲は「それ、ミミゲのせいなんじゃないの？」と大きな声を上げた。

札幌で、日高社員のニックネームは普及しつつある。

美咲がテーブルに片肘をつき、掌に頭をのせるようにした。「しっかし、大人気ないね、そのミミゲ。なんかさ、ごっつぁんの会社、バラバラって感じだね。人数がたくさんいると、皆が同じ方向を向くっていうのは難しいのかね。ま、うちもよそのこと、言えないけど。たった十人だって、束ねていくのは大変だからね。なんかさ、本屋に行くと、その手の本がたくさん出てんだよね。部下をやる気にさせる方法とかさ、十分の朝礼で会社が生まれ変わるとかさ。一応買って読んでみるんだけど、本当かよってつっこみたくなることばっか。実は九月に、一気に五人辞めてね。示し合わせてたんだと思う。同じ日に辞めますって言ってきたから。引き止めたら、こっちの負けだからね。あっそって言って、辞めてもらったの。そしたら、大変だったぁ。残ったスタッフと私で、新しい人が入ってくるまで、二倍の仕事をしなくちゃいけなかったから。その時、つくづく思った。仕事ってチームなんだって。私が頑張ればいいんでしょってわけにはいかないんだよね。集荷も洗濯もアイロンも、納品も請求書作りも入金確認も、店も私がって――気持ちがあっても、現実は無理なんだよね。結局部分的に誰かに頼まなければいけなくて。分担された仕事を各自がこなしていくことで、会社は回っていくんだなって。やだっ。なんか、仕事の話してるよ、私たち」

互いにびっくりして、大笑いした。

この部屋で今までいろんな話をしてきたが、仕事にまつわることはなかったように思う。給料の安さや、休みが少ないといった待遇への不満を口にすることはあっても、働くこと自体が話題にはならなかった。

なぜだろう。

その時、階段を上がってくる足音が聞こえてきた。

美咲が「誰だろう」と言って、振り返る。

私は首を伸ばして、戸口を見つめた。

4

会議室に集まった、プロジェクトチームのメンバーたちの顔を、一人ひとり見ていく。

「と、いうことで」私はここで間を取ってから、続けた。「女性だけのプロジェクトチームは復活し、再度、商品開発にチャレンジします」

えっ？

ここは、「やったー」「頑張ろう」って言葉が飛び交うべきところでは？

なんで、そんな沈んだ顔してるのよ。

慌てて私は言った。「来年の三月商戦まで、一年ちょっとあるわけですから、今回は時間があります。なので、通常通りの段取りを踏んでいきます」

もう一度、歓声が上がるのを待った。

いくら待っても、声は聞こえてこない。

ノーリアクションはないんじゃない？

昨日、最中《もなか》につられてバンザイの呼び出しに応じると、チームを復活させ、もう一度開発にトライするよう指示を受けた。

私は今度こそ商品化に向けて頑張りますと、力強くバンザイに宣言し、メンバーにメールを送って招集をかけた。

皆の喜ぶ顔が見たくて、集合する理由はメールに書かなかった。

そして、午後一時に会議室に集合したメンバーに向かって、私はバンザイからの話を伝えた。

なのに……メンバーから喜びの声は上がらない。

向かいの絵里先輩が口を開いた。「段取りを踏んだって、部長たちに協力してもらえないと思うけどな」

絵里先輩の隣に座るラッパーが頷いた。「私もそう思う。それに……私たちのアイデア、ダメだったわけでしょ。確かに時間がなくて、慌てて出した案だったけど、私、それほど悪いものだと思ってなかったのね。でも、結局バイヤーたちにはNGだったでしょ。営業のサポートが得られなかったせいもあるとは思うけど、商品が良くて、バイヤーがイケると考えれば注文は入ったはずだよね。それが、あの結果だったってことはよ、再チャレンジしても同じ結果になるだけだよね」

「そんなこと、ないですよ」私は励ますように言う。「一回目はいろんなことがわからなかったからですよ」

私の右にいる千香が、自分のマニキュアの具合をチェックしてから言った。「ごっつぁん先輩は、テレビの見過ぎかもしれませんよ。ほら、NHKの。オジサンたちが好きな番組、なんていいましたっけ」答えが出るのを待つように皆の顔を見回したが、誰からも声は上がらず、再び口を開いた。「プロジェクトのメンバーが頑張って、ヒット商品を作りました。めでたし、めでたしって番組、ありましたよね。ああいうのって、滅多にないから、テレビで放送されるんですよ。あっちにもこっちにもあったら、わざわざ番組にして放送しませんもん」

メンバーたちが小さく頷く。

おっかしいな。

もう一回トライできると聞いて喜んだのは、私だけだったってこと？

いつから皆と私の間に距離が生まれていたんだろう。

左端に座るジミーが、口元を手で覆ってから話し出す。「とはいうものの、バンザイからの命令を私たちは断れないから、やるしかないんだろうね。ちなみに、この件、会長も社長も了承してるんだよね？」

皆の視線が集まり、亜衣がノートから顔を上げた。「断言はできませんが、そうだろうと思います。四、五日前に会長室のお花を入れ替えている時、バンザイ取締役が部屋に入っていらして、チームの話を口にされていましたから。すぐに私は退室しましたので、詳細はわかりませんが、恐らく、その際に了承を取られたのだと思います。社長には一昨日、話をされたのではないでしょうか。取引先のパーティに出席される社長に同行されてましたから」

がっかりした表情を浮かべてラッパーが言った。「やるしかないみたいね」

次に集まる日時を決めて、その時には各自三つ以上の企画案を持ち寄ることを約束してから、打ち合わせを終えた。

自席に戻った私は、りえに「応接室に行ってます」と声をかけて、すぐに移動する。

応接室に隣接する給湯室で、来客用のコーヒーの準備をしていると、約束の二時ぴったりに、就職活動をサポートするポータルサイトの営業担当者とライターがやって来た。二人を部屋に招き入れた直後に成川も到着し、全員が揃った。

二月に入ってから、人事課では来年の四月に採用する新卒の面接を開始している。それとは別に、採用のファーストステージが始まるものもある。大学三年生向けのものだ。二ヵ月後の四月から本格的にスタートするのにあわせ、すでに準備が開始されていた。

ほとんどの大学生が見るといわれている件《くだん》のポータルサイトに、日高も毎年広告を出し、求人情報を掲載している。

そこには会社情報のほか、社員が自分の仕事や会社についてインタビュー形式で語るページもあり、成川に登場してもらう予定で、今日は時間を取ってもらってあった。

先輩社員の代表が成川なんかで大丈夫かと心配したが、竹内係長が、ライターがうまくまとめてくれるので、頼みやすい人でいいんだよと言ったので、その言葉を信じることにする。

ライターの質問に、成川はいたって平凡で無難な受け答えをして、三十分ほどで取材は終わった。

その後、掲載用の写真を撮るため、いろいろなポーズを取らされた成川は、恥ずかしそうな表情を浮かべた。

撮影が終わり、二人をエレベーターホールで見送った。

扉が閉まったところで、私は成川に「お疲れ様」と言って、『エンゼルパイ』を差し出す。「出たっ」と成川は大きな声で言った。「ごっつぁんの魔法のヒップバッグからは、いろんなものが出てくるよね」

「まぁね」

「今日昼飯抜きだったから食べたいけど、場所がないんだよね。デスクじゃさ、ほかの人たちいるし。って、なんで、ごっつぁん、そんな不敵に笑ってるの？」

私は秘密の場所に連れて行ってやることにした。

エレベーターで一つ上のフロアに行き、三階の一番奥まった位置にある、曇りガラス製のドアを押し開けた。

すぐ左の壁沿いに、丸椅子が六つ並んでいる。

私はその椅子に腰掛け、「ここのこと、秘密だからね」と言って、自分用の『エンゼルパイ』を開封した。

隣に座った成川が小声で言った。「ここ、大丈夫なの？」

「先月倒産したんだって。先物取引って知ってる？　なんか、そういうのをやっていた会社で、失敗したとかなんとか言ってた、掃除の人が。ここ、縁起悪いらしい。この場所に入った会社が、倒産か縮小になって出て行ったの、連続五社目だって。それで借り手が現れないって。これも掃除の人からの情報なんだけど。で、ドアは閉めてあるけど、鍵はかけないでおくから、お腹が空いた時は、こっそりここで食べたらいいよって言ってくれてんの」

「さすが、ごっつぁん」

「なにが、さすが？」

「あぁ……よくわかんないけど」

『エンゼルパイ』を食べ始めた成川に、私は尋ねた。「さっきの、本当？」

「なに？」

「仕事の楽しさを感じた時はって聞かれて、クライアントに売り場の提案をして、それを採用してもらえた時って言ってたじゃない。あれ、本当？」

「あー、嘘」

「認めるの、早っ」

「本当のことなんて話せないっしょ。学生一人も来ないよ、マジで。僕さ、学生の頃、あのサイト、すっげぇアクセスしたんだよ。でもさ、実際企業側の人間になってみるとさ、あんなところに本音が転がってると思ってた自分が、甘ちゃんだったと反省する。百貨店に商品を納入できる卸の会社が担当だからといって、百貨店のバイヤーに直接会える機会なんて、滅多にないんだ。売り場の提案なんて、絶対にできない。卸の会社が、そんなこと許さないし。メーカーは黙って造ってろって考えだからね、百貨店のバイヤーも卸の会社も。ただし、クレームの時だけは別。バイヤーが怒ってる時は、卸の会社から呼び出されて、一緒に謝りに行かされる。百貨店の売り場とメーカーの間に卸会社が入るのは、日本の悪しき商習慣だね。情報もスムーズに流れないし、卸の会社分の利益が単価に上乗せされて、それを消費者が払わされてるってことだしね」

私は頷いた。「工夫のしょうがないってところが、ジレンマなんだね」

「そうそう。自分のせいだったら、売り上げの数字が悪くて怒られても、しょうがないと思うんだよ。でもさ、自分じゃ、どうにもできないだろ。日本の商習慣を僕は変えられないよ。なのに、上司は毎日通え、足で稼げって。昭和の営業スタイルの信奉者なんだから、参るよ」

「それって、昭和のスタイルなの？」

「そうだよ」尖らせた口の周りにはチョコがついている。

ティッシュを渡して、私は言った。「うちの実家、札幌で小さなホテルやってるんだけどね。去年の夏に帰省した時、毎日のように宅配便のお兄ちゃんが、荷物ありませんかって来てたのね。親に聞いたら、毎日元気よく来るから、困っちゃうって言ってたの。うちはずっと別の宅配会社を利用してたのよ。荷物はないわよって言っても、わかりました、また明日顔出しますって言っちゃって、へこたれないんだって。で、この間の年末に帰省したら、うちのホテル、そっちのお兄ちゃんの会社に荷物を出すようになってた。親に聞いたら、二つの宅配会社の料金はほとんど同じなんだって。同じだったら、熱心に通って来てくれる子の方がいいじゃないって言ってた。なるほどって思ったんだけど。親は田舎《いなか》もんだから、古い昭和の営業スタイルにヤられちゃったのかな？」

成川は空の袋にティッシュを詰めながら、首を傾《かし》げた。

5

マグカップに顔を近づけると、チーズの香りがした。

火傷《やけど》をしないよう慎重に、マグカップを傾ける。

あぢっ。

すぐにマグカップをカウンターに戻した。

ティラミスラテは、いつものように激アツだった。

竹内係長に頼まれて、派遣社員用のＩＤカードをラミネート加工するため、一階に下りた。日高が入っているビルの一階にはオフィス用品を扱う店があり、そこは隣接するセルフスタイルのカフェと繋がっている。買い物を頼まれた女子社員に一服できる場所を用意している、よくできた店だった。

奥まった席がいつも制服姿の女性たちで埋まっているのは、前を歩く人たちから、ガラス張りの窓越しに、姿を見られないように気を遣っているからだと思う。

窓に向かうように置かれたカウンターに座って、こうして私が外を眺めていられるのは、誰に見られても全然平気だから。社員の誰かと目が合えば、手を振るだけだ。午後二時であれば、お腹が空いたんだろうと思ってくれるだろう。デブって得だわ。

ラミネート加工ができるまでの間、四百二十円もするドリンクを選んだ私は、ちょっとした贅沢《ぜいたく》気分を味わう。

ふと、昨日再結成されたばかりの女だけのプロジェクトチームのことが、頭に浮かんだ。今度は商品化まで辿り着けるだろうかと、ぼんやり外を眺めていると、突然ラッパーが視界に入ってきた。

店の前を小走りで右から左に進んでいく。

と、その前を歩いていたスーツ姿の男性が振り返った。

うちの社員じゃない。

ラッパーが何事か言いながら、男性の肩に手を置いた。

おっと。

身を乗り出して、次の展開を待つ。

二人はなにか話をしているようなのだが、店内にいる私に聞こえるはずもない。

すると、男は突然、深く頭を下げた。

別れ話？　こんな職場のすぐ近くで？　午後二時に？

だいたい、あなた、誰？

窓ガラスに顔を近づけ、息を凝らす。

男はラッパーに向けて、今度は小さく頭を下げると、駅のある左方向へ歩き去った。

どんな結論出したのよと心の中で質問していると、振り返ったラッパーと、ビタンと目が合ってしまった。

あっ。

ラッパーは私に小さく手を振ると、カフェのドアに向かって歩いてくる。

どうしよう。

どっから見ていたことにしよう。

ラッパーが振り返ったところからだよね、やっぱり。当然、そうなるよね。

自動ドアが開き、ラッパーが明るい声で言った。「なに、ごっつぁん、こんなところでさぼってんの？」

「あぁ……はい」

「ちょっと、生クリームが制服についちゃってるよ」

胸元に目を落とすと、ベストの第一ボタンのあたりには茶色いシミができ、さらに白い泡までついていた。

ラッパーはすぐに店内に視線を巡らせ、セルフ用の品が並ぶコーナーに動き、戻ってきた時には、紙ナプキンと水の入ったグラスを手にしていた。

「ほら、ベストのボタン、開けて」

言われるまま、私がボタンを外すと、ラッパーはベストの裏に乾いた紙ナプキンを当てた。すぐに濡らした紙ナプキンで、ベストの表を小刻みに叩き始めた。

「もう、子どもじゃないんだからね」ラッパーは笑いながら言う。「どうして、制服にコーヒーを飲ますのよ」

私は人差し指で、窓の外を指した。

「外、見てたの？」

ラッパーの問いに私は頷き、再現してみせるため、カウンターに上半身をのり上げるようにして、外をもう一度指差した。

手を止めたラッパーは不思議そうな顔をした。「なんだってそんなに熱心に外を……もしかして、私？　今の？　あっ。もしかして、なんか誤解してる？」

誤解もなにも。どう読み取ったらいいかわからなくて、声も出ない。

ラッパーはそれまでより強い調子でベストを叩くと、「はい、終わり。たぶんシミにはならないんじゃないかな」と言った。

ベストについたシミは、さっきより大きくなっている気がしたが、なにも言わずに頭を下げた。

ラッパーが私の隣のスツールに座った。「広告代理店の子なの。さっきの人よ」人差し指で窓の外を指した。「大きな失敗をやらかしてね。うちの部長から雷落とされたのよ。ま、落とされて当然のことをしたんだけどさ、ヤツは。すっかりへこんでたから、ちょっと励まそうと思って、ここまで追いかけてきたの。あれよね。最近の子って、喜怒哀楽を出し過ぎだと思わない？　プライベートだったらいいわよ、わかりやすくて。でも、仕事ではちょっとね。元々、部長はあの子、嫌いなのよ。前の担当者は部長のお気に入りだったんだけど、半年前に今の子に変わってね。嫌ってるから、ミスをしたら徹底的に苛《いじ》めちゃうんだよね、部長は。前の子が同じことしても、あそこまで怒らなかったんじゃないかな」

「なんだか可哀相ですね」やっと声を出した。

「そうね。営業マンとして致命的なキャラなんだよねぇ」

「どんなキャラなんです？」

「人の話を聞くのが下手なのよ。もう、終わりでしょ。そうなのよ。営業マンが必死に自分の話をしちゃダメなの。クライアントに好きなだけ喋らせるの。適当なところで相槌打ってさ、たとえ五回目に聞く話であっても、本当ですか？　って大声で合いの手を入れられるぐらいじゃなきゃ。前の子は、そういうのが得意だったから、ポカやっても、部長からは可愛がられてたんだ。と、いうことで」目を大きくさせておどけた顔をした。「ごっつぁんが想像したような、男と女のすべった転んだって場面じゃなかったのよ。それに、私、彼氏いるし」

「そうなんですか。こっから見てたら、ラッパー先輩が男の人を追いかけてるし、そしたら、男の人は頭を下げるしで、どんなドラマなんだかわからなくって、混乱しちゃいましたよ。今、ラッパー先輩から話を聞いて、すっきりしました。励ましてたんですね。それはそうと、ラッパー先輩に彼氏いるって、初耳ですよ。いつからです？」

「もう長いのよ。正確にはヒモなんだけど」ラッパーが肩を竦めた。

「はい？」

「私は彼だと思ってるのよ。でも、友達に言わせると、ヒモだって」

私は再び声を失い、縋るようにマグカップを握った。

「音楽やってるの」ラッパーがカウンターに頬杖をついた。「なかなか芽が出なくてね。気が付いたら、なんでもかんでも私がやってあげるようになっちゃって。すっごくいい音楽作るのよ。なかなか理解してもらえないんだけど。友達は私を心配してくれちゃってるんだけど、私は全然幸せなのよ。夢をもってる人って素敵でしょ」

私は頷いた。

「あれ、亜衣ちゃんじゃない？」

ラッパーが指差す方へ顔を向けると、社長から三歩遅れて歩く亜衣が目に入った。

身長が一メートル五十センチはないと思われる小柄な社長は、せかせか歩く。

その後ろを、急ぎ足ではあっても優雅さを失わずに歩く、一メートル六十五センチほどの亜衣がいた。

運転手が車を降りると、急いで後部座席のドアを開けた。

社長が乗り込み、亜衣が助手席のドアを自ら開けて、座る。

すぐに車は動き出した。

ラッパーが呟いた。「亜衣ちゃんって、ほかの会社でも絶対秘書になってたよね」

「かもしれないですね」

「私が社長なら、ごっつぁんを秘書にしてもいいけど」

「どんな魂胆《こんたん》ですか？」

「魂胆なんて、なにもないわよ。ごっつぁんに側にいてもらったら、疲れが取れそうだもの。

ハーブティーより、ごっつぁんの方が効きそうだからさ」

「私が社長なら、金髪の外人で、モデルみたいなスタイルのいい女を秘書にします。顔が綺麗だったら、日本語ができなくたっていいぐらいです」

ラッパーがじっと私を見つめた。「成り上がり者の発想だね」

確かに。

と、思ったらお腹の底から笑いが起こった。

6

受話器を握る竹内係長は、反対の手で額を擦る。

その手の動きは激しくて、大変困ったことになっていると予想がつく。

パーティション越しに私はりえに尋ねる。「なんかあったの？」

「さぁ」

私は手を動かしながらも、竹内係長の声に耳を澄ませる。

「はい」「申し訳ありません」「そのようなことは」の三つのフレーズしか聞こえてこない。

またなにかに巻き込まれてるのかなぁ、竹内係長。可哀相に。日高では頻繁に竜巻が発生した。どんなに必死にデスクにしがみついても、結局は突風にからめとられる。

ふと、こんな時に、頑張れと声をかけてくれる腕時計はどうだろうと思いつく。

ボタンを押すと、デジタル画面に犬や猫が現れて、頑張れって文字が出るのはどうだろう。ボタンを押さずに、腕時計が察知してくれた方がいいけど。できるかな？　ベルトの中にセンサーを入れればいいの？　なにを感知すればいいんだろう。脈拍？　他社から発売された腕時計に、眠りの浅いタイミングを判断して、アラームを鳴らすと謳《うた》っていたのがあったけど——。

あれはどうやってるんだろう。

時計メーカーで六年も働いているっていうのに、全然知識がないんだよなぁ。

なのに新商品を生み出さなければいけない。

チームのメンバーも、私と同じように知識不足に歯痒《はがゆ》い思いをしているんだろうか。

先週集まった時は、皆のノリの悪さにショックを受けてしまった。

私は、バンザイからリベンジの話を持ち掛けられた時、この重い身体が飛び上がりそうになったんだけど——。

今回は言い訳はきかない。

突然だったからとか、まさか通るとは思わなかったなんて。

時間はたっぷりある。企画部の人たちと同じ条件だ。

ただ——知識もないし、発想力も貧弱だった。

ヒップバッグからA7サイズのノートを取り出し、「頑張れと動物が励ます」と書きつけた。

背後に人の気配がして、振り返った。

真っ赤な顔の竹内係長が立っている。「ごっつぁん、悪いんだけど、再来月の——四月入社予定の村上君の資料、どこにあるのかな？」

「資料っていうのは、どういう？　なにかありましたか？」

「実は昨日遅くに、村上君から電話があってさ。内定を辞退したいって」

「はい？　今、この時期にですか？」

「そうなんだよ」哀しそうな顔をした。「大量採用してるわけじゃないから、一人でも予定が狂うと、色々大変だから、困っちゃってね」

「いったい、なんだって、こんな間際になってなんですか？」デスクの引き出しから鍵を取り出し、立ち上がった。

私が壁際に並んだスチール収納庫まで移動すると、竹内係長もついてきた。

開錠して中のファイルを手に取り、竹内係長に渡しながら「入社の二ヵ月前に内定辞退なんて。連絡してくるのが、遅すぎますよね」と言った。

小さく何度も頷く。「そうなんだよ。別の会社に就職するんだろうと思ってさ、参考のために、どこに行くことにしたのか教えてくれって言ったらさ――」

竹内係長は餃子《ギョーザ》で有名なチェーン店の名を言った。

「随分業種が違いますね」私は感想を呟く。

「僕もそう言ったんだ。そしたら、つき合ってる彼女がそこの原宿店でバイトしてて、人がいなくて大変だって言うので、その店で働くことにしたって」

「え？　その本部勤務の社員じゃなくて、その原宿店で働くんですか？」

「そう。正社員の募集は終わってたんで、原宿店でバイトだって」

竹内係長が手にしているファイルを指差した。「村上君って確か——国立大学の子でしたよね？」

「そう。筆記試験も最高得点だったし、面接も評価が高くて、入社前から期待されてたんだけどね」

「企画部に配属予定でしたよね」

大きく吐息をついた。「そうなんだよ。今から新卒は採れないから、中途採用をって話も出てるんだけど、そうすると新卒よりは給与が高くなるからね。取締役の中には反対の人もいて。それに、下手に中途半端な経験や知識があるより、まっさらな状態から育てたいって。これは企画部長の考えなんだけどね」

取締役室に行くという竹内係長を見送り、私はデスクに戻った。

「聞こえた？」首を伸ばして、りえに尋ねた。

「はい。大変ですね。これから採用するにしても、シャッフルするにしても」

予定していた新卒が一人入ってこないだけで、計画は大幅に狂う。十八名の新卒の配属先を最初から考え直さなくてはならない。どの部署も人手は足りないと言い、どの部長も自分の部署が一番苦労させられていると不満をもっているから、話は簡単にはまとまらなかった。人事担当部署が強い権限をもつ会社もあるようだが、日高では違う。部署間で激しい綱引きが繰り広げられ、権限のまったくない竹内係長は、それぞれの言い分を聞き、落としどころを探るだけだ。

竹内係長のために、声援を送る腕時計をぜひとも開発したくなった。

退社時間になっても、竹内係長は戻ってこなかった。

二時間以上、彼は竜巻の中にいる。

竹内係長のデスクを覗いてみると、未決レタートレーには、たくさんの書類やファイルがのっていた。

竹内係長のデスクに『お疲れ様です』と書いたメモを置き、その上にバームクーヘンをのせてから更衣室に向かう。

会社を出て、六時過ぎにマンションに辿り着いた。

郵便受けを開けると、折り畳まれた紙があった。

その紙を広げてみると、明希の大きな字が目に飛び込んできた。

『嘘をついたり、悪いことをすると、バンドから高電圧が流れて、苦しめることができる腕時計（ピノキオの鼻のように）』

大丈夫かな、この子は。

レジ袋を両手に抱え、エレベーターに乗り込んだ。

明希に、腕時計のいいアイデアが浮かんだら知らせて欲しいと頼んであったが、まさか矯正を促す機能を盛り込む発想をするとは思わなかった。

先週、佳那子からもらったメールには、明希は未だに担任教師をつけ回していると書かれてあった。

たまたま明希の姿を見かけたので、つけてみたと記されていたが、どうも怪しい。たまたまなんてあるだろうか。

なにを始めても長続きしなかった佳那子が、どういうわけか、人をつけ回すのだけは飽きないようで、素行調査まがいのことをし続けている。知り合いや友人に頼まれた場合だけだと佳那子は言い張るが、本当のところはわからない。

また、本人が言うように探偵の才能があるかどうかも、私にはわからなかった。

明希だけでなく、プライバシーを無視して突き進んでいく佳那子も心配の種だった。

私の周囲には心配な人が多い。

すべての料理をテーブルに並べたところで、タイミング良く、佐奈江先輩がやって来た。

テーブルに並ぶ料理を眺めて、佐奈江先輩は目を大きくした。「ここに何人集合するの？」

「佐奈江先輩と私だけです」

「二人分で、こんなに？」

「足りなかったら、いくらでも作りますから」と私は言って、椅子を勧めた。

席についた佐奈江先輩は「いただきます」と言ってささみのソテーを口に入れた。

「美味しい」と感動したような佐奈江先輩の声を聞いて、たちまち幸せな気分になる。

美味しいものを一緒に食べれば心と心は近づけると、私は信じている。

眼鏡を人差し指で持ち上げて、佐奈江先輩が言う。「噂には聞いていたけど、こんなに本格的とは思わなかった。準備が大変だったんじゃない？」

「全然です。これとこれと、あと、これもだ。三品はさっき作りましたけど、あとのは昨日の残りを温め直したものですし。原理主義者ではないので、冷凍食品や缶詰なんかも使いますから、時間としたら、そんなにかかってないんですよ」

「へぇ」

「佐奈江先輩は料理はしますか？」

「実家暮らしだから、ほとんどする機会ないな。うちのキッチンには母しか立たないの」

食事をしながら、佐奈江先輩の家が、うちから二十分ほどの距離にあること、大学時代はゴルフ部で、今も月に一度はコースに出ることなどを知った。

私は言った。「佐奈江先輩はどういったところから、企画のアイデアを思いつくんですか？」

「どういったところって……あぁ、女性だけのプロジェクトチームが再結成されたって話、聞いたわ。今夜私を誘ってくれたのは、そのことが聞きたくて？」

「そのためってわけじゃないんですけど。会議室で向き合うより、間に料理のある方が早く親しくなれる気がして。あの、実は私、食べニケーションを日本全国に普及させようと企んでるんです」里芋の煮物を小皿によそった。「一度、SP会議に出席させられたことがあって――会議が長くって、お腹が空いて困ったんですけど。えっと、そのことじゃなくてですね、佐奈江先輩、格好よかったんですよ。オッサンたちを相手に、全然肩に力の入ってないプレゼンしてましたよね。ポイントだけに絞った書類も見やすかったですし。アイデアもいいなって思って。クリスマス前にデパートに行ったら、佐奈江先輩の腕時計がウインドーに飾られてました。売り場でも特別扱いって感じでした」

小さく笑った。「肩に力が入ってないかぁ。実際は全然違うけど」

「えっ？　そうだったんですか？」

「心臓バクバクよ。でも、緊張してるとわかった途端、あいつら、どんどん意地悪してくるからさ。だから、冷静を装ってるの。一年以上かけて商品化を目指してやってきたのに、市場のことをなんもわかってないあいつらに、否定されてたまるかって思ってるからね」タラコで味付けした玉ねぎの炒め物を口に入れた。「あそこでムキになったり、泣いたりしたら、ダメなのよ。絶対通らない。企画を通すためだったら、キャラを変えるぐらい、どうってことない」

「おぉぉぉ」

「やだぁ」と言った佐奈江先輩は、大笑いをしたかと思うと、突然咳き込み始めた。苦しいのか、顔を歪めた。

目まぐるしく表情を変えた佐奈江先輩は、自分の胸に手をあて、徐々に呼吸を整えていく。

やがて湯呑みの緑茶を口に流し込むと、大きく息を吐き出した。

「ごっつぁんが笑わせるから、タラコが喉《のど》にへばりついちゃって、苦しくなっちゃった」

「笑わせるつもりはなかったんですけど」

「おぉぉぉ、なんて、変な相槌打つんだもの」

「感心したんですよ」

私は佐奈江先輩の湯呑みに緑茶を注ぎ足した。

「ごっつぁんがリーダーなんだから、プロジェクトチーム、今度はうまくいくかもね。バンザイがごっつぁんをリーダーにしたの、今、わかった気がする。ごっつぁんの人事課への異動も、バンザイの仕業《しわざ》って噂があったけど、本当かもね。ああ見えて、バンザイって策士だから」

「な、なんすか？」

「ごっつぁんから頼まれて、ノーって言える人、いないでしょ」

「たくさんいますよ。ノーって言われっ放しですよ」

「嘘よ。本当に？　自覚、なさ過ぎ。もしかしたら、頼んでないからじゃない？　ちゃんと頼んでみたら？　誰も絶対、断れないって。ごっつぁんからのお願い事なら」

「筋右衛門からは、随分嫌味を言われましたよ」

「誰それ？」佐奈江先輩が首を傾げた。「あっ。もしかして工場の町村君？　ひっどいなぁ、そのニックネームの付け方。ストレート過ぎるよ。で、筋右衛門がなんだって？」

私はサンプルを依頼し、完成するまでに浴びた数々の嫌味を披露した。

そして最後に、筋右衛門と電話で話をした時のことになると、自然と左手が握り拳になった。

「展示会の受注状況は、毎日営業管理課から連絡が入っていたでしょうから、わかってるとは思いましたけど、やっぱり私の口から、正式にボツになったと言うべきかと思って、電話したんです。色々骨を折っていただきましたが、残念ながら商品化には至りませんでしたって、私、言ったんです。そしたら筋右衛門、『あ、はい』って。『あ、はい』ですよ。いかにも、こうなると思ってましたって感じですよねぇ。酷いですよぉ。一緒に悔しがってくれとまでは言いませんけど、残念でしたね、ぐらいの言葉をかけてくれたって罰は当たりませんよねぇ」

「ごっつぁん、話ズレてるよ」

「はい？」

「ごっつぁんから頼まれたら、誰も断れないって話でしょ。筋右衛門は結局、サンプルを造ってくれたんでしょ。無茶なスケジュールにも拘らず」

「三つのうち、二つだけですけどね。仕事ですから。筋右衛門自身も言ってましたもん。本社から言われたら逆らえないから、やりますけどねって、嫌味たっぷりに」

「でも、やってくれた」

　不承不承私は頷いた。「……まぁ」

「ごっつぁんじゃなかったら――たとえばだけど、絵里様が同じこと、頼んだとしたら、サンプル、展示会までに一つも間に合わなかったと思うな。途中で、できないって放り出してた気がする。そうだって。あのさ、サンプルを造るって、大変なのね。すでにあるモデルの、文字盤の数字をアラビア文字に変更するとか、そういう程度のことじゃなかったでしょ、チームのは。コンピュータで設計図面を引いて、必要な部品をどう手配するか考えるでしょ。日高で造るのか、下請けさんに造ってもらうのか。造ってもらうには、どこの工場がいいか。工場によって得意なことと、不得意なことがあるのよ。そうやって交渉して、造らせて、精度を測ってって、手間、かかるんだから。左利き用の腕時計だって、部品をただ反転させればいいってことじゃないんだよ。わざわざ部品を造ってるはずだよ。それぐらい大変なことなの。ごっつぁんから頼まれちゃったんで、最後まで頑張ってくれたんだと思うな。ごっつぁんって、おおかに見えて、繊細な部分もありそうで——それで、いい子だから。ごっつぁんにがっかり顔なんかされちゃうと、なんとかしてあげたいなぁって思っちゃうもの」

私はちょっと驚いて、佐奈江先輩を見つめた。

冗談を言っている感じはなかった。

私は「今夜はうちに食事に来てくださって、ありがとうございます」と頭を下げた。「これからもご指導、ご鞭撻《べんたつ》ください。えっと、私から頼まれたら、断れないんでしたよね？」

佐奈江先輩はかん高い笑い声を上げた。

7

ヒップバッグから出したワッフルを、ジミーに差し出した。「ここのこと、秘密ですよ」

「わかった」

三階の秘密の場所に、私はジミーと並んで座る。

ランチ会で行った店がうどん屋で、午後一時半にはもうお腹が空いてしまった。どうして麺は胃をすばやく通過してしまうんだろう。

我慢できず、午後二時になると会社を抜け出し、裏のコンビニに行った。オフィスビルの一階フロアに戻ったところで、銀行帰りだというジミーと鉢合わせした。

そこで、縁起が悪く、借り手のつかない空きオフィスにジミーを誘い、並んでワッフルを食べることにした。

「六月一日よね」ジミーが左手で自分の口元を覆い、右手で膝に置いたワッフルを弄《もてあそ》ぶ。「あと三ヵ月だけど、大丈夫かしら？」

六月一日の会議が、私たちの最初の関門だった。企画部内の会議に出席し、プレゼンしなければならない。佐奈江先輩の話では、そこで百以上の企画がふるいにかけられ、四十から五十程度に絞り込まれるのだという。ここを通過できないと、サンプルの試作さえできない。

すでにチームでは二回の会議がもたれたが、素人の哀しさ、いいアイデアは出ていなかった。

ジミーが続ける。「あんまり奇抜な仕掛け時計じゃなくて、普通のじゃ、通らないのかしらね？」

「どうでしょうかね。中国の提携工場に発注して安く造れたら、売れるかもしれませんよね。そういう癖のないのも、提案しておきたいですよね」

「自分はどういうのが欲しいかって、考えてみたんだけど」

「はい。どんなのが欲しいですか？」

「それが……普通のでいいの。デジタルでもアナログでもどちらでも。こだわりないし。ただ、見やすいのがいいとは思うの。文字盤の数字なんかも普通ので。この間の、ごっつぁんの、高齢者向けのはっきり見やすい文字盤って、いいアイデアだと思った」

「あっ、そうですか？　あれ、実は祖母のアイデアなんですよ。チームのことを話して、いいアイデアがあったら教えてくれって往復ハガキを送ってあったんです。そしたら、普段は普通の腕時計で、くるっと反転させると、数字がはっきり大きく見える物って書かれた返信用ハガキが届いたんですよねぇ」

ジミーがワッフルの袋を両手で裂《さ》いて開けた。

浅黒く筋張った指の先にはなにも塗られていない。

再び左手で口元を覆い、その中へワッフルを差し込むようにした。

秘密の場所で二人きりで同じ物を食べているのに、一体感は生まれない。むしろ拒絶されてる気がする。

ジミーが言った。「ご馳走様でした。えっ？　もう一個？　いったい何個買ったの？　半ダース？　ワッフルの数をダースの単位で言う人、初めてだわ。いいえ、ありがとう。もう充分。全然遠慮してない。本当に本当。どうぞ、ごっつぁんは二個目、いっちゃって」

「はい」

「もし、六月一日の会議を通過したら、どうなるかしらね？」

「サンプル試作に入って、次は九月の部長会議を通過することが目標になりますね」

ジミーはなにも言わず、ワッフルが入っていた袋を、自分の膝の上で細長く折り畳む。

なんだろう、この空気。

なにか私、悪いことを言っただろうか。

本当は二個目のワッフルが欲しいのに、遠慮してるのかな。

私がヒップバッグのファスナーに手をかけた時、ジミーが言った。

「気を悪くしないで欲しいんだけど」

「はい」手を止めた。

「公認会計士の資格を取ろうと思ってね、勉強中なの」

「わっ、凄いですね」

「凄くないわ。勉強なら誰でもできるもの。合格するのは、誰でもできないけど。それでね、試験が五月末にあるの。もし、それに合格したら、八月にまた試験があるの。それから先もまだまだ長いんだけど、まずは五月が目標なのね。この間の会議の時、ごっつぁん、今度のミーティングはぜひ我が家でって言ったでしょ」

「ええ」

「でも、歓声は上がらなかったわよね」ジミーが確認するように言った。

私は黙って頷いた。

「勤務中ならね」ジミーは細長くしたワッフルの袋を、ひと結びした。「経理の人間に企画案を出せなんて、酷い話だと思うけど、やるわ。社員でいる限り、上からの命令には逆らえないもの。でも、タイムカードを押した後は、それぞれが自由に使える時間だと思うの。人生まで会社に売り渡したわけじゃないから。仕事と私生活はきっちり分けたいと考える人も、チームにはいるってこと、ごっつぁんには伝えておこうと思って。ごっつぁんの家に行きたくないわけじゃないのよ。遊びでなら、行きたいわ。楽しそうだし、料理の腕が凄いって聞いてるし。でも、仕事をしに、ごっつぁんの家に行くのは、ちょっとって思う。私の場合だと、毎朝五時に起きてるの。それから一時間半勉強して、夫と私のお弁当を作って、朝食も用意して、会社に来てる。昼食も勉強しながら食べてるわ。家に戻ったら、主婦の仕事をこなして、ベッドに入る前の一時間を勉強にあててるの。私にはこういう事情があるのね。メンバーの他の子たちもそれぞれあるんじゃないかしら」

「……すみませんでした。そういうの――皆の事情、全然考えてませんでした。せっかくチームになったから、もっと互いによく知り合ってと思ってしまって……サークルじゃないんですもんね。会社員が仕事でチームを組んだだけですもんね」

手を左右に大きく振った。「親しくなりたくないわけじゃないのよ。ただ、どこかで線引きは必要だし、全員が同じ温度でなにかするって無理なのよ。事情も経験も違うしね」

公認会計士を目指すジミーは、仕事に戻っていった。

私はジミーの言葉を嚙み締めながら、三個目のワッフルを本物の口で嚙み締める。

ジミーが言ったように、全員が同じ温度になるのは無理なのかなぁ。

いいアイデアが出てこなくて皆も苦しんでいるようだったから、美味しいものを食べながらの方が、いいアイデアが生まれたりしてって思った。レストランや居酒屋で集まるぐらいなら、うちでと。でもそれは時間外労働になってしまう。仕事と私生活が交じっちゃいけない――。

仕事でチームを組むって大変。

私はため息をついた。

ワッフルを食べ終えると、人事課の仕事に戻った。

キャンディやチョコを時折口に入れながら、コツコツと書類仕事を片付けていき、一段落したところで時計を見ると、午後七時だった。

タイムカードを押して、更衣室のドアを開ける。誰もいない更衣室は涼しく感じられた。

丸椅子に腰掛け、ロッカーからバッグを取り出していると、背後から声がかかった。

「お疲れ様です」

振り返ると、胸にファイルを抱えた亜衣が立っていた。

「お疲れ」と私が応えると、亜衣が「少し、お時間をいただけますでしょうか?」と尋ねてきた。

私が頷くと、「どうぞ着替えをなさりながら、お聞きください」と言うので、ヒップバッグに手をかけた。

亜衣が隣の丸椅子に音をたてずに座り、膝にファイルを置いた。「チームの企画のことなんですが。なかなかいいアイデアが浮かびません。できることなら、指示をいただけないかと思いまして」

「はい」

肩から抜こうとしていたベストを止めた。「指示?」

「なんの、指示?」

「アイデアを出すために、まず私はなにをしたらいいのか、そういった指示をいただけたらと思うのですが。あの、雛形《ひながた》のようなものでもいいんです。発想の手順がわかるようなものがあったらと思いまして」

ストンとベストを丸椅子に落としてから言った。「そういうの、あったらいいなって、私も思う。でも、ないみたいよ」

亜衣の声が沈んだ。「やっぱり、ないですか」

「うん。佐奈江先輩に発想の仕方を教えて欲しいって言ったら、そんなもん、ないわよって。どういった人が対象なのかってところから、考えていく場合もあるし、デザイン画をたくさん描いているうちに、形が決まっていく場合もあるって」

ブラウスのボタンを外し、中腰になってロッカーからハンガーを取り出す。ハンガーからTシャツを外して、亜衣に顔を向けた。

打ちひしがれたような表情を浮かべていた。

慌てて、私は励ます。「ちょっと、元気出してよ。アイデアを生み出す方法が一つじゃないってことはさ、自分なりに道を探せばいいってことだから——だから、きっと道はあるよ。その道がわかりにくいだけだって。たぶん。もしかしてお腹、空いてる？　ワッフルも食べちゃったし、キャンディもチョコも残業しながら全部食べちゃったんだよねぇ」

「どうぞお気遣いなさらないでください。お腹は空いていません」

亜衣は力なく微笑んだ。

ラッパーだったら、きっと上手に励ますんだろうなぁ。力づけるっていうのも、才能いるなぁ。なんて言ったらいいか、わからないもんな、私だと。

「こういうお仕事、初めてで」亜衣が自分の膝頭に目を落としながら言った。「いつも先輩の皆様方から指示をいただいています。わからない時には、先輩にお尋ねすれば、すでに経験なさっていますから、的確な指示をくださいます。あの、私、これでもなんとかアイデアを出したいと真剣に思ってるんです。前回の時は、一つもアイデアを出すことができませんでしたから。チームに全然貢献しなかったって自覚しています」

「なんか、自分を責めてる感じに聞こえるけど。そうなの？　なんで？　責めちゃダメだよ」

「腕時計のアイデアなんて、全然浮かばないんです」苦しそうに顔を歪めた。

真面目なんだな、亜衣って。

タイムカードを押すまでなら協力するというジミーのような人がいて、アイデアが出ないと自分を責める人がいる——。

メンバー間にこんなに温度差があって、大丈夫なのかな。

それとも、こんなもんなのかな、チームで仕事をするってことは。

亜衣の手を取り、その手を引き寄せて、私の三段腹を摘ませた。

「あっ」と声を上げた亜衣は、固まってしまった。

亜衣の手を摑んだままで言った。「亜衣ちゃんが、そこまで真剣にチームのことを考えてくれてるの、嬉しいよ。再結成されたのを喜んだの、もしかして私だけって心細くなったりもしたから。でもさ、肩に力が入り過ぎると、いいアイデアは生まれないって、佐奈江先輩が言ってた。だから、この三段腹で笑って。そんで、肩から力、抜いちゃって」

亜衣の瞳の奥が一瞬輝いたかと思うと、目がゆっくり細まっていった。顔が丸くなり、はっきりとした笑顔になった。

「ごっつぁん先輩はぁ」と言う言葉は、笑っているので揺れている。

三段腹を摘む亜衣の手に力が加わった。「ぽにょぽにょしてますねぇ」

「うん」

楽しそうな亜衣の顔を見て、少しほっとした。

私はメンバーをまとめられないリーダーだけど、この身体を使って、笑いは取れる。皆の気持ちをほぐすことはできるかもしれない。自分のできることぐらい、しなきゃ。

私は亜衣に向けて力強く頷いた。

8

このオッサンは、なんで肉眼で作業してるんだろう。

仕事してるフリをして、実はさぼってるとか？

私は小学校時代の給食当番のような格好をしたオッサンを、眺める。

そういう私も、同じ給食当番の格好だった。

四月一日の今日は、新入社員の研修一日目にあたり、工場に来ている。

午前九時きっかりに研修ルームで工場長からの訓示があり、その後、十八名の新入社員と竹内係長と私は白い作業着に着替えた。埃《ほこり》などを商品につけないよう、全身をすっぽり包む作業着姿になった私たちは、給食当番のようだった。

製造部の柳本部長に引率され、工場見学が始まった。

そして一時間も経った頃、私たちは修理課の部屋に足を踏み入れた。

そこにいるオッサンの一人が、キズミと呼ばれる、拡大レンズを目にあてていなかったのだ。

柳本部長と新入社員たちがぞろぞろと部屋をあとにしていく中、私はオッサンの作業台の前から動けずにいた。

オッサンの作業台には、分解途中の腕時計とトレーが置いてある。

オッサンはトレーの上に並ぶ大量の部品のうち、一つをピンセットで摘んだ。

顔の前まで持ち上げ、しばらく眺めてからトレーに戻した。

作業台の脇にあるキャビネットの引き出しをスライドさせたオッサンは、中から小さなプラスティックケースを取り出して、蓋《ふた》を開けた。

思わず、私はそのケースの中を覗き込んでしまう。

くしゃみをしたら空中に舞い上がりそうなほど、小さな部品がたくさん入っている。

オッサンはそこにピンセットを入れて一つ摘むと、顔の前に再び持ち上げ、確認してから腕時計の中にそっと差し込んだ。

私は身を乗り出すが、部品が今どこに収まったのか、わからなかった。

私はゆっくりため息をつく。

オッサンの目が、どうだいって自慢するように輝いている。

私は尋ねた。「どうして、キズミをしてないんですか？」

マスク越しのこもった声で言った。「見えるから」

このオッサン、何者？

それからオッサンは、トレーに並ぶ極小の部品を一つひとつ肉眼で確認してから、時計の中に収めていった。

私はオッサンの手の動きを凝視する。

突然、「ふふふ」と笑い声が聞こえてきて、私は振り返った。

竹内係長が背後に立っていた。「迷子になったかと心配したよ」

「すみません。なんか、ついずっと見てしまって」

竹内係長に促された私は、オッサンにお辞儀をしてからその場を去った。

通路に出るとすぐに、やけに作業着が似合っている竹内係長に話しかけた。「あの人、肉眼で作業してましたよ」

「そうだね」

「凄くないですか？」

「凄いんだよ。神の手をもつ男って言われてるぐらいだからね」

まるで自分の自慢話をするように竹内係長が言った。

私が知らないこと、たくさんあるんだろうな、ここに。

通路を進み、突き当たったところで左に曲がると、ガラスドアの向こうに給食当番たちがいた。

竹内係長がガラスドアを横に滑らせた途端、耳に入ってくる機械音のうるささに、私は首を縮める。

さらに、じっとりとまとわりついてくる湿気に、六年前の記憶が呼び起こされた。

新入社員だった私が、この第一ルームを訪れた時のことだ。乾燥が引き起こす静電気の発生を抑えるため、天井の所々に設置された機械から霧状の水が出ているここは、非常にデブが生息しにくい場所だった。

十分我慢したが、耐えられなくなり、竹内係長に断ってから通路に出た。

壁際に並んだ長椅子に腰掛けぐったりしていると、フロアに細長い影が差し、私は顔を上げる。それは、携帯電話で誰かと話をしながら近づいてくる、筋右衛門の影だった。

私を行き過ぎたところで、突然、筋右衛門は足を止めて振り返ると、驚いた顔をした。

雪だるまですけど、なにか？

座ったままでいることもできず、私はよっこらしょと立ち上がり、ぺこりと頭を下げてからどすんと長椅子に座り直した。

軽く会釈を返してきた筋右衛門は、すぐに歩き去った。

四十分ほど経って、新入社員たちが通路に出てきた。

私の腕時計は、昼食の時間まであと三十分だと告げている。

あとちょっとで血糖値を上げられるぞ。頑張れ、私。

ゆっくり立ち上がり、移動し始めた新入社員たちの最後尾に、竹内係長と並んでつく。

ランチタイムも研修もつつがなく進み、予定より三十分早い、午後四時半に研修初日のカリキュラムを終えた。

タクシーに分乗して空港第2ビル駅まで向かい、そこで帰宅する新入社員や竹内係長と別れた。

残された十一名の新入社員と私は、ビジネスホテルに向かった。

自宅から工場までの移動時間が九十分を超える新入社員は、研修中は週末の休日を除いて、ビジネスホテルに宿泊する。昨日と今日は私が彼らと同じホテルに宿泊し、四日の日曜から三泊は竹内係長が付き添う。

竹内係長が最近の新入社員は従順なので、困るような事態にはならないだろうと言ったので、昔はあったんですかと尋ねると、「ふふふ」と笑った。

あれこれ質問したが、竹内係長にうまくかわされてしまい、過去にどんな困る事態があったのかわからずじまいだった。

フロントの前で新入社員たちに明朝の集合時間を告げた後、私は「解散」を宣言した。

ホテルのエレベーターに乗り込む彼らを見送ってから、私は外に出る。

コンビニで夕食用のお弁当を二つと夜食と、明日のオヤツを買って、ホテルに戻った。

部屋でテレビを見ながら一つ目のお弁当を食べていると、隣室から携帯電話の着信音が聞こえてきた。

私は箸を止めて、紋章柄の壁紙を見つめる。

そこは、宿泊組の唯一の女性新入社員の部屋だった。

着信音はすぐに途切れた。

話し声は聞こえてこない。

メールの着信音だったのかな。

一泊七千円のビジネスホテルは、壁が薄いなぁ。

私はテレビデッキにプラグを挿し込み、左の耳穴にイヤーピースを入れた。

すぐにまた、隣室から携帯の着信音が聞こえてきた。

子離れしてない親か、心配性の彼氏か、相談事のある友人か――。

酢豚《すぶた》を食べながら妄想を膨らませていると、また着信音が響いてきた。

出会い系で知り合った複数の男と、頻繁に連絡を取り合ってるとか？

タイプでいうと、ジミーに似た雰囲気の、大人しそうな女の子だけど。

新入社員のおもりをするのは初めてなので、私が入社した頃と比べるしかないが、ジミージュニアだけでなく、全体的に静かだった。研修ルームでは休憩時間でさえ、隣席の人とぼそぼそ小声で話をする程度。時計の歴史や基礎についての柳本部長の講義が続く中、黙々とメモを取るばかりで、質問はと聞かれても、手を上げる者はいなかった。柳本部長が冗談を言っても、笑い声を上げたのは私だけだった。

ただ——工場の中を見学している時には、彼らの目は輝いていたような気がする。

私が研修で工場の中を案内された時のように。

すっかり忘れていたけど、あの日、私は感動したのだった。予想外の湿気にやられそうになりはしたが。

時計メーカーに就職したというのに、製造業にピンときていなかった。事務職希望の私は、どんな会社でも一緒だろうと思っていた。

それが、研修初日に、一つひとつ組み立てられていく腕時計を見ているうちに、あぁ、私は製造業の会社に入社したんだと実感していった。そして、ほかの業種じゃなくて良かったなぁとしみじみ思った。こんなふうに出来上がっていく様を見られない業種じゃ、つまらない。日高に就職できて、私はラッキーだと思ったのに……。

感動をずっと胸に留めておけたらいいのに。

厚焼き卵を口に入れた時、ジミージュニアの携帯がまた鳴った。

竹内係長が言っていた困る事態って、どんなことだろう。

9

いいアイデアがまったく浮かばない私は、ゴールデンウイークの初日の今日、朝からデパート巡りをした。

パクるにしても、なにをパクるかが大事なので、たくさんの腕時計を見るべきだと考えて、いくつものデパートを歩いた。

お店巡りにチームのメンバーを誘おうかと思ったが、ジミーの顔が浮かんで取りやめた。

ファストフードで昼食を摂り、午後は家電量販店を回ることにする。今月できたばかりの大型量販店に入り、腕時計売り場を目指してエレベーターで八階に上った。

エレベーターの扉が開き、ツツツッと進んだ私はフロア全体を眺めて、思わず呟いた。

量、あり過ぎ。

デパートの何十倍も商品がある。

ブランドのロゴマークが印刷されたボードが、天井からたくさん吊るされている。

まずは一番有名なブランドロゴのボードに向かって、真っ直ぐ進んだ。

壁際に並ぶガラスケースに、そのブランドの腕時計は鎮座していた。

プライスタグには、車が買えそうなほどの金額が記されている。

ゴールドの金属ストラップで、アナログの文字盤に十二個の宝石が埋め込まれている、バブリーなデザインのは、中古マンションが買えそうな価格だった。

どうしてこのブランドはこの価格なんだろう。この値段でも売れるから？　それだけ質が高いの？　一桁も二桁も違うほど、日高の商品と性能が違うのかな。そこまで差があるの？

それともブランド力？

日高にブランド力は——ない。

今から作れるもの？　どうだろう。

わからないことばっかり。

企画部にある雑誌や本を借りて詰め込んだので、以前より知識は増えた。

でも、どんな商品を企画したら、社内の会議を無事通過して、バイヤーに認めてもらえるのかはわからない。たとえそういった関所を通過しても、辿り着いた売り場にはこんなにたくさんの商品が並んでいる。この中から選んでもらうなんて、奇跡を期待するようなもの。

なんだか、始まる前から負けた気がしてきた。

私の隣で同じガラスケースを眺めていたスーツ姿の男が、店員に声をかけた。「これ、垂直クラッチですか？」

店員が即答する。「そのモデルには搭載されてません」

「いい値段するのにね。垂直クラッチじゃないと、どうしたって針飛びを避けられないでしょ」

「そうですね」

「こっちは？　どういうウリなの？」

「こちらは独立香箱《こうばこ》タイプです。時刻用の香箱と、クロノグラフ専用の香箱を分けたことで、作動時の誤差が随分少なくなったんです」

「へぇ。そうなんだ」

「はい。リューズを左に回すと、クロノグラフ専用の香箱は左回転するんですが、時刻用の香箱のゼンマイは、巻き上がらないようになってるんです」

マニアなの？　それともこれが普通？

作動時の誤差を気にするぐらい正確な計測が必要なら、悪いことは言わないから、腕時計とは別にストップウォッチを買いなさいって。

私はその場を離れ、フロアの商品をゆっくり見ていく。

レディースモデルは、メンズに比べると、いたってシンプルだった。機能を謳うモデルはごく僅かで、ほとんどがストラップや文字盤のデザインでなんとか個性を出そうとしている。それでもブランドによってしっかり価格差がある。

機能差がほとんどないレディースモデルなのに、この価格差はどこからくるのだろう。

次々に疑問が浮かぶが、答えはどこにも落ちていなくて、段々気分が悪くなっていく。

佐奈江先輩の企画したペアウォッチを探してみたが、残念ながら見つけられなかった。

さらに二つの量販店を歩き、ＢＧＭに負けないほどお腹が鳴ったのを潮に、デパ地下へ向かう。

試食で小腹を満たし、買い物をしてから自宅に戻った。

一階の店は閉まっていて、入り口周辺には水の入ったペットボトルが大量に置かれていた。猫グッズを扱う店が、こんなにおおっぴらに猫除けをしていていいのだろうか。

いいんだろうな、ここは。

シャワーで汗を流してからアイスを食べて、身体の内側も冷やした。

五時を少し過ぎた頃、インターホンが鳴った。

明希の後に続いて姿を見せたのは、背の高い女の子だった。

明希が一昨日、初めて友達を連れて来てもいいかと言ってきた時、担任の教師のことかと思い、慌てて「誰」と尋ねた。明希は私の反応を訝《いぶか》りながら、クラスメイトだと答えた。私は胸を撫で下ろし、「連れておいで」と言った。

クラスメイトだという堀田理世《ほったりよ》は、明希より随分幼い感じがした。顎《あご》がとても尖っていることと、目がつりあがっていることで、気が強そうにも見える。物静かな雰囲気の底には、勝ち気さが潜んでいそう。

一昨日の明希の話では、私が料理しているのを二人で見たいというリクエストだった。

「手伝うんじゃなくて？」と尋ね返すと、明希は「それでもいいけど」と口をあまり開けずに答えた。

二人は手を洗うと、カウンター前に並んで座った。

明希にはじゃがいもの皮剝きを、理世にはにんじんの千切りを頼みたいと私は言った。

理世が、「センギリ？」と明希に小声で尋ねた瞬間、実力のほどがわかったので、実際にやって見せてから二人の前に材料と道具を置いた。

二人は固まったまま、じっと、それらを見下ろす。

やがて決心がついたのか、そろそろと二人は手を伸ばした。

包丁を握る彼女たちの顔は真剣だった。

そのひたむきな様子に、心を打たれそうになった。

今夜中に下準備が終わるか、わからないことに目を瞑《つむ》れば、だけど。

私は予定を変更して、フードプロセッサーに強力粉と湯とごま油を入れて、よく混ぜた。それを一塊にしてラップで包み、冷蔵庫で寝かせる。

キャベツを刻みながら敦子の居場所を尋ねると、明希は手を止め、今日は贔屓《ひいき》にしているプロレス団体の観戦に出かけたと答えた。

そして明希は包丁を握り直し、じゃがいもの皮剝きを再開した。

あぁ……喋りながら作業を続けるのは難しいみたいだから、話しかけない方がいいんだろうな。

隣の理世は、ようやく心が決まったのか、にんじんに包丁の刃をあてた。

木材にのこぎりをあてるように、包丁を前後に動かして刃を徐々に沈めていく。

ゆっくりゆっくり包丁は沈んでいき、トンとまな板にぶつかった。

やっぱりじゃがいもとにんじんは私がやるわとは、言えないよなぁ。彼女たちなりに必死に取り組んでいるみたいだし。

理世はともかく、明希は小さい頃からここによく遊びに来ていたのだから、ちゃんと料理を教えておくべきだったかな。と、オカンのように育て方を反省した。

私は頭の中で手順を再構築してから、準備を再開した。

三十分後に、ようやくじゃがいもの皮剝きを終えた明希は、にんじんの千切りを手伝い始めた。

「結構難しいね」と明希が小声で言うと、「うん」と理世が答える。

なんだか二人の会話が可愛くて、私は微笑んでしまう。

私はフリーザーから手製のシャーベットを取り出し、ガラスの器に盛って、二人の間に置いた。「よかったら摘みながら、どうぞ」

二人は同時に顔を上げると、シャーベットを口に入れた。

片側の頰をぽっこり膨らませた二人は、再び千切りに取り掛かる。

私は寝かせておいた生地《きじ》を冷蔵庫から取り出し、餃子の皮を作り始めた。

膨らませる必要はないので、こねる作業はほどほどにして、一枚分の生地を麵棒で円形に伸ばす。

「終わった」と明希の声がして、顔を上げると、まな板のにんじんはなくなっていた。

「ありがとう」私はボウルを受け取り、中を覗く。

百切り——いや、十切りぐらいの、太めのにんじんが入っていた。

長さだけは揃っている。

ま、いっか。

二人は達成感でいっぱいの顔をして、シャーベットに手を伸ばした。

「溶けかかってない？」私は尋ねる。「新しいの、出そうか？　あと少しでできるから、お腹をシャーベットでいっぱいにされちゃうと困るけど」

明希は理世へ顔を向けてから、首を左右に振った。「ここにあるので、大丈夫」

私は皮の端に水を付け、ひだを作って、きゅっと押さえた。

普段は餃子の皮は買ってきたもので済ませるが、休日にはフードプロセッサーで作る。手製の皮はもっちもちで、その食感は病み付きになる。つい食べ過ぎてしまうほど。

明希が口を開いた。「あの話、して欲しいんだけど」

「ん？」

「北島真也子が変身した日の話」

「なんで？　何度も話したでしょ」

「聞きたいの。だから今日、来たんだし」

明希は顔を左へ向け、理世をじっと見つめる。

理世は目を伏せた。

私は餃子の皮にタネをのせながら話し始める。「中学二年の時、ある日突然、私は苛めの対象になったの。小さい頃からこんな体型だったから、ブタとか、デブとか言われてたのね。でも、苛められてはいなかった。それが、ある日を境に、私を呼ぶブタとかデブって言葉に、傷つけようって意図が入るようになってね。本当にこんな話、聞きたい？　あ、そう。なにかきっかけがあったんじゃないんだよね。ある日突然なの。汚いとか、近寄るなって言われるようになって、それからすぐにシカトされるようになった。存在してないように振る舞われるの。あの時は辛かったな。太っているのがいけないように思ってね、ダイエットを始めたの。この私がよ。両親は仕事で忙しかったから、最初に気づいたのは祖母だった。学校でなにかあったのかって聞かれた。でも、苛められてるって、言えないんだよね。どうしてかね」

私は小皿に油を入れた。成形し終えた餃子の底を、その油に付けてから、フライパンに置いた。次に手にした餃子も、同じように底を油に浸してからフライパンに置く。

私は続けた。「半年で十キロ痩せたの。心配した祖母がね、映画館に連れて行ってくれた。昔の洋画の三本立て。三本続けて見ると、ちょっとフラフラになるよね。見終わってから、映画館の近くの喫茶店に入ったの。その時、祖母が言ったの。どの映画にも太めさんが出てたねぇって。主人公の友達の一人だったり、地球を救うヒーローたちの中にもいたのよ、デブが。いい役割、演じてたじゃないかって。必要なんだよ、太めさんはって、祖母が続けた時、パチンって音がしたような気がした。電気のスイッチを入れる時のような音。不思議なんだけど、本当にパチンって聞こえたの。喫茶店に流れていたＢＧＭの中の音だったのかもしれないけどね」

びっしりと餃子が並んだフライパンがのる、ＩＨクッキングヒーターをオンにしてから手を洗い、話を再開する。「翌日学校に行くと、お楽しみ会の班分けがあったの。その週いっぱいで教育実習の先生とお別れすることになってたから、最終日に皆で出し物をしようってことになってね。私と同じ班の男子が、お前、相撲取りの格好しろって言い出したの。それでね、私は言ってやったの。デブがデブの真似したってツマラナイでしょって。その時の皆の顔、おっかしかった。そりゃあ、びっくりした顔をしたんだから」

素手で中央の餃子を一つ摘み、底に焼き色が付いているかチェックして元に戻し、端の一つも同じように調べてから、熱湯を入れ、すぐに蓋をした。

「当時スレンダーなアイドル歌手がいたの。私はその歌手の名前を上げてね、彼女と同じ衣装を着たデブが、歌った方がおもしろいって提案したのよ。皆、どうしたらいいのかわからないって顔になっちゃったな。その歌手は、ダンサーを従えて歌ってたから、ほかの子たちには、そのバックダンサーたちのふりを覚えてもらうことにしたの。衣装は祖母に作ってもらって。祖母は裁縫が苦手だったんだけど、録画したテレビ番組を何度も見て、一生懸命作ってくれてね。いよいよ本番の日。私は、祖母と見た映画の中のヒーローの一人なんだって、自分に言い聞かせたの。これから私は、施設で暮らす可哀相な子どもたちを励ますために、歌って踊るんだって、設定までして」

私は耳を蓋に近づけ、フライパンの中の様子を音で確認する。

「トイレでこっそり着替えてね、廊下で出番を待っている時は、心臓が破裂しそうだった。勢いよくドアを開けて教室に入っていったら、静まり返っちゃって、心が折れそうになったけど、ポーズを決めて音楽がかかるのを待ったの。イントロが始まって踊りだしたら、小さな手拍子が起きてきて。曲が終わる頃には、大歓声。私は苛められる対象から、クラスの人気者に立場を逆転させることに成功したのよ。苛められる原因だったデブを、個性だってことにして前面に出したからね」

パチパチという音を聞いてから、蓋を開けた。油を餃子の上にふり掛け、じっとフライパンの中に視線を注ぎ、タイミングをはかる。

「弱味は強味にもなるって、逆転の発想。高校に入学した時もね、内心はドキドキしてたの。中学の時のように、デブの私を苛めようとする子たちがいるかもしれないでしょ。だからね、初日の自己紹介の時に、ごっつぁんと呼んでくださいって自分から言ったの。ごっつぁんの由来は、一目見ればわかるでしょ。大ウケよ。このクラスでのデブキャラは、私がいただきますって宣言したようなもんだからね」

スイッチを切り、フライパンを持ち上げた時、なにか大事な言葉を聞き逃したような気がして、カウンターの二人へ目を向けた。

どちらも言葉を発した様子はない。

気を取り直して、フライ返しで餃子をすくい、皿に移した。

弱味は強味にもなる――。

頭の中に自分の言葉が蘇った。

聞き逃したんじゃない。自分の言葉に引っかかったんだ。

すっかり忘れてた。
人生を大逆転させたセオリーを。
私は鍋敷きの上に、フライパンを置いた。

第四章

根回しってなに?

1

チームのメンバーの顔を一人ひとり見てから、私は口を開いた。「逆転の発想が必要なんじゃないでしょうか。私、本や雑誌を読んで、これでも随分勉強しました。デパートや量販店にも行きました。知識がないことが弱味だと思ってたからなんです。でも、違うんじゃないかと。知識がなければ、大胆な発想ができるはずなんです。これじゃきっと、工場が造りにくいと言うなとか、これじゃ、他社のあの商品にブランド力で負けるな、なんて考えることないんです。私たちは企画やマーケティングのプロじゃないんです。素人《しろうと》です。素人だから、工場や営業に迷惑をかけていいんです。嫌味を言われるぐらい、黙って耐えましょう。だって素人なんですから。でも、弱味は強味にもなります。常識を超えた発想ができるのは私たちだけです」

残念ながら、会議室に集合したメンバーの誰からも賛同の意見は出なかった。

鼻息が荒いのは私だけか。

でも、このテンションの低さと、やる気のなさが強味になる……はず。多分。

私の正面に座るラッパーが言った。「今の話、なんか、ちょっとだけ、肩の力が抜けたような気にはなったけど。一応さ、皆、頭を悩ましてるんだよね。でも考えれば考えるだけ、私らなんかには無理だよなぁって、諦めちゃってたから。ただ、あと二週間でしょ、会議まで。いくら、素人なりのアイデアでいいって言ってもさぁ。ごっつぁん、なんか、アイデアあるの？なに、そのニヤニヤ笑い。どんなのよ？」

私は『2』の数字の上で長針と短針が重なっている腕時計を外して、会議室のテーブルに置いた。

メンバーたちが上半身を乗り出してくる。

ラッパーが摘み上げ、しばらく眺めてから元に戻した。「普通の腕時計じゃない。日高の二〇〇六年モデルだよね。これが、なに？」声には不審な響きがあった。

少し間を置いてから私は口を開いた。「私は毎日出勤すると、まず腕時計をこうやって外して、デスクに置くんです。デブなもんで人より汗をかきますから、ストラップが汚れないようにっていうのもあるんですが、キーボードを叩く時に邪魔なせいもあるんです。手首のところがデスクに当たって、嫌な感じがしませんか？」

「それ、わかる」ラッパーの隣にいるジミーが、口元を手で隠しながら発言した。「私も出勤すると、外す」

私はジミーに向かって一つ頷き、続きを話す。「引き出しに入れてしまったりすると、帰る時忘れちゃったりするので、デスクの上には出しておきたいんですよ。それに、パソコンを使っている時なら、画面の隅に時刻が出るんで、何時かわかりますけど、ファイリングしたり、電話をかけたりする時は時間がわからないので、デスクの上に置いた腕時計が頼りになるんです。女子社員の皆さんのデスク周りを、デジカメで撮ってみました。これが印刷したものです。ファンシーですよね。私のようにマイ扇風機が二台というのは特殊で、女子の皆さんは結構可愛い物で囲っているんです。たぶん、自腹ですよね。総務課は購入しないでしょうから。普通のボールペンやマグネットなら、総務課のノートに名前を記入すれば、無料で手に入れられます。なのに、わざわざ自分のお金で買ってまで、可愛いボールペンやマグネットを使いたい。女心です。そこで、腕時計をデスクに置く時に専用のケースがあったら――勿論、可愛いのですけど、売れるのではないかと思ったんですが、どうでしょう？」

全員がきょとんとした顔をしている。

ラッパーが言った。「もう一回言ってくれる？　よくわからなかった。腕時計を置く時の専用ケースって？」

私は書類をテーブルに広げた。「そう思って、これ、ネットで見つけたのを印刷しておいたんですけど。どうぞ。これは、携帯電話ホルダーです。結構いろいろあるんですね。アヒルが携帯電話を後ろから抱くようになってたり、人の口の中に差し込むようになってたり。これ、持ち歩けませんから、デスクや玄関なんかに置いといて、携帯電話を差し込んでおくものだと思います。これの腕時計版を造れないかと。ＯＬたちが癒されるような可愛い動物でもいいし、デジタル文字で、頑張れとか、あとちょっと、なんてメッセージが流せたら最高ですよね。あ、勿論、時間がわからないと意味がないので、携帯電話ホルダーと違って、ただの台ではなく、文字盤が隠れないようにしなくちゃ、ダメですけどね」

「ご、ごっつぁん」ラッパーが言う。「それ、腕時計ホルダーの企画案だよね。腕時計じゃないじゃん」

「素人ですから」と、私は笑顔で答えた。

ジミーが言う。「腕時計の企画を出すのが、このチームの使命だったはずでしょ。ホルダーの企画案なんて出しても会議を通るとは思えないし、だいたいうちの工場で造れるの？　下請けさんに？」

「それは、次のステップで考えればいいんじゃないでしょうか？　専門の方に相談して、お任せすれば。素人が、わからないことを想像して諦めるのは、もったいないことですよ」

会議室は静かになってしまい、重い空気が漂う。

やっぱり賛同は得られないか。

こんな企画を出しても、会議で失笑されて、終わりになるかもしれない。

でも、それでいいんじゃないかな。素人の一年生なんだから。

と、思ってるのは、私だけみたいだけど。

長く続いた静寂を破ったのは、私の左に座っていた絵里先輩だった。「私、いいと思うな」

えっ？

本当に？

皆の注目を集めた絵里先輩は続けた。「ブランド力や技術力では勝ち目がないんだから、それぐらい突拍子もないアイデアを出しても。商品化するには、いろんな問題が出そうではあるけど。ごっつぁんが言うように、その時はプロに助けてもらえばいいんじゃない？」

やばい。

こんなことで、私、泣きそう。

自分の意見に賛成してもらっただけで、こんなに嬉しくなるなんて、思ってもみなかった。

「はい」私の斜め前方にいる千香が手を上げた。「ちょっと前に思いついたことがあったんですけどぉ、腕時計の企画案とはいえないから、黙ってたんです。でも、ごっつぁん先輩のがアリなら、私のもって思ったんですけど、言ってもいいですか？」

私は頷いた。

「デコりたいんです」

思わず、私は聞き返した。「な、なに？」

「ごっつぁん先輩は、私の携帯、見たことあります？」

「う、ん。クリスタルガラスがびっしりついたのでしょ。ピンクのハート模様だったよね。え？　腕時計にクリスタルガラスをつけちゃうの？」

「キラキラさせたいじゃないですか。ブレスレット感覚ですよ。最初っからキラキラしてってもいいんですけど、やっぱり自分で可愛くしたいから、別売りのラインストーンを使って、オリジナルにしたいです。腕時計はなんだっていいんですけど、デコるのにむいているように、アナログの文字盤の周りに、ストーンを置ける余白っていうか、そういう場所があって、ストラップはストーンを接着させやすい素材で、留め具がないバングルタイプがいいですね」

「それ、おもしろいね」私は感想を口にした。

「本当ですか？」顔を綻《ほころ》ばせた。

「あの」ジミーが口を開いた。「前回、フックをつけて中にミラーをって企画の時、そのフックがストッキングを引っ掛けないようにするのが、結構大変だったんだよね。それにミラーを入れることで厚くなってしまうのを、なるべく薄くするのも技術的に難しかったって。腕時計にラインストーンをつけたら重くなるし、絶対ストッキングに引っ掛かるよ」

千香が反論する。「ちょっと使いにくくても、可愛い方が良くないですか？　それに、ストッキングって、今、はきますか？　ストッキングをはくような人は、デコることに興味なんてないから、そういう腕時計があったとしたって買わないし、ほっといていいんじゃないですかね」

千香ちゃん、ストッキングをはく人はいるのだよと、私は心の中で呟き、これが念となって彼女に届けと願う。

ストッキングは、デブの私には拷問以外の何物でもないので、はかない。でも、ちゃんと毎日はいて出勤する人もいた。私と千香以外のメンバーは皆そうだ。ストッキング＝オバサンという考えは正しくないのだよ。

さっきまでとは異なった重い空気が会議室に充満して、私は息が苦しくなった。

「ダメですかねぇ」と千香は明るい声を上げ、誰からも意見が出ないのを、アイデアのせいだと思っているようだった。

亜衣が遠慮がちに「二時半になりました」と言い出し、会議の終了を知らせてくれる。

来週の月曜日に次回の打ち合わせをすると決めてから、お開きになった。

いつものように会議の終わった部屋には、後片付けを手伝ってくれる亜衣と、私だけになった。

私たちはテーブルと椅子を元の並びに戻してから、窓を閉めた。

私は亜衣に近づき、ヒップバッグから取り出した『たけのこの里』を勧める。

亜衣は箱からたった一つだけを摘んだ。

私は箱を亜衣に近づけ、もっと取れと促したが、一つで結構ですと言われてしまった。

私は『たけのこの里』を鷲《わし》摑みして口に入れ、幸せな気分に浸る。

亜衣は一個の『たけのこの里』をゆっくり食べてから言った。「あの、さっきのごっつぁん先輩のアイデア、おもしろいと思いました。千香先輩のも。ちょっと自分の意見を言いにくい雰囲気で、発言できませんでしたが」

「本当に？　ありがとう。すっごく嬉しい」

亜衣が迷うような表情を浮かべた。

その綺麗な顔を私は眺める。

なにも言わなくても間がもつもんなぁ、美人だと。

意を決したのか、亜衣が口を開いた。「あの、弱味を強味にという今日のお話は、大変心強くなるものでした。素人がわからないことを想像して、諦めるのはもったいないというのも。

それで、実は、造るのは無理だろうからと、出していなかったアイデアがあったのですが、聞いていただけますでしょうか？」

「うん。どんなの？」

「会長や社長に同行してよそ様の会社を訪問しましたり、来客時に同席して、打ち合わせ内容を記録に取ることがあります。そういった時、次のスケジュールのこともあって、今何時なのか知りたいんですが、腕時計に目をやれば、相手の方に失礼になりますのでできないんです。側に置時計でもあればいいのですが、仮にあったとしましても、相手の方にわからないようにちらっと見ることは難しくて。私だけかと思いましたら、秘書室の先輩方も同じように困っているとのお話でした。それで、腕時計を見なくても時間がわかるようなものはできないかと」

「腕時計を見なくても時間がわかる……」

私は再び『たけのこの里』で口をいっぱいにしながら考える。

「こうして」と言って、亜衣が左手首にはめている腕時計の上に右手をあてた。「腕時計に触れると、何時かわかるような」

「突起物が出てきたりとか？」

「そうですね。目印の位置のズレ具合で、推し量るのでもいいんです。何分何秒かまでわからなくても構わないと思うのですが。どういった仕組みがいいのか、それが可能かどうか。考え出すと、ちょっと無理な気がしてきまして、今まで提案しておりませんでした」

「おもしろそう。なによ。指示なんかなくたって、凄いアイデアを出せてるじゃない。どういう仕組みがいいのか、確かにわからないけどしょうがないよ。知識、ないんだもん。そういえば、SP会議に出席させられた時、隣にバンザイがいたもんだから、腕時計に目をやれなくて困ったことがあったなぁ。まさか身体を捻って掛け時計を見るわけにもいかなくてね」

「どうしたんですか、その時は？」

「手首をテーブルの下に隠しておいて、書類を見てますよーってふりで、俯いて、盗み見るって感じにした」

亜衣は静かに頷いた。

「今度の会議で」私は言った。「今の、言ってね。おもしろいって言ってくれるんじゃないかな」

「そうでしょうか？」急に心配そうな顔になった。

「どうして？　意見を言う場なんだから、なに言ったっていいんだよ。意見ともいえないこと、ダラダラ喋ってたりするじゃない、男性たちだって。もしかして一番若いってことで、遠慮してる？　そういうのいらないよ。男たちはそういう順番、すごく大事みたいだけど、私たちはそういうの、関係ないから。チームのメンバーは皆同じように戦力だからさ。ね、お腹空いてないの？　そう。じゃ、全部食べちゃおっと。ん？　なに？」

「あの……そうします。私、自分の意見を言うことに慣れてなくて。とても不安になってました。そうですよね。私は秘書室所属ではあっても、チームではメンバーの皆さんのフォローをするのが仕事ではありませんもんね」

「そうそう」

「ありがとうございます」

「なんでお礼？」私は尋ねた。

「戦力だって言われたの、生まれて初めてで——ちょっと感動してしまいました」

「大袈裟な」

首を左右に振った。「本当です。先回りして不備のないように用意する毎日ですから。そういうの、嫌いではないんです。予想して整えていた準備が役に立った時には、嬉しくなりますから」自分の胸に両手をあてた。「でも、ごっつぁん先輩から戦力って言われた時は、そういうのとは全然違う嬉しさでした」

「それ、ちょっとわかる。実はさっき、私の出したアイデアに絵里先輩が賛成してくれた時、すごく嬉しくて——そんなふうに嬉しくなるなんて思ってもみなかったから、自分でも驚いちゃった」

「なんだか、働いてるって感じですよね」

私は頷いた。「そうだね」

社会人になってから六年間、毎日出勤して業務をこなしてきたけど、こんな感覚は初めてだった。亜衣が言うように、今、初めて働いてるって気がする。

秘密基地を見つけた子どものように、私たちは小さく笑い合った。

2

「ただいま」

私が言うと、りえと竹内係長が顔を上げた。

「はあっ」と、私は大きく息を吐き出しながら椅子に座った。

りえが立ち上がり、パーティションの上から言ってくる。「どうだったんですか？　企画会議は。あっ、その顔は、通ったんですか？」

「通っちゃった」

「三つ、全部」

「やりましたねぇ」りえが大きな声を上げる。「三つ、全部ですか？」

「すごいですねぇ」りえが自分の顔の前で拍手をする。「まずは第一関門を突破ですね」

「あのさ」私は言った。「聞いてくれる？」

りえは頷きながら椅子に座り直し、首を伸ばして顔をパーティションの上に出した。

私はヒップバッグからキャンディを取り出し、「血糖値を上げながらでいい？」と尋ねた。

「いいですけど、早くしてください。待ちきれませんよ」

顔を左に向けると、竹内係長と目が合った。りえと同じように、話を聞こうとしている。あの、忙しいのでは？

私は竹内係長とりえにキャンディを渡し、話し出した。「朝一で始まった企画会議の中で、私たちが最初だったのよ。で、トップバッターは千香ちゃんとジミー先輩だったの。デコ時計のプレゼンね。千香ちゃんの話を聞いている時には、企画部長の唇はこんなふうに横に広がっちゃって、くだらねぇんだよって顔してたの。でも、ジミー先輩がティーンズ雑誌の切り抜きをまとめた資料を出して、いつもの真面目な調子で、センスがいいとか悪いとかをここで論じるべきではなく、こういった嗜好《しこう》の人たちがたくさんいる現実に、日高はどう対応するかを検討するべきだって言ったの。プレゼンがきゅって締まったって感じ。企画部長、自分じゃわからないもんだから、佐奈江先輩や若い男性社員に、どう思うってふっちゃって。強い賛成意見は出なかったけど、反対意見も出なくて、試作品製造のオッケーが出たの」

「意外にすんなりいきましたねぇ」りえが感想を言う。

「デコ時計はね。次のこっそり時計は、そうはいかなかったんだよね」

りえが小さく頷き、話の続きを促す顔をした。

「亜衣ちゃんがすっごく緊張しちゃってね。声が少し震えてた。でも、美人だから。男性社員たちは温かい目で見てた。企画部長でさえ。ただ、やっぱり色々つっこまれたの。どうやって時刻をわからせるようにするのかって。それは、これから工場の技術者と色々検討したいって亜衣ちゃんは言ったんだけど、企画部長はなかなか決断してくれなくて。で、コンピのラッパー先輩が、決断はいつでも出せるんだから、まずは試作にトライさせて欲しいって歌うように説得してくれたの。まずは明日に向かって進みましょうって。それで、なんとか通過したの」

竹内係長のデスクの上にある電話機が、内線の着信音を発した。

受話器を持ち上げた竹内係長は、電話の相手に向かって説明を始めた。時間がかかりそうな様子を感じたりえが「待てませんから、話してください」と言ったので、私は電話の邪魔にならないよう小声にして続けた。

「最後が絵里先輩と私で、時計ホルダーの説明をしたの。予想通り、企画部長の第一声は、時計じゃないじゃん、だった」

りえが小さな笑い声を上げる。

私は言う。「日高の女子社員のデスク周りの写真を見せて、腕時計ホルダーの需要はあるって説明したの。企画部長は、アイデアがっていうより、時計じゃないってことが問題だって言ったのね。そしたら絵里先輩が、三年前に腕時計じゃない物を販売したことがあるって反論したの。買った人には、専用のケースに入れて渡すじゃない？　なんでも、三年前にそのケースを気に入った海外のバイヤーがいたんだって。よそより開閉が硬かったらしいんだよね。うちの工場でケースなんて造ってないでしょ。ケース会社に発注して造ってもらってるからさ。で、うちはどうしたかっていうと、注文を受けて、同じ数をケース会社に発注したんだって。で、うちに納品されたケースを、バイヤーにそのまま納めたって。うちはなにも造らず、右から左にケースを動かしただけで、利益を出したことがあったんだってさ」

「絵里様にそう言われて、企画部長はなんて？」

「営業がなんて言うか知らんぞって。でも、そう言いながら、ナンバリングを押してくれた」

「やりましたねぇ」

私は頷きながら、デスクの上のクリアホルダーに目を落とす。中から企画書を取り出し、右上に押された番号を指でなぞった。

企画会議を通過したものには、一つひとつに番号が付けられ、これからはその品番で呼ばれることになる。

なんか、生まれた子に名前を付けてもらったような……こんなことが嬉しいなんて。

気が付くと、りえが私のすぐ横に立っていた。

「これ、頼まれていた書類です」りえが私に書類の束を差し出した。「チームの皆さん、すっごい喜んだんじゃないですか？」

「どうかな」

「どうかなって……皆で喜び合ったんじゃないんですか？」

「それがさ、緊張の中で始まって、デコ時計がオッケーになって、やったぁって感激してる間もなく、はい、次って言われちゃって。三つのプレゼンが終わったら、はい、チームの皆さん、ご苦労様でした。これからは我々のプレゼンが続きますから、もう結構ですって言われて、慌てて資料やなんかを抱えて会議室を出たの」

「廊下で抱き合ったりとかは？」

首を左右に振った。「小さな声で——まだ中では会議してるからね、小さな声で全部通って良かったわねって絵里先輩が言って、皆が頷いて、それで終わり」

「えー」りえが驚いたような声を上げた。「感動しなかったんですかね、皆さんは。それとも、まだまだ先はあるからってことなんですかね」

「どうだろう」

私は興奮していた。やったーって叫びたかった。でも、慌てて会議室を出る時に資料がホルダーから落ちそうになって、それを直しているうちに解散になってしまった。すでに歩き出している皆の背中を見た時には、呆気《あっけ》に取られて声も出なかった。

りえが尋ねる。「次に、敵と戦うのはいつなんです？」

「九月十五日」

「三ヵ月半かぁ」竹内係長へ視線を送った。「またなんかあったんですかねぇ」

りえの視線の先では、竹内係長が額を擦っていた。

人事課に異動して一年ちょっとになるが、竹内係長が喜びや楽しみを感じてる瞬間を、私はまだ見たことがない。

私は——さっきハケのようなもので、すっと撫でられた気がした。それが、竹内係長が言っていた喜びなのか考える間もなく、現実に引き戻されてしまったけど——。

私はぼんやりと竹内係長を眺め続けた。

3

筋右衛門は驚いた顔をした。

私はさらに袋を押し出して、「嫌いですか？」と尋ねた。

「いや……嫌いではないですが」

「それじゃ、どうぞ。皆さんで。こっちのは、今、切り分けますから」と私は言って、ラップで包んだベイクドチーズケーキを指差した。

企画会議を通過したので、試作の相談をしに、チームのメンバーと伺いたいと電話をした時、筋右衛門は一瞬の間の後で「わかりました」と言った。七日の十時に訪問する約束をした。

昨日の日曜は、クッキーを焼き続けた。最後にチーズケーキを焼いたら、結構な荷物になってしまった。小ぶりのキャリーバッグに詰めて、自宅から引きずってきた。

待ち合わせをした東京駅の改札に、私とキャリーバッグを認めた亜衣と千香は、揃って目を丸くした。

今日は応接室ではなく会議室に通され、私は手土産のクッキーとチーズケーキをテーブルに出したのだった。

ナイフやフォークを借りるためいったん会議室を出ようとした私に、筋右衛門が「今、食べますか？　午前十時ですけど」と言ったので、「はい」と答える。

「なにか問題でも？」と私が聞き返すと、首を左右に振ってから給湯室の場所を教えてくれた。

食器を手に会議室に戻ると、千香が筋右衛門に向かって喋っていた。

テーブルには、資料やデコってある彼女の携帯電話やペン、ミラーなども並んでいる。

私はチーズケーキをカットし、皿にのせた。

私の腕を亜衣が摑んできて、「ごっつぁん先輩、ワンホールの四分の一ずつ食べるんですか？」と小声で言った。

「そう。四人だから」

ゆっくり一度瞬きをした後で、亜衣は笑顔を作った。「八等分にしませんか？　それをいただいて、もっと食べたい人は、もうワンピースというのはいかがでしょう？」

「そんなにちょっとじゃ、食べた気がしなくない？」

「大丈夫です。全然食べた気、します」

亜衣が深く頷いたので、半信半疑ではあったが八等分にした。

皿をそれぞれの前に置いて、フォークを握った。

筋右衛門へ顔を向けると、彼は眉間《みけん》に皺を寄せていた。

私は中腰になり、腕を目いっぱい伸ばして、皿を筋右衛門にさらに近づける。

「わかりました」と筋右衛門が言った。

千香が「本当ですか？」と明るい声を上げると、「いや、こっちのことです」と彼はチーズケーキを指差した。

千香がため息をついた。ちょっと色っぽく。

筋右衛門は千香の色気にも、チーズケーキの誘惑にも心乱されないようで、「ちょっと失礼」と言って、会議室を出て行ってしまった。

途端に千香が、「あんな顔されると、どんどん不安になっていくんですけどぉ。サンプル、造ってもらえますかねぇ」と聞いてきた。

私はチーズケーキを食べながら、「きっと造ってくれるよ。この前の時だって、無茶苦茶なスケジュールだったのにやってくれたんだから」と励ます。

すぐに戻ってきた筋右衛門の手には、重ねたケースがあった。

彼はそれらをテーブルに置くと、一番上のケースから順に下ろしていき、七個を一列に並べた。

筋右衛門は中央のケースの上蓋を開けると、腕時計を一つ手に取った。「文字盤は、これじゃ、大き過ぎますか？」千香の前に置いた。

「大きさだったら、もっと大きくてもいいです」

「レディースですよね」

千香は笑い声を上げる。「デコ時計を男子がしてたら、おかしいですぅ」

隣のケースから一つ取り出し、筋右衛門は千香の前にまた置いた。「これぐらいですか？結構大きいですよ。これ、メンズのですから」

「どうして、レディースの文字盤は小さくなくちゃいけないんですか？」

筋右衛門は言った。「女性は手首が細いからですよ」

「バングルは太いのを何個もつけたりしますよ」

「バングルは、ですよね」

「デコで可愛くした腕時計なら、大きくても全然オッケーですよ。バングルの感覚ですもん。女子は小さな文字盤の腕時計って、誰が決めたんですか？　男子の思い込みじゃなくてですかぁ。あっ。そういえば、まだデコ電じゃなくて、可愛いストラップを携帯にたくさんつけてた頃、お姉ちゃんの彼から言われたことありました。その人、携帯電話のメーカーで働いてたんです。本体を軽く、薄く、小さくするために必死で技術開発してるのに、こんなにジャラジャラとストラップをつけて重くしちゃうんだからなって。その時も私、言ったんですけど、小ささや軽さより、譲れないことってあるんです」

嫌味の一つも出るのではないかと、私はフォークを皿に置いて身構えたが、筋右衛門の口からは聞こえてこなかった。

筋右衛門はしばらく考えるような顔をしてから、ほかのサンプルを取り出し、テーブルに置いた。

むしろ、さっきより熱心に見えるのは気のせいかな。

千香の色っぽいため息が今頃効いてきたのか。それとも隣で熱心にメモを取る亜衣を意識してるのか――。

打ち合わせはどんどん進んでいった。

筋右衛門からの細かい質問に、千香はほとんど即答だった。千香の頭の中には、すでに完成した腕時計があるのかもしれない。

次は亜衣の番になった。

亜衣がこっそり時計を思いついたエピソードを話している間、筋右衛門は企画会議で配ったのと同じ企画書に目を落としていた。

亜衣が話し終わっても、筋右衛門は顔を上げず、声も出さない。

亜衣が不安そうな顔をした。

私が口を開こうとした時、千香が言った。

「会議の時だけじゃないですよ、この腕時計が便利なのは。たとえば、会社の先輩に飲みに誘われちゃって、行きたくないけど、行かなきゃ、それからの毎日が面倒になるって時、あるじゃないですか？　そういう時、つまらないから、時間が経つのが遅くって、つい腕時計を見たくなっちゃうんですよ。でも、それは、やっちゃダメなんですよ。だからトイレに立った時に腕時計で確認するしかないんですけど、何回もは行けないじゃないですか？　だから、こっそり時間がわかる腕時計があったら、日本全国の働く女子は喜ぶと思うんです。ね、ごっつぁん先輩」

私は頷き、口を開いた。「男子もだと思います。上司が話してる時、腕時計を見る勇気ないと思いますから」

左手の人差し指を立てた筋右衛門は、ゆっくり企画書から顔を上げた。

私と目が合うと、首を左右に振りながら人差し指を元に戻した。そして頬杖をつき、左の上空に睨みをきかせる。そこに答えが浮いてでもいるかのように長い間そうしていたが、やがて「検討させてください」と絞り出すように言った。

私の番になったので、時計ホルダーの話をすると、予想通り、筋右衛門からは時計じゃないとの指摘を受けた。そこで、企画会議の席で絵里先輩が出したエピソードを披露し、「素人だからこそ、消費者に近い」とまとめる。

筋右衛門は再び左の上空へしばらく視線を向けた後、「業者と検討してみますが、同席をお願いするかもしれません」と言った。

私は「喜んで」と答え、「よろしくお願いします」と頭を下げる。

打ち合わせが終了し、呼んでもらったタクシーに乗り込んだ時には正午近くになっていて、私は腹ペコだった。

東京駅に到着すると、この間発見した食べ放題の店へ二人を連れて行った。

雑居ビルの六階にあるそこは、とても広いのだが混んでいて、十分ほど待たされてから席に案内された。

食事を始めるとすぐに、向かいに座る亜衣が言った。「さきほどの打ち合わせの時、千香先輩とごっつぁん先輩に応援していただいて、嬉しかったです。ありがとうございました」

亜衣の隣で千香が小首を傾げた。「なんで？　亜衣ちゃんが出した案だけど、チームでこれにしようって決めたことなんだから、チームの企画なんだよ。商品化したいって気持ちは一緒だよ」

亜衣が両手を千香の腕に置いて、「先輩、私、泣きそうです」と言った。

「泣くな、亜衣ちゃん。ごっつぁん先輩もそう思うでしょ、って、夢中で食べてるし。ね、先輩。なんかぁ、私、ジミー先輩とコンビじゃないですかぁ。ジミー先輩、全然協力的じゃないんですよねぇ。私が、どう思いますぅとか、どっちがいいですかねぇって聞いても、あなたが決めればいいわよって、冷たいんですよぉ。なんかぁ、私の企画だから、私が責任者で、ジミー先輩は補佐って感じっぽくなってるんですけど、それ、マズいですよねぇ」

「うーん」私は首を捻った。「どうかな。マズくはないと思うけど。デコ時計って、凄くいいアイデアだなってメンバー全員思ってるのね。だからこれを出そうって決めたんだし。ただ、具体的な話になると、ちょっとついていけないところもあるんだよね。デコ電にしてるの、メンバーの中で千香ちゃんだけじゃない？　可愛いなぁとは思っても、実際にはやらないお姉さんたちばかりなんだよ。千香ちゃんがこれはイヤとか、好きとか、はっきりと言って、デザインを決めていってくれた方がいいように思うんだ。ジミー先輩もそう思ってるから、補佐的な役割に徹しようとしてるんじゃないかな」

千香は口を尖らせ、不満そうな顔をした。

私は尋ねた。「亜衣ちゃんはどお？　ラッパー先輩とのコンビは」

真っ直ぐ私を見つめてきて、「心配性の私をいつも励ましてくださいます」と答えた。「それに、閃いたと言って、秘書室に飛び込んでいらしたことも何度かありました。今日、筋右衛門さんにその中のいくつかをお話ししましたが、あまりいいアイデアではなかったようです。検討させて欲しいと筋右衛門さんは仰ってましたが、やはり、プロの方を困らせるアイデアなんですね」

「素人なんだからいいんだよ、それで」私は言った。

千香がグラタンにフォークを突き刺してから、口を開いた。「確かに、筋右衛門、検討させてくださいって言ってましたけど、本当に検討してくれるんですかねぇ。バブバブが検討しとくよって言った時は、君の話を聞きましたって程度の意味なんですけど。ミミゲの場合は、検討もしないから、それよりはマシですけど」

「ちゃんと検討してくれるんじゃないかな。わからないけど」私は希望を入れて答えた。

「ごっつぁん先輩は絵里様と、どうなんです？」千香が聞いてきた。

「絵里先輩は得意先を回った後に、いろんな店に行ってくれて、そこで見つけた携帯ホルダーや売れてる文具とか、そういうのを携帯で撮って、送ってきてくれる。この前は、名古屋に住んでるお兄さんに頼んで送ってもらったって言って、名古屋のいろんな売り場の画像を見せてもらった」

千香が意外そうな声音で言った。「わりと、ちゃんと協力的なんですね」

「うん」

先週の企画会議の時、絵里先輩はとてもクールだった。三つの企画全部が通っても、表情は変わらなかった。

だから、それほどチームに思い入れはないんだろうと思っていた。でも、ちょくちょく画像を送ってくれる。思い入れはなくても、仕事だから？　会社は愛せなくても、チームを愛してもらえたら、嬉しいんだけど。

私はどうだろう――。

間違いなく愛してるな、チームのこと。

最近は暇さえあれば、チームの企画のことを考えている。ヒップバッグには、思いついた時すぐにメモを取れるように、ノートとペンを菓子と菓子の隙間に入れている。私の心に、次の食事と同じくらい気がかりなことが生まれたのは、初めての経験だった。

「それじゃ」と私は言って立ち上がった。「お代わり、行ってきます」

千香と亜衣が、口を開けて私を見上げた。

4

客が使った湯呑み茶碗をトレーにのせて、給湯室に向かう。

今日は渋く決めてみようかと、竹内係長と、その来客に梅こんぶ茶を出した。ミーティングを終えた竹内係長からは、「梅こんぶ茶にヤラれちゃったよぉ」と意味不明な言葉をもらった。

梅。こんぶ。お茶。ミックス。缶。顆粒。

ダメだ。

腕時計のアイデアにはまったく繋がらない。

初めてアイデアをもって工場へ行った先週から、ずっとデザインのヒントを探していた。目についたものから、イメージを広げていって、やがて時計ホルダーのデザインに結びついたらと考えてのことだったが、今のところ、単語を呟く危ないデブになっているだけだ。

給湯室に入ろうとした時、中にいる亜衣に気が付いた。

私が声をかけると、くるりと振り返り、亜衣は小さく会釈した。

「珍しいね。ここで会うの」私はトレーを台に置いた。

「はい。今日は秘書室のポットが壊れてしまいまして、こちらのお湯を使わせていただいております」

「へぇ。それじゃ、大変でしょ。秘書室とここじゃ、距離があるから」

首を傾げた。「大変な距離ではないと、思いますが」

「あぁ。失礼。デブ換算しちゃった。デブは三歩以上移動しなくちゃいけない距離を、長距離と言うんだわ」

唇を横に広げて、亜衣は笑いを堪えるような表情をした。

亜衣はドリップピッチャーを傾け、コーヒードリッパーに湯を注ぐ。

私は亜衣の隣のシンクで湯呑みを洗いながら言った。「さすが、秘書室じゃ、ちゃんとコーヒーを落とすんだね。インスタントじゃなくて」

「今日は特別コーヒー好きな方がいらっしゃる予定で、アイスコーヒーを作らなくてはなりません」

「えっ？」私は大きな声を上げた。「わざわざその客のためにアイスコーヒーを作ってんの？ペットボトルでアイスコーヒー売ってるよ」

「味にうるさい方で。先輩の話では、前にペットボトルのアイスコーヒーを出したら、しっかり嫌味を言われたそうです」

「ヤな客だねぇ。喫茶店じゃないっつうのにねぇ」

「私もびっくりしました。よその会社に来て、あれこれ言う人がいるなんて、思ってもみませんでしたから。ビールの銘柄を指定する方もいるんですよ」

「ええ？　ビール飲むの？　しかも銘柄指定で？　居酒屋じゃないってねぇ」

洗い終わった湯呑みを、籠に逆さまに置いた。

竹内係長が感動した梅こんぶ茶でも入れてみるかと、食器棚を開けて自分のマグカップを探す。

入社した年の誕生日に、同僚からもらったマグカップを今でも大事に使っている。ピンクの豚のイラストがついたマグカップだった。

皆のマグカップを少しずつ動かして豚のイラストを探す。

猫。犬。パンダ。

動物のイラストって多いな。あ、写真まである。自分のペット？　時計ホルダーにキャラクターをつけるなら、やっぱり動物かなぁ。だとしたら、なにがいいんだろう。ペットで多いのは犬か猫だろうな。

「亜衣ちゃんのマグカップって、ここにある？」

「いいえ、ここにはないです。どうかしましたか？」

「ん？　時計ホルダーのデザインに、いいのあるかなって思って、皆のマグカップを見てたの。最近、そんなことばっかり考えててね、気が付くと、なにかをじっと見てるんだよね」

「それ、わかります。私もそうです」

「そうなんだ。で、亜衣ちゃんのはどれかなって思ってさ」食器棚を指差した。

「私のは、白い無地です」

ちょっと驚いて私は尋ねた。「キャラクターなし？」

「はい」

「おやおや」

「おかしいですか？」

「おかしいってことはないんだけど、意外。好きなキャラクターで揃えられるものは、揃えるタイプかと思ってた」

「子どもの頃から、一度もキャラクターにはまったこと、ないんです。ぬいぐるみも一体も持ってませんし」

「本当に？」私は目を丸くする。

「はい。自宅の部屋も殺風景で、家族からは病室みたいだって言われてます」

私はしげしげと亜衣を見つめた。

イメージと違う。

ぬいぐるみを一体も持ってないなんて。

実は私も、子どもの頃から人形やぬいぐるみに興味はなかったが、女の子というだけで、親や親戚や友人から、どうしたってもらってしまう。もらってしまえば、捨てるわけにもいかず、部屋の隅に並ばせるしかなかった。成長するにしたがって、私の元に集まってくるのは、自然とブタばかりになっていったが。

私も亜衣と一緒で、小さい頃からぬいぐるみに興味をもてなかったことを話した後で、続けた。「でも、あれだよね。もらっちゃうでしょ。女の子ってだけで、ぬいぐるみは好きなもんだって固定観念があるから。それで、たまっちゃうよね。捨てるってわけにいかないからさ」

「私は捨ててます」

「うっそ」

「いらない物を持っててもしょうがないですから」微笑んだ。

「そ、その通りだけど——ほら、ネックレスとか、マフラーとか、そういうのだったら、捨てやすいよね。でも、ぬいぐるみや人形って、なんていうか、人間っぽいから、捨てにくくない？　祖母なんて、人形を一体で捨てると魂が戻ってくるなんて不気味なこと言うし」

「魂ですか……考えたこともありませんでした」

「意外に、男前だね」私は感想を述べた。

「ええ？　なんですか、それ」

「いや、なんとなく」

亜衣がドリップピッチャーを台に置き、フィルターを覗く。

私は豚のマグカップを取り出し、ポットの湯を注いだ。梅こんぶ茶の缶の蓋を開けた時、「男前」と低い声が聞こえてきた。

右へ顔を動かすと、真面目な顔の亜衣が、「女。魂。人形。ぬいぐるみ」とフィルターに向かって呟いている。

私は顆粒を混ぜた湯をスプーンで攪拌《かくはん》しながら、亜衣の横顔に目をあてる。耳から顎までのラインが、完璧なんだよなぁ。まるで漫画家が描いたような直線で、奥歯がないんじゃないかと疑うほど鋭角だった。

視線に気付いたのか、突然亜衣が顔を上げた。

私と目が合うと、恥ずかしそうに頬を赤らめた。

「こっそり時計のヒントを探してたの？」私は尋ねた。

亜衣はさらに、頬を染めて小さく頷いた。

「亜衣ちゃんは、なんだって、全然オッケーだよ、今のままで。ぬいぐるみをぽいぽい捨てられる男前だって、コーヒーフィルターを見つめながら、独り言を呟いてたって、美人は美人だから」

亜衣は手の甲を、自分の額にあてて、照れたように笑った。

5

このオッサンとここにいるのが、恥ずかしい。

オッサンは奇声を上げながら、モニター画面の敵に向かって、エアガンを撃ちまくっている。

このオッサンが取締役ってことに、日高の限界を感じるんですけど。

ゲームが終わると、バンザイは私を振り返り、出てもいない銃口からの煙を、吹き消す仕草をした。

私は見なかったことにして、手元のパンフレットへ目を落とす。

今日が初日のおもちゃの展示会に、一緒に行こうとバンザイから誘われ、チームのメンバーに声をかけたが、時間の都合をつけられたのは私だけだった。バンザイと私は、午前十時の開門と同時に会場入りした。

六月もあと十日で終わってしまうというのに、チームのサンプル造りはデコ時計以外、全然進んでいない。

進捗《しんちょく》状況はバンザイに報告していたので、おもちゃの展示会に誘われた時には、そこで一緒にヒントを探そうと言われたのだと私は理解した。

でも――それは、私の勘違いだったみたい。

バンザイは一時間以上かけてブースを巡り、鉄道模型を動かしたり、クレープを作ったり、エアガンを撃ったりして楽しんでいるだけだった。

展示会は一般向けではなかったので、並んでいるのはおもちゃであっても、子どもの姿は見られない。各ブースでは、スーツ姿の男たちが名刺交換をする姿や、商談をする様子があった。

どうやってここの入場券をバンザイが入手できたのか、不思議。

鍵盤が印刷された、持ち歩けるというシートにバンザイが指をあて、『ねこふんじゃった』を弾き出したので、私は休憩コーナーに行ってますからと告げてブースを出た。

この展示会では、休憩コーナーにある自動販売機のドリンクがすべて無料で飲める。素晴らしい。

私は汁粉のボタンを押し、白い丸テーブルに置いた。

木製の椅子に座り、周りを眺める。

休憩コーナーは会場の中央にあり、ここを中心に、通路が東西南北の四方向に伸びている。

この中のどこかに答えがあるといいんだけど。

デコ時計の試作は順調に進んでいた。上がってきたサンプルを見て、メンバーがそれぞれ意見を出し、それらを千香がまとめて、筋右衛門に修正依頼をしてある。現在は、修正を終えたサンプルが上がるのを待っている段階だった。

問題はこっそり時計と時計ホルダーだ。

この調子だと、九月十五日の部長会議の日にサンプルが間に合うのかさえ、わからなかった。

目の不自由な人向けに、すでに市販されているアナログの腕時計があった。ガラスの蓋を開けると、中の針を指で触れるようになっていて、文字盤の数字の上に置かれた突起物と併せて、今何時かを知る仕組みだった。試してみたが、こっそり時間を知ろうとするには不向きだ。目の前にいる人にバレないように蓋を開け、針を指で触るのは不可能だった。デジタルでの可能性も検討していたが、こちらも色々な問題があった。設定した時間になると、携帯電話のマナーモードのように、音を鳴らさずに動かす案が、一番現実的に思えた時期もあった。でも残念ながらまったくの無音にすることはできず、鈍く響く動作音が却って耳に障り、同席している相手にわからないようにという目的を達成できていない。

一方時計ホルダーは、難しい技術が必要ではないというのに、試作段階にまで進めていなかった。

どういったデザインがいいかで、すっかりラビリンス。

携帯ホルダーのメーカーの人に工場に来てもらい、サンプルやデザイン画を見せてもらったが、これだというものがなくて困っている。

メンバーが集まれば色々なアイデアは出るが、絞り込んでいけない。

デザインって、どうやって決めたらいいんだろう。

私がぼんやりしていると、正面の通路をバンザイが歩いてきた。

通路の終わりまで来ると、足を止めた。そして、休憩室に向くように建てられている、角のブースの中を、覗き込み始めた。

すぐにネクタイ姿の男がバンザイに近寄り、なにか話しかけ、ボールを手渡す。

バンザイは大きく振りかぶって、そのボールをブースの壁に掛けてあるボードに投げた。

ボールはボードにぴたっと張り付いた。

五個のボールを投げ終えたバンザイは、ブースを離れて、私に向かって歩いてくる。

向かいに座るのかと思いきや、「俺もタダのドリンク、飲もっと」と言いながら素通りした。背後から鼻歌が聞こえてくる。

すぐに自動販売機の操作音が響き、鼻歌はかき消された。

やがて現れたバンザイは紙コップを手にしていて、私の向かいに座り、「おもちゃって、楽しいよなぁ」と言った。「あれさ、部屋で子どもがボール投げをして遊ぶ道具だって。あれで遊んでいたら、いつの間にか肩を鍛えちゃってだよ、その子が、将来プロ野球選手になったら、どうする？　夢があっていいよな、おもちゃは」

「なかなか興味深い品が並んでいるとは思いますが、こっそり時計や時計ホルダーのヒントになるようなものは、見つけられていません」

「ごっつぁーん」まるで遠くにいる人に呼びかけるように言った。「アイデアを探そうと思っちゃダメだよー。アイデアは、自分から生み出すもんだからね」

「なにも生み出せないので、どこかに落ちていないかと必死で探しています」

「生み出せるさ。なんでそんな顔しちゃうかなぁ。誰だって生み出せるんだよ。慣れてないと、自分のどこら辺を刺激したらいいのか、コツが摑めないだけ。本当だって」

「私、どんどん自信、なくなってるんです。元々自信満々ってわけじゃなかったんですけど。弱味を強味に、素人だからこそできる柔軟な発想を、プロの人たちに助けてもらおう。できるかどうか悩んで立ち止まるぐらいなら、とりあえず前に進んで、ダメだったら戻ろうって。そんなふうに思えてた時は良かったんですが……。これはどうでしょうって尋ねて、これこれこういう理由で無理だって製造部の人に言われるのを繰り返しているうちに、あー、やっぱり素人には限界あるなって思えてきて。どんどん不安になっていくんです。こんなにいろんな人を巻き込んで、商品化できなかったら申し訳ないなって、ダメだった時のことばっかり頭に浮かんでしまうし」

「腹、空いてんな」からかうような調子でバンザイが言う。「だから、そんなに後ろ向きなこと言ってるんだろう」

「それもあるかとは思いますが」

「よし。なんか食おう。この上に店、いくつか入ってるから」

ドリンクを一気飲みしたバンザイは、紙コップを握り潰した。

会場を出て、エスカレーターに向かう。

左方向に白い布で覆われた一角があり、中から電気ドリルの音が聞こえてきた。設営中なのかな。うー、白い布の向こうが見たいなぁ。

「仕事ってさ」

バンザイの声がして、私は彼の顔を見上げた。

足を進めながらバンザイは、会場に流れるＢＧＭに合わせて、指揮者のように右手をスイングさせながら言う。「練り上げていくって、思いがちだよね。どんどん足していくっていったらいいかな。でもさ、本当は違うよね。どんどん妥協していくことなんだ。わからない？　綿菓子ってわかる？　好きじゃないの？　あぁ、腹の足しにならないからかぁ。ま、いいよ、知ってれば。こうしたいって思いを綿菓子だとする。こーれぐらいデカい綿菓子」

両手を大きく身体の前で動かし、直径三十センチほどの球体をバンザイは表現する。

「でもさ」バンザイが続ける。「違う意見の人がいるよな。その人の反対意見を封じ込められないと、端を齧られちゃうんだよ。ま、しょうがないかって、形をちょっと整えて、さ、これでいこうと思ってると、別の部署の人から、ここはおかしいだろって指摘されちゃうんだ。で、また端を齧られてしまうんだな。嘘だろって思っても、ま、綿菓子がなくなったわけじゃないと自分に言い聞かせて、形を整える。そうやって、社内の力学やバイヤーの気分や卸の会社の都合で、あっちこっち齧られる。気が付いたら、こーんな大きさになってる」

バンザイは両手で直径十センチほどの球体を形作った。

「こんなになっちゃったよ」バンザイは自分の手を見下ろす。「大抵の仕事は、これの繰り返しだ。これをちっちゃくなっちゃったとがっかりするか、なんとか残ったぜとピースするかは、その人次第だけどな」

「……あの」

「なによ」

「もう少し具体的に励ましてもらえませんか?」

バンザイは大きな笑い声を上げた。

エスカレーターのステップに、バンザイがぴょんと飛び乗った。

私はバンザイの二段後ろのステップに足をのせる。

バンザイがくるりと振り返ると、「ごっつぁんの不安は、誰もがもつものだってことだ」と言った。「だから最終結果が出る前から、くよくよするなってことだ。そういうこと」

「はぁ」

二階のフロアに着くと、バンザイが言った。「ごっつぁんを励ますには、これが一番か。なにが食べたい？　なんでもいいから言ってみて。ご馳走するよ」

私は左角の一軒の店にかかっている暖簾《のれん》を、じっと見つめた。

「寿司がいいの？　いいよ」と言って歩き出したバンザイの腕を、摑んだ。

慌てて私は尋ねる。「本当にお寿司をご馳走してくださるんですか？」

「いいよ」

「あそこのお店、たぶん、お皿、回ってませんよ」

「なーに。わかってるって。こういうところに入ってる店なんだから、べらぼうには高くないだろうよ。あっ……たくさん食べるってこと？　ごっつぁん、何貫ぐらいいくのかな？」

「去年の記録は、八十二貫です」

しばらく瞬きを繰り返した後で、「ごっつぁん、あそこにとんかつ屋があるぞぉ」と寿司屋とは反対方向へ歩き出した。

私はバンザイの後に続きながら、その背中に向かって言った。「綿菓子がなくなったわけじゃないので、ピースです」

バンザイは足を止めた。

そしてすぐに、また歩き出した。

寿司屋ではなく、とんかつ屋に向かって。

6

「お客さん、終電ですよ」

私が肩を揺すると、成川は身体を痙攣《けいれん》させてから目を開けた。

「昨夜、飲み過ぎたとか？」私は尋ねながら隣席に座り、ヒップバッグから『プリッツ』を出して勧めた。「いらないの？　本当に？　遠慮してない？　あぁ、二日酔いなんだぁ。迎え菓子って言葉知らないの？　へぇ」

午前のオヤツを食べに、三階の秘密の場所に来てみると、口を開けて眠る成川がいた。

成川は自分の頰をパンパンと叩き、呻《うめ》き声のようなものを上げた。

私は言った。「いつからここで寝てたの？　行方不明になってる時間が長いと、ミミゲにバレるんじゃない？」

「大丈夫。今、僕は得意先に行ってることになってるから」

「そうなんだ。じゃ、起こしちゃって悪かったね」

「いや、ちょうど良かったよ」腕時計をちらっと見た。「そろそろ本当に行かないとマズかったから。しっかし、あれだね。ごっつぁんは食べてる時、幸せそうだね」

「うん。幸せ」

「ごっつぁんが羨ましいよ。マジで」

「なにかあったの？」私は尋ねる。

「ん？　わかる？　昨日はさ、六月三十日だったでしょ。この日付を言えば、わかってくれるよね」

「月末で、四半期の締め日」

「そう」がくっと頭を下げた。「ミミゲから色々言われてさぁ。確かにさぁ、目標の数字は取れなかったけどさぁ」

成川はゆっくり頭をおこした。

落ち込んでいるというより、不満げな顔をしていた。

成川は大きく足を前に投げ出して続けた。「僕が頑張っても、どうにもならないんだよね。担当している中で、一番大きな取引先の百貨店のバイヤーが変わってさ。売り場をすっかり変えちゃって。ま、それはよくある話なんだけど。新しい責任者ってもんは、自分の色を出したがる生き物だから。売り場の九割ぐらいを、輸入物の高級時計にしちゃったんだよね。当然、日高の売り上げは激減。でもさ、うちだけじゃないのよ。国内メーカーはどこも売り上げ減少なんだ。僕の力不足かい？　違うよね。僕にはどうすることもできないんだから。それでも僕の責任なんだ、日高では。昨日は荒れる気持ちを抑えられなくて、バブバブにつき合ってもらってさ。居酒屋で朝までになっちゃって。あっ。林さん」慌てたように急いで足を引っ込めた。

私が振り仰ぐと、絵里先輩が立っていた。

「お疲れ様です」と言った私の言葉に、絵里先輩はなにも答えず、持っていた紙袋に手を突っ込んだ。

中から出てきたのは、枕だった。

あっ。もしかして。

絵里先輩の顔を見つめると、彼女はしっかり頷いた。

「ちょっと、どいてくれる？」と絵里先輩は成川を一つ左に移動させ、彼が座っていた場所に座り、私の膝に枕をのせた。

私は人差し指でその枕を押してみる。

それほど抵抗感はなく、人差し指は沈んでいく。

その人差し指を枕から離すと、凹みはゆっくりと元に戻っていった。

私は腕時計を外し、枕にのせてみる。

少しだけ沈んだ。

「おおっ」と私が感激の声を上げると、絵里先輩は「いいんじゃない？」と言った。

「あの」成川が口を開いた。「さっきから、二人でなにしてるんですか？」

絵里先輩は私の方に身体を向けたまま、掌だけを背後の成川に伸ばした。「腕時計、貸して」

「はい？」

絵里先輩は、早くしろと手をちょっとだけ上下に動かして催促した。

外した腕時計を、成川はその掌にのせた。

絵里先輩は成川の腕時計を枕にのせ、その沈み具合を覗き込む。「いいわね」

私は頷いた。

お祖母ちゃん、少しだけ先に進めた気がする。ありがとう。

私は立ち上がった。「すぐに筋右衛門に電話します」

絵里先輩は腕時計を成川に返してから席を立った。「売り上げが悪かったら誰かのせいで、売り上げがいい時は、自分のお陰なの？」

成川は目を丸くした。

私に紙袋を渡しながら、絵里先輩は続けた。「ミミゲに怒られたら、バブバブと朝まで飲んで慰めてもらって、終わりなんでしょ。毎月同じことの繰り返しで、飽きない？」

格好いい……。

私も同じように感じていたけど、こんなふうに面と向かって言えはしなかった。それを言っちゃうのが、絵里先輩なんだよなぁ。いいなぁ。

もし私が同じセリフを言っても、またぁって冗談にされちゃって終わりなんだよね。キャラの違いってやつだろうな。

絵里先輩は成川の返事には興味がないようで、すでにドアノブに手をかけている。私は「お先」と成川に声をかけて、彼女の後に続いた。

通路を歩きながら、絵里先輩が「筋右衛門への連絡、お願いね」と言ったので、私は頷いた。

「絵里先輩、どうして私がここにいるってわかったんです？」後ろに手を伸ばして秘密の場所を指す。

「勘。席にいなかったから、ここじゃないかと思っただけ」

絵里先輩にここの話をしたことはなかったんだけどな。

ま、いっか。

踊り場に出たところで、私は言った。「絵里先輩は相変わらず、格好いいですねぇ」

「えっ？」

「ビシッと成川君に、言っちゃって」

階段の手すりに手を置いた状態で、絵里先輩は足を止めた。右手を自分の腰にあてて、私をじっと見つめる。

私も階段の下り口で足を止める。

しばらく固まっていた絵里先輩は、やがてゆっくり息を吐き出した。

「どうかしましたか？」

なにも言い出さない絵里先輩に、私は尋ねた。

「ごっつぁんじゃなかったら、嫌味を言われてると思うところよ」

「ええ？　なんでですか？」大声を上げた。

「あんな言い方しちゃって、私……。これでも反省はしてるのよ。もっとほかの言い方があったわよね。後になればね、そういうことまで考えが回るのよ。でも、その時は、イラッてしてるから、ポンポンキツい言葉ばっかり並べちゃうの。甘えたことばっかり言ってるヤツには、特にね。ムカついちゃって」

「絵里先輩は正しいことを言ってるんですから、いいんですよ。格好いいですよ。本当ですって。絵里先輩は、そういうことを成川君に言える資格ありますよ。ちゃんと努力してますもん。絵里先輩が得意先に行ってる回数、営業一部の中で一番多いって、私、知ってますよ。バッグの中に、腕時計の内部構造の手作り模型入れてる人、絵里先輩だけです。自分で造ったんですってね。機能や構造を得意先に説明する時に、大きな模型があった方がわかりやすいからですよね。知ってます。誰からって。私、営業一部で電話番を五年してたんですよ。電話番してると、結構わかるもんなんですよ。取引先の人から伝言をもらうこともあるし、ちょっと無駄話をすることもあるんですから。絵里先輩を褒《ほ》めてる人、多かったです。絵里先輩の成績がいいの、そういう努力をしたからなんですよね。キツい言い方しちゃったなんて反省しちゃうところが、また素敵です」

絵里先輩は驚いた顔で私を見つめる。

私はヒップバッグから『プリッツ』を取り出し、中の小袋を一つ、絵里先輩に渡した。

絵里先輩は受け取ったものの食べる気はないのか、手の中で弄ぶだけだった。

私は『プリッツ』を齧りながら口を開いた。「頑張ってる人を見てるのって、好きなんですよ。なんか、勇気をもらえる気がして。だから、絵里先輩を見てるの、ずっと好きだったんですよねぇ。前に、会社を愛せないって言ってましたけど、今もですか？　会社を愛せなくても構わないですけど、絵里先輩自身のことは愛してあげて欲しいです。すごく頑張ってるんですから。自分に厳し過ぎると大変です。たまには褒めて、褒めて、甘やかしちゃってください」

　絵里先輩は困惑したような表情を浮かべた。

『プリッツ』を振り回して私は言う。「実は、この『プリッツ』、白いご飯に合うんじゃないかって密かに考えてるんですよ。今度、これを細かくしたものを、白いご飯で握ってみようかな。お握りの具が『プリッツ』ってことです。どう思います？」

「ごっつぁん……」

　絵里先輩は小さく微笑んだ。

　優しい表情を浮かべた絵里先輩は、小袋を裂いて『プリッツ』を齧った。「本当だ。白いご飯に合いそうな味ね。お握りの具にして、いいかどうかはわからないけど」

「ダメですかねぇ」

「ごっつぁん、ありがとう」

「なんすか？」

　目を伏せた。「なんて言ったらいいかわからないけど、ありがとうが一番近いかと思って。こんなに褒められたの、生まれて初めて。本当よ。誰かに見せたいために、頑張ってきたわけじゃないんだけど――評価はされたいって思ってたのかも。ごっつぁんに見てますよ、知ってますよって言われて、こんなに肩の力が抜けていくんだから。これじゃ、日高の男たちと一緒ね」

「一緒でいいじゃないですか。誰だって頑張ってるところ、ちゃんと見て欲しいし、評価してもらいたいですよ」

絵里先輩は素直に頷いた。手すりに寄りかかるようにして、二本目の『プリッツ』を口に運びながら言った。「私、孤立してるでしょ、会社で。女子社員たちとも距離を置いてるし、男子社員たちからは煙たがられてるし。でも、昔から群れるの嫌いだったから、それでいいと思ってるのね。数字さえ取れれば、文句はないはずだしさ。バンザイから女だけのプロジェクトチームに参加しろって言われて、冗談じゃないって思ったの。忙しいし、チームでなにかするって興味なかったし。それが、前回展示会に出したでしょ。それで、バイヤーに色々言われたわけよ。価格が高いだの、たいして売れないだの、センスが悪いだのって。カチンときちゃって。それまでだってバイヤーから似たようなこと、散々言われてたけど、そこまでカチンときたことはなかったの。なんでだろうって思ったらさ、自分が最初っから関わったことだからなのよね。いつものように企画部や製造部のせいにできないっていうの？　バイヤーの言葉は全部、私に向けられてる言葉だったから、カチンときたんだと思うの。もう一度やらされるとは思ってなくて、バンザイにはまたまたムカついたけど、断れないんだったら、バイヤーを見返してやりたいって考えるようになって。それで、ちょっと熱心なんだ、今回は。それも結局は、自分を評価してもらいたいって不純な気持ちからかも」

「純粋でも不純でも、どっちでもいいじゃないですか。こうやって絵里先輩が色々見つけてきてくれるの、感謝してます」腕に引っ掛けている紙袋を持ち上げてみせた。

絵里先輩の瞳に小さな喜びの色が一瞬浮かんだ気がしたが、それはすぐに消えてしまった。そして普段のクールな声で「ご馳走様」と言った。

「もう一袋、どうです？」と私は勧めたが、もう充分だと言うので、二人で階段を下りる。

絵里先輩とは営業部の部屋の前で別れ、私は人事課に戻った。

千香が、私の脇机の前にある、ダストボックスの開口部分に雑誌を置き、そこに尻をのせて座っていた。体重が軽いからこそできる芸当だ。

竹内係長とりえの姿は見えず、課長の席も空いていた。

千香が「どこ行ってたんですか？」と声をかけてきた。

「うん、ちょっとね」私は答え、自席についた。

「ごっつぁん先輩、ちょっと聞いてくださいよぉ。もう限界ですぅ」

「どうしたの？」

千香はジミーに対する不満を一気に捲《まく》し立てた。一応小声で。

私は『プリッツ』のせいで喉が渇いていて、デスク上のコーラに手を伸ばした。

と、その腕を千香が摑んだ。「聞いてますか、私の話」

「聞いてる、聞いてる」キャップを捻り、コーラを飲んだ。「ジミー先輩の他人ごとっぽいところが嫌だって話でしょ」

「そうですよぉ。ジミー先輩、一度も工場に行ってくれてないんですよ。ほかの人、皆、最低でも三度は行ってますよね。私が一緒に行ってくださいよって言ったら、仕事が忙しいって。皆、忙しいですよぉ。私、全然暇じゃないですよ。なんか、ジミー先輩とどう接したらいいかわからないです。相談しても、好きにやればいいんじゃないって答えしか返ってこなくて。だからって、先輩の存在を無視して、私のやりたいようにやるっていうことも、できないじゃないですか。ジミー先輩の扱い方、難し過ぎます」

「千香ちゃんは、デコ時計の開発、楽しい？」

目を大きくして頷いた。「すっごく楽しいです。自分の思い通りの腕時計が造れるなんて、考えてもみなくて。最近なんですけど、メーカーにっていうか、日高に就職して良かったなんて、思っちゃってるぐらいなんです。なんか、メーカーは給料が安いって聞いてたから、受けるつもりなんて全然なかったんです。第一志望は金融系だったんですけど、エントリーシートから先に進めなかったんです。たまにいけたとしても、筆記試験でダメで。面接までいけたら、なんとかなるような気がしてたんですけど、そこまで辿り着けなくて。友達とかがどんどん内定をもらいだして焦っちゃって、もうこうなったら、給料安くてもいいかって、メーカーにもエントリーシートを出すようになって。日高の面接では御社の腕時計が好きです、なんて言っちゃいましたけど、本当は全然興味なくて。営業一部に配属になって事務仕事してても、メーカーで働いてるって感覚なくて。どんな業種の会社にもある仕事じゃないですか、営業事務なんて。だから、すっかりメーカーで働いてるってこと、忘れちゃってたんです。それが、デコ時計をやり始めて――メーカーだからできることだって気が付いて、あー、良かったな、私って思いました」

「良かったねー」

「あー」千香が頬を膨らませた。「なんか、良かった良かったで、話をまとめようとしてます？　私は、ジミー先輩と一緒に仕事をするのがやりにくいって話をしにきたんですよぉ」

「褒めてたけどねぇ」

「はい？」

「ジミー先輩。千香ちゃんのことを」

「うっそー」

「本当に。もっといい加減な子かと思ってたけど、意外としっかりしてて、きっちり仕事を進めていくんでびっくりしてるって」

千香が瞬きをした。「なんですか、それ」

「あれだよ、いい意味でだよ」

唇を尖らせて、不満げな顔をした。「意外とって、失礼ですよぉ。いい加減な子って、どんな印象もってたっていうんですか」

思わず、笑ってしまう。「そうだよね、失礼だね。ごめんごめん。でもさ、私も実は千香ちゃんを再評価してたんだよね。メンバーの中で一番、頭が柔らかいよね。これは、こういう理由でダメだってなった時、私なんか頭が真っ白になっちゃって、その場で凍っちゃうだけだけど、千香ちゃんは、だったらこういうのはって、すぐに次のアイデアを出せるでしょ。頭が柔らかいんだよね。そういう人って、凄いよ。ジミー先輩も、千香ちゃんのそういうところ、評価してるんじゃないかな」

「本当ですか？　ちょっと嬉しくなっちゃっていいですか？」

「なっちゃってちょーだい。それとさ、ジミー先輩と仕事しにくいって話だけど、それでいいんじゃないかな。もし、だよ、私と千香ちゃんがコンビだったら、どっちも暴走タイプでしょ。二人での仕事はやりやすいかもしれないけど、その分、どっちもブレーキをかけないから、とんでもないところへいっちゃう可能性があるよ。その点、ジミー先輩だったら、少しやりにくいかもしれないけど、ちゃんと冷静にそれはおかしいって指摘してくれるでしょ。そういう人、チームに必要なんだよ、多分。これから、会議を通過させていかなきゃいけないじゃない。どこで、なんて言われるか、私にはちょっと予想がつかないけど、ジミー先輩の発想って、上の人たちに近いでしょ。上の人たちが言いそうなことを、事前にわかっておけるって、結構有利でしょ。違う？」

千香は首を捻った。「ごっつぁん先輩が言いたいことは、なんとなくわかるけど……」

「いいコンビだと思うよ。そんな顔しないで。あっ、もしかしてお腹空いてる？　今日はプリッツしかないんだけど。いらないの？　あぁ、そう」

千香がデスクに手を置いて腰を上げかけたので、私は彼女の腕を摑み、囁いた。

「三階の秘密の場所って知ってる？　えっ？　誰でも知ってるってどういうこと？　それじゃ、

秘密じゃないじゃん。えっと、そのことじゃなくて、これからちょっと三階行ってみたら？

成川君がへこんでたから、ちょっと励ましてあげたらいいんじゃないかと思って」

すとんと雑誌の上に座り直し、「どうやって励ましたらいいんですか？」と聞いてきた。

「それは千香ちゃんの得意科目でしょー。私にゃ、なんのアドバイスもできませんがな。ほら、行った行った」

私は手をひらひらさせることで「行け」と伝えた。

千香はドアの前で振り返ると、私に向かってピースをしてきた。

とりあえず、私もピースを返す。

千香はくるりと身体を翻《ひるがえ》して、部屋を出て行った。

どっちにピースなんだろう。

ジミーとのことか、成川とのことか——。

とにかく、どっちも頑張れ。

仕事に不満があるっていうのは、真面目に向き合っているからだろうし。それに、気になってる人がいるなら、近づけるチャンスは大事にするべきだし。

工場の筋右衛門に電話をしたが、席を外しているというので、連絡が欲しいとメッセージを残した。

どこでさぼってんだ、筋右衛門は。オヤツタイムなのかな。

紙袋を脇机の前に置き、パソコンに向かう。

新しい研修プログラムのロードマップを作らなくてはならなかった。

やらなくてはいけない。

仕事だから。

私は人事課に所属している。

でも——。

ちらっと足元の紙袋に目を落とす。

どうしたって絵里先輩が買ってきてくれた枕に、気持ちはいってしまう。

私は苦手な前屈姿勢を取って、紙袋の中に腕を突っ込み、枕の端を摘んだ。ふにっとした感触に、思わずにやついてしまう。

デザインを迷いすぎて、どうしたいんだかよくわからなくなっていた先週のことだった。

経理課に書類を届けに行った。経理課長の電話が終わるのを、彼のデスクの側で待っている時、仕事中のジミーを何の気なしに見ていた。仕事の手を止めたジミーが、デスクのペットボトルを摑んだ。傾けたペットボトルの底を、布が覆っていた。

「わわわっ」と私は叫び、ジミーになにをしてるんですかと尋ねた。

なんでも飲み切るのに時間がかかる方で、ちびちびやっているうちに、ペットボトルの周囲に水滴がついて、デスクに水溜りができてしまうという。それを避けるために、タオル地の手製のホルダーを、ペットボトルの底にはめておくらしい。

私は経理課長の電話が終わるのを待たずに、人事課に取って返した。

早速、自席でタオルハンカチを広げ、茶巾寿司のような形を作り、その中に腕時計を入れてみた。

これだった。

デザインにばかり悩んでいた。

こっちでも、あっちでもいいような気がしているのに、ちょっと違うような気もして、決められずにいた。

素材については、まったく頭になかった。

携帯ホルダーのサンプルばかり見ていたので、それらと同じプラスティック製にするものだと決め付けてしまって、それがしっくりこなかったのかも。

腕時計を休ませるホルダーは、柔らかい素材がいい。絶対。

絵里先輩にそう言うと、百円ショップでスポンジやガーゼのハンカチなどを買ってきてくれた。色々試したが、腕時計が安定し、さらに成形しやすそうなのはスポンジだった。それからあっちこっちの店へ行き、スポンジばかり集めた。いろんな硬さのスポンジがあった。そんな時祖母から、最近連絡がないがどうしているのかと往復ハガキが届いた。気忙しくて、祖母への連絡をしばらくしていなかった。連絡をしなかった理由を書いて返信すると、すぐに届いた祖母からの往復ハガキには、今使っているというベッドパッドの特殊なスポンジのことが書かれていた。高齢者向けの商品を扱っている店で買ったという、そのベッドパッドは、低反発ウレタンフォームでできているそうで、とても柔らかいらしい。

早速ネットで調べてみると、低反発ウレタンフォームは介護用品だけでなく、チャイルドシートや椅子などに使われている素材だった。

昨日、絵里先輩に検索結果を話したので、早速見つけて、買ってきてくれたのだろう。

我慢できなくなって、紙袋から枕を取り出し、デスクにのせた。

腕時計を外して、そこに置いてみる。

普通のスポンジとは違い、柔らかく沈み、そこで安定する。

すっと腕時計を持ち上げた。

凹《くぼ》みはゆっくり元に戻っていく。

引き出しを開けて、鋏《はさみ》を枕に置いてみる。

ステープラも。

スティックのりとセロハンテープ台も。

後ろへ首を回した。

総務課のスタッフたちが、それぞれの仕事に没頭している。

でも——今の私みたいにワクワクしている人は、一人もいないんじゃないかな。

こんな気持ち、生まれて初めて。

デスクに頰杖をついて、枕の上の文房具を眺めた。

7

お城？

パチンコ屋なのに？

私は口を開けて、工場の裏手にある駐車場から、パチンコ屋を見上げた。

浦安にある、ネズミが住んでいる国にある城にそっくりなんですけど。訴えられないのかな。

背後から筋右衛門の声がした。「連日大盛況らしいです」

言われてみれば、駐車場には平日の十時半だというのに、四十台ほどの車が停まっていた。

「お城とは思わなかったなぁ」私は感想を呟いた。「この前は——もう去年かぁ。一年経つんだぁ。実は私、工事現場を覆う白い布があると、つい覗いてしまう変な癖があるんです。去年あそこに白い布があった頃にも覗いたんでした。その後、工場に何度も来ましたけど、いつも表門からタクシーを拾っていたもんで、工事のこと、すっかり忘れてました。お城になっていく様子、見たかったなぁ」

私が振り返ると、すでに筋右衛門は歩きだしていた。

駅まで送ってくれるという、筋右衛門の車のドアを開けた。

ん？

今日はシートが一番後ろまで引かれていた。

シートに座り、両手で思いっきりシートベルトを引っ張る。引っ張って、引っ張ってから、金具にはめる。

昨日、絵里先輩が見つけてきた低反発ウレタンフォームの枕を持って、私は一人で工場にやって来た。筋右衛門はすぐに、タグに記されていた会社に問い合わせをしてくれた。隣でその電話を聞いていたが、すぐに専門用語の羅列になり、私には意味不明な時間が続いた。

電話を終えた筋右衛門の話では、素材サンプルと耐久試験のデータが届き次第、その会社と打ち合わせをするという。また、この素材を扱うメーカーがほかにもないか、調べてみるとも言ってくれた。

駐車場を出て細い道を進み、国道に出たところで、突然車の流れが止まってしまった。

「事故かもしれませんね」筋右衛門がため息まじりに言った。

私は腕時計に目を落とし、時間を確認した。

「急いでますか？」と筋右衛門に聞かれたので、「明日から新宿で合同企業セミナーがあるんですけど、それに日高も参加するので、その準備に行きたいんです。十二時には会場に入りたかったんですけど、ちょっと無理そうですね」と答え、首を伸ばして渋滞の先へ目を向けた。

筋右衛門が言った。「今日の件だったら、電話でよかったのに。あの枕を宅配便で送ってくれれば、北島さんが来ることなかったんですよ」

「そうなんですよねぇ。そうも思ったんですけど、なんか、昨日あの枕を見て、これだって思ったら、興奮してしまって、直接持って来たくなっちゃったんです。ダメですねぇ。全然効率良くなくて」

私は遅れそうだと竹内係長の携帯に連絡をした。

予想通り、竹内係長は「こっちは大丈夫だから」と言った。

私が電話を切ると、「忙しいんですね」と筋右衛門が言ってきた。

「なんだかねぇ」私は苦笑いをする。「営業にいた頃は、人事課なんて、なにやってる部署なのかよくわからなくて、どうせ暇なんだろうと思ってたんですけど。実際人事課に異動になってみると、毎月の決まった仕事のほかに、新卒の採用だ、中途採用だ、退職だ、保険だって色々あって、びっくりしてます。同じ会社にいても、よその部署のことってわからないもんですね」

「そうですね」

「工場のことも全然理解してなくて。それは、今もですけど」

「お互い様ですよ。僕らだって、本社の人たちの仕事の大変さを、理解できてはいないでしょう」

「あの、良かったら、今度の展示会、いらっしゃいませんか？　その時、私たちの企画した時計が並んでるかどうかはわかりませんけど」

顔を運転席に向けた私は、バチンと筋右衛門と目が合い、動揺してしまう。

どうしていいかわからず、バッグの中を弄《まさぐ》った。

キャンディしか出てこなくて、「飴《あめ》、舐めますか？」と尋ねたが、「いや、結構です」と断られてしまった。

間がもたずに、包みを開けて、三個の飴を一気に口に入れた。

筋右衛門が頭を掻いた。「駅まではこの道しかないので、動き出すまでここにいるしかないんですよね」

「お言葉に甘えずに、タクシーにすれば良かったですね。町村さん、忙しいのに。こんなところで閉じ込められてしまって、すみません」

「いや、僕はいいんです。本当に。北島さんを一人でタクシーで帰したなんてバレたら、皆から怒られちゃいますから」

「なんで町村さんが怒られるんですか？」

「北島さんは……工場の人たちに受け入れられてるんです。だからです」

「私が受け入れられてる？　あっ。クッキーやケーキが効きましたかね。私、食べニケーションを普及させようと思ってるんですけどね、付け届けの風習も守っていきたいと考えてるんですよ。なにかお願いする時に、手ぶらで行っちゃいけないって祖母の考えがありまして。うちは昔から、手作りの料理を持参するんです。それで上手くいくってわけじゃありませんけど、こちらの気持ちは伝わるって、それが祖母の持論なんです」

「そういったことじゃ」筋右衛門は否定した。「いや、勿論、差し入れはありがたく頂戴してますけど、それだけじゃないと思いますよ、北島さんが皆から好かれる理由は」

「明るいデブだから」

「いえ、そういうことでもなくて」

筋右衛門の横顔に怒ったような色が浮かんだ。

筋右衛門はなにも言わなくなって、途端に車内は静かになる。

会話の続きをした方がいいんだろうか。でも、続きっていっても……お世辞を言われるのに慣れてないから、居心地が悪いし。

どうしよう。会話のない時間がどんどん長くなっていく。

これだけ間が空いた後で、さっきの話の続きをするって、良くないよねぇ。まるでずっと考えてたって感じになっちゃうもんなぁ。

「料理は好きなんですか？」

突然の質問にびっくりした私は、咳き込んでしまう。

あとからあとから咳が出てきて、苦しくて涙が滲《にじ》む。

胸に手をあて、咳が静まるよう祈った。

徐々に咳が治まってきて、少しずつ呼吸が楽になっていく。

やがて落ち着いた。

私はゆっくり大きく息を吐き出して、運転席に向いた。

心配そうな顔をした筋右衛門と目が合った。

いろんな表情をするんだな、この人。

いつも皮肉っぽい表情を浮かべているようなイメージがあったけど。

「大丈夫ですか？」と筋右衛門が言ったので、私は頷いた。「お騒がせしました。普段使ってないせいか、今の咳で、背筋が攣《つ》りそうになっちゃいました」

筋右衛門は笑っていいのか、いけないのか、判断しかねるといった顔をした。

私は言った。「料理の話、でしたよね。料理は大好きです。食べるのも同じくらい好きです」

「そうですか」

「あの、町村さんはちゃんと食べてますか？」

「はい？」

「凄く痩せてるから。痩せてる人を見ると、ちゃんとご飯を食べてるだろうかって、勝手に心配する癖がありまして。腕を引っ張って、うちに連れて行きたくなっちゃうんです。手料理をたくさん食べさせたくなってしまうんです」

少し間があった後「これでも、人並みには食べてます」と答えた。さらに、「料理の上手な人は頭がいいっていいますよね」と続けた。

私は頷いた。「そんなこと、言う人もいますけどねぇ。私の場合は違います。ただ、作るのが好きなだけなんです。頭なんて使いません。本能の赴くまま作るだけですから。作ってるのを見てるのも、好きです。オープンキッチンのお店なんて行ったら大変です。ずっとシェフの動きを目で追っちゃいます」

筋右衛門の目尻に皺が浮かんだ。

笑ってる？　良かった。

調子にのって私は言った。「造るのを見てるの、好きみたいです。つい工事現場を覗いちゃうのも、造ってるのを見たいからなんだと思います」

「時計も、ですよね？」

「はい？」

「時計の製造過程を見るのも、好きなんですよね？　工場の中を熱心に見学して歩いているそうですね。質問したり、教えを請うたりしているって聞きましたよ。そういう本社の人、初めてだから。北島さんのそういう姿、見てるから、工場の人たちはあなたを受け入れたんですよ。今度の展示会には、工場を代表して行かせてもらいますよ」

筋右衛門は穏やかな表情をフロントガラスに向けると、車を少し進めた。

8

暑い。

マジで。

私は両手を広げて、通路の壁に張り付いた。

壁がひんやりして、気持ちいい。

行きたくないよぉ。入国管理局なんて。

どんだけ歩かなきゃいけないかを考えると、それだけで具合が悪くなる。

八月に入った昨日から、突然気温は上がり、四捨五入したら四十度。って、デブには無理な気温だって。

往復タクシーを使える身分じゃないし、もう行かなきゃなぁ。行きたくないけど。

仕事だからと自分に言い聞かせ、なんとか私服に着替えるところまではいったのだが、更衣室を出た私は、正面の壁に張り付いたっきり、動けなくなってしまった。

足音がして、首だけ後ろへ向けた。

ジミーが危険なものでも見るように、私に横目を使っていた。

私は言った。「動物園で白熊が、べたーっと床に体を広げているの、見たことありませんか？　暑さに耐えられなくて、体を冷たい床にあてることで体温を下げようとしている姿です」

右手で口元を覆った。「あるかも」

「それです。今の私」

「でも、ごっつぁんは人間よね。しかも女性」

「恐らく」

私は身体を反転させ、今度は裏面を壁で冷やす。

自分の足元を見ながらジミーが言った。「熱が出た時に、額に貼るの、なんていったかしら」

「冷却シートですか？」

目を上げた。「それそれ。そういうのを貼ってみたらどうかしら？」

「脇の下や首の後ろに貼ってみたところ、五分ともちませんでした。すぐに効かなくなってしまいます」

「そうなの……それは大変ね」

「それ、どうしたんですか？　キラキラですね」

ジミーは私の視線を辿り、手元のノートを一瞥《いちべつ》してから、肩を落とした。

「どうしようかと思ってるの」ジミーが言った。

「どうしようかと？」

吐息をついてから話し出した。「千香ちゃんが、くれちゃうのよ。こういうの。なにもないノートより、こういうのを使ってる方が楽しくないですかって言って。くれちゃうもんだから、使わないわけにはいかなくてね。それで使ってると、わっ、使ってくれてるんですねって言って、喜んじゃって。今度はクリアファイルにデコって、それをくれるのよ」

哀しそうなジミーの語り口に、私は思わず顔がにやけた。

「素敵ですよ。ジミー先輩が、そういうの使ってると」

「嘘よ。どう考えたって、浮いてるでしょ。このノートだけ」

「あれですか、もしかして、もらったぬいぐるみや人形を、捨てられないタイプですか？」

「えっ？　捨てたことなんてないわ」

「お土産もですか？」

「あぁ、そうね。お土産も困るわよね。どうして、そんなものをくれるのって聞きたくなるようなことって、結構多くない？　でも、受け取るしかないでしょ。段ボールに入れて、実家の押入れにあるわ。うちはトランクルームじゃないって、母からは怒られてるけど」

ジミーに、そんな面があったなんて。

ぽいって捨てちゃう人かと思ってた。亜衣とは逆。亜衣の方が、捨てられなくて困ってるんですぅなんて言いそうなのに。タイムカードを押している間はチームに参加するけど、それ以外は自分の時間だなんて、きっちり境界線を指摘していた人が、もらってしまったデコノートを嫌々使ってるなんて。

人には、いろんな面があるんだなぁ。

ジミーは低温枠だと思ってた。なにがあっても動じなくて、常に冷静で、嫌なことがあれば、なにも言わずにすっと避ける。つき合いに時間は割かずに、綿密な自分なりのスケジュールを立てる人――。

でも、それは私が勝手に枠に当てはめようとしてただけなのかも。

ジミーは唐突に腕時計に目を落とし、「行かないと」と言った。

ジミーが経理部の部屋に戻るのを見届けてから、足を前に動かす決心をする。

ダラダラ歩き、エレベーターで一階に下りた。

正面ドアに向かって歩き出すと、左方向から強い光が射した。

足を止めて、身体を左に捻ると、撮影をしているグループが目に入った。

このビルの一階は、有名なデザイナーが設計したという触れ込みで、実際こじゃれている。

全面ガラス張りで、現代彫刻のような代物《しろもの》が点在しているエントランスは、ファッション雑誌やドラマの撮影に使用されることも多い。

今日はなんの撮影だろうと、私は彼らに近づいた。

入国管理局に行くのを遅らせるためだったら、どんな撮影だって構わない。

あれ？　絵里先輩だ。

なんと、光の中心にいたのは、硬い表情の絵里先輩だった。

「笑ってー」と声がかかった。

それはラッパーの声だった。

ラッパーはカメラマンの背後に立ち、絵里先輩に向かって手を振っている。

でも、絵里先輩は笑うどころか、一層険しい表情になって、カメラを睨んだ。

私はラッパーの隣に立ち、「お疲れ様です」と挨拶した。

「ごっつぁん、いいところに来た」とラッパーは言い、私の肩に手を置いた。「ちょっと絵里様を笑わせてやってよ」

なんでも、女性向けのビジネス情報誌で、絵里様が取り上げられるのだという。営業職でいきいきと働く女性が紹介されるページらしい。

「なのに」ラッパーは腰に手を置いた。「不貞腐《ふてくさ》れた顔しちゃってんだから」

絵里先輩が大きな声で言った。「不貞腐れてないって。慣れてないから、困ってるの。笑顔が欲しいなら、笑わせなさいよ」

「なんで、そう、上から物を言うかねぇ。まったく」

ラッパーがそう言うと、周りのスタッフたちから小さな笑いが起きた。

カメラマンが「ちょっと左に向いてみましょうか？」と指示を出し、絵里先輩がぎこちなく身体を捻った。

小柄な女性がラッパーに話しかけた。「お二人、仲がいいんですね。漫才を見てるようですよ」

「漫才ですか？」ラッパーが目を大きくした。「初めて言われましたよ、そんなこと。それより、記事の方、よろしくお願いしますね。あんな可愛げのない女ですけど、仕事はきっちりやるんですよ。売り上げ、ダントツなんです。量販店さんには」小声になった。「今みたいな態度は絶対しませんから。量販店さんには頼られてるって話です」

「頼られてるんですか？」ショルダーバッグからノートとペンを取り出した。「どんなふうにでしょう。エピソードでもあったら、教えていただきたいんですが」

ちらっと絵里先輩へ目を向けてから口を開いた。「商品の陳列提案をしてるんです。わかりませんか？　通常、一人のバイヤーに対して、複数のメーカー営業員がアプローチをするんです。バイヤーはそういった人間を捌《さば》きながら、商品を吟味して、発注するんです。百貨店さんなんかだと、バイヤーは膨大な商品数を扱わなくてはいけないので、これまた膨大なメーカーの営業員と会わなくちゃいけなくなります。そうなると商品だけじゃなくて、支払先だって膨大な数になって、事務処理だって膨大です。膨大、膨大、膨大です。それで、百貨店さんの場合、メーカーとの間に、卸会社が入るんです。メーカーからの商品や情報を整理して、精査して、提案してくれる卸の会社が。卸会社のフィルターを通って、厳選した商品の中から選んだ方がいいですもんね」

へぇ。

卸会社って、そういう仕事をしてたんだ。成川から聞いてた話と随分違うじゃん。

突然、ラッパーは自分の頭の上に手をもっていき、その手をひらひらさせた。「笑顔だよー」

その声を受けた絵里先輩は眉間の皺を深くした。

「まったく」吐息混じりにラッパーは呟くと、小柄な女性に向き直った。「えっと、どこまで話しましたっけ？　あ、そうだ。卸会社のことは、わかっていただけましたか？　そうですか。林が担当している量販店さんは、卸会社が間に入ってなくて、うちのようなメーカーとは直取引なんです。それで、林は卸会社がするような、売り場提案をしているんです。当然、他社の商品も勉強しなくてはなりません。日高の商品だけじゃなくね。他社製品も含めた売り場提案を繰り返すことで、量販店さんのバイヤーから信頼を得たんです。今じゃ、量販店さん内部の会議に出席を求められることもあるそうです」

カメラマンが場所を少し移動しようと言い出した。

皆が移動を始めた時、私はラッパーに話しかけた。「凄いんですね、絵里先輩って。成績がいいのも、お店から高い評価を得てるってこともわかってましたけど、売り場の提案までしてるなんて初耳でしたよ」

「彼の友達が、たまたま量販店でバイトしててね。そっからの情報なのさ」と、歌うように言ったラッパーに、私は頷いた。

ラッパーは私の肩を抱きながらスタッフたちの後に続いた。「私はさ、絵里様の良さを全国の皆さんに誌面を通してお伝えしたいわけよ。怒ってる顔や不機嫌そうな顔をお見せしたくないわけね。だからさ、絵里様を笑わせて」

「バニーガールのコスチュームでもあれば、一発なんですが」

うひゃひゃとラッパーは奇声を上げて笑い出した。

その笑い声に、絵里先輩が厳しい目を私たちに向けてきた。

怖いんですけど。

十メートルほど左に移動したカメラマンは、三日月型の彫刻の前に絵里先輩を立たせた。

観葉植物の前だろうが、彫刻の前だろうが、絵里先輩の表情は変わらない。

カメラマンが「エッチャン、ちょっと話しかけてくれる？」と言い、先ほどの小柄な女性が頷いた。

エッチャンはカメラマンの隣に立ち、ノートを構えた。「お仕事は楽しいですか？」

絵里先輩は首を捻った。

「それでは、営業のお仕事で一番苦労されるのは、どんな時ですか？」

絵里先輩は唇を噛み、質問の答えを探し始めたようだった。目には力が加わり、真剣に考えていることが見て取れる。

成川のようにテキトーに、その場に相応しい言葉を吐き散らしたりはできないんだろうな。そういう不器用なところ、私は好きだけど、ライターらしき女性には、その魅力を理解してもらえないかも。

エッチャンまで困った顔をして、ノートにペンを打ち付けた。「深浦さんからお聞きしましたが、現在、女性だけのプロジェクトチームが進行中とか」

すっと、絵里先輩の顔から苦悩が消えた。「三つの企画を進めています。どれもかなり個性的です。一つ目はデコ時計と私たちは呼んでいるんですが——」

突然人格が変わったかのように、絵里先輩は喋りだした。

エッチャンは猛スピードでペンを走らせる。

私は機嫌良くぺらぺら喋る絵里先輩を、口を開けて眺めた。

ラッパーが囁いてきた。「スイッチ入ったみたいね」

「そうみたいですね」

「キャラ、変わっちゃってるの、本人、気付いてないのかしら」

「かもしれませんねぇ」

「青春だねぇ」

私はラッパーに尋ねる。「絵里先輩のことですか?」

「そう」ラッパーは頷いた。「真っ只中でしょ。どう考えたって。群れない女がチームのことを、熱く語っちゃってるんだよ。これが青春じゃなくて、なんだっていうのよ」

絵里先輩を見るラッパーの瞳は優しく輝いている。

なんだか、私も優しい気持ちになって、ラッパーの横顔から撮影隊に目を移した。

エッチャンがノートのページを一枚捲り、二枚目を捲った頃、ラッパーが口を開いた。

「ごっつぁん、ここでさぼってて大丈夫なの？　竹内係長が寂しがって泣いてんじゃない？」

あー。

入国管理局に行かなきゃ。

現実を思い出し、私がうなだれると、ラッパーが肩を抱いてきた。「楽しい仕事も、辛い仕事もあるよ。それが仕事だ。明けない夜がないように、終わらない仕事はないんだよ」

私は渋々頷いた。

自分を説得し、入国管理局へ向かう。

途中で何度も力尽きそうになったが、その度にラッパーの言葉を心の支えにして、突き進んだ。手続きを終えて、猛暑の中を会社に戻った。

エントランスに撮影隊の姿はなく、私は三日月型の彫刻に向かって、「確かに終わらない仕事はありませんでした」と心の中で報告した。

制服に着替え、更衣室を出る。

営業部の部屋の前を通過した時、なんとなく中を覗いた。

すると、広い部屋に、千香の背中だけがあった。

終わらないサボりもないと呟きながら、部屋に入る。

千香の隣に座り、「一人？」と尋ねると、「そうなんですー。寂しいんですよー」と答えた。と、いきなり千香が私の身体に顔を近づけて、鼻をうごめかした。「あっ、この匂いは、『まるごとバナナ』を食べましたね」

「うっ。なんで？」急いで自分の体臭を嗅いでみるが、まったくわからない。

「正解ですか？」

「正解。なんで？　どんな匂い？」

「『まるごとバナナ』の匂いー」と言って笑った。

コンビニに立ち寄って買った『まるごとバナナ』を、更衣室で今、食べてきたところだった。恐るべし、千香の鼻。

電話が鳴り、すぐに千香が受話器を取った。

私は目の前にある成川のデスクを眺める。相変わらずとっちらかっていた。絶対に部屋、汚いだろうな。手帳の中も、頭の中もこんな感じなんだろうな、きっと。

そういえばと、私は中腰になって首を伸ばし、カブキの席を窺った。

うわっ。

デスクの上になにもない。

そうか、そうだろうなと、納得してから座り直した。

壁にかかるホワイトボードへ目を向けた。

ホワイトボードには、営業部員たちの現在の居場所が書かれている。本当かどうかわからないけど。

　受話器を置いて、千香が言った。「もう、さっきから卸さんや、売り場の人からクレームの電話ばっかり入ってて――」

「ね」私は千香の腕を握って、話を止めた。「なんで、食べたものわかったの？」

　上目遣いで、瞬きを何度か繰り返してから、話し出した。「実は私、匂いに強いんですよ。家では、ワンコって呼ばれてるぐらいなんですよー。犬なみの鼻って意味なんです。酷いですよね、そういう呼び方って。うち、マンションなんですね。で、隣は独り暮らしのおばあちゃんなんですけど、具合が悪くなって、倒れてるのを、私が発見したんですよ。臭いで」

「え？　臭いで？」

「はい。出勤する時、その家の前を通ったら、ゴミの臭いがしたんです。見回したんですけど、ゴミなんかなくて。遅刻しそうだったんで、急いでそのまま通り過ぎたんですけど、どうもゴミの臭いが気になって、また、その家の前に戻ったんです。その日は生ゴミを出す日だったんで、通路に臭いがあったって、おかしくはなかったんですけどね。それで、新聞を入れてもらう小さな穴ってわかります？　そういうのがドアの真ん中辺にあるので、そこに鼻を近づけてみたんです。そしたら、臭いが強烈になって。すぐドアの向こうにゴミがあるって感じでした。おかしいって、すぐに思ったんです。その時、八時ちょっと過ぎぐらいだったんですね。うちって、午前八時までに一階の玄関脇に出さないとダメなんですよ。うちは、一番早く家を出るお父さんがゴミ担当なんです。八時頃に家を出る私じゃ、危なすぎるんで。で、八時過ぎに、ドアの向こうからゴミの臭いがするって、どう考えてもおかしいじゃないですか？　それで、チャイムを押したり、ドアをノックしたり、色々やったんですけど、おばあちゃん、出てこなかったんです。で、家に戻って、お母さんに話したら、自治会長が合鍵を預かってるはずだって。それで、お母さんは自治会長の部屋に行って、私は会社に遅刻するって電話して。その時、これで遅刻してもオッケーだって、ちょっとほっとしちゃったんですよね。ミミゲに言い訳できる状況になったわけじゃないですか。その顔は、おばあちゃんはどうなったか早く話せって顔ですね。はい。ドアを開けたら、おばあちゃん、ゴミの横で倒れてたんです。すぐに救急車を呼びました。ゴミを出そうと玄関まで運んだところで、脳出血で倒れちゃったらしいんです。私の鼻のお陰で」自分の鼻に人差し指をあてた。「発見が早かったので、助かったんですよ。凄くないですか？　私」

「凄い。いろんな意味で」

「いろんな意味で？」千香は首を傾げた。

「鼻の能力も凄いけど、そういうビッグネタを、私に話さずにいたってことも凄い。それ、いつの話よ。全然聞いたことなかったよ」

「んーと、去年でしたね」

再び電話が鳴り、千香が素早く受話器を握った。「お電話ありがとうございます。日高の小滝です」

いつもの甘えるような口調は影を潜め、はきはきと千香は名乗った。

「――いつもありがとうございます。はい、かしこまりました。追加の件ですね。生憎《あいにく》、長尾は出ておりまして、お急ぎでしたら、至急長尾に連絡を取りまして、田中様に電話をさせるようにいたしますが、いかがいたしますか？」

ふと、昔のことが頭に浮かんだ。

千香が新入社員として、営業部に配属されたばかりの頃――。

正直、どうしようかと思った。

「尊敬語と謙譲語を知ってる？」と私が尋ねると、「学校で習ったかもー」と答えた。

そこで、敬う、へりくだるという概念を教えたが、理解できないようだった。いつまでたっても、電話を取れないようではしょうがないので、よく使うフレーズを丸暗記させることにした。暗記は得意なようで、すぐに覚えた。問題は、定型問答から離れた場合に、途端に普段の千香言葉が出てしまうことだった。千香が電話を取るたびに、ひやひやしながら耳を澄ませたものだった。

それが、今じゃ、安心して聞いていられる。

いつからだっけ。

私が人事課に異動になったので、新入社員を教える役目はこの千香が担当したはずだ。できたんだろうか？　営業部のほかの女子社員たちがなにも言っていないところをみると、なんとかやってるんだろうな。

「ごっつぁん先輩、どうしましょう？」ってしょっちゅう言ってた千香が――。

千香でさえ成長するんだなぁ。仕事って凄い。

喜ぶべきことなのに、ちょっと不満な気持ちが心の隅にあるのは、どうしてだろう。なんだか凄く自分が年を取った気がしてるからかな。

ちょっかいを出したくなって、成川のデスクのペンスタンドから油性ペンを取り出した。

電話相手との話をメモしている、千香の右手首にペン先をあてた。

千香は会話を続けながら、私に向かって鬼の形相をしてきた。

私はその視線を無視して、手首に亀の絵を描く。

絵が完成したその時、電話が終わった。

受話器を置いた途端に、千香が叫んだ。「なにしてるんですかー。酷いですよー。電話中だから、抵抗できなかったじゃないですか。油性だしー。なんで亀なのー?」

目をむく千香が可笑《おか》しい。

私はお腹を抱えて、ゲラゲラと笑った。

9

「こっそり時計は残念だったけど」私は言った。「今日は食べて、飲んでください。あっ、でも食べるのが先ですよ」

自宅マンションでの夕食に、ラッパーと亜衣を誘った。ジミーには内緒で。

部長会議まで二週間になった今日、正式に筋右衛門から、こっそり時計は諦めて欲しいと連絡があった。

難しいと筋右衛門から言われる度に、そこをなんとかと、拝み倒してトライしてもらってきたが、もうタイムオーバーだと宣言されてしまった。

薄々、ダメかもしれないと覚悟はしていた。

でも、心のどこかで、誰かが急にこっそり時計の仕組みを閃くかもしれないと、希望をもってもいた。

秘書室に結果を伝えに行った時には、亜衣の顔を見た途端、なにも言えなくなってしまって、相当なショックを受けている自分に気が付いた。

亜衣とラッパーは、「美味しい」と言って、テーブルに並ぶ料理を食べる。

この食事で二人が元気を取り戻してくれたらいいんだけど。

私の斜め前に座る亜衣が、突然箸を置き、改まった口調で言った。「あの、今日はお招きいただいてありがとうございます。こっそり時計では、いろんなアイデアをいただいたり、一緒に工場に行っていただいたりしましたのに、このような結果になってしまい、申し訳ございません」

私が口を開く前に、ラッパーが隣席の亜衣に顔を向けて言った。「なんで謝るのさ。誰も悪くないよ。この企画はさ、持ち越せばいいんだよ」

「持ち越す？」と私が尋ねると、「チームが解散しなくて済んだら、再来年発売の企画として、再チャレンジすればいいじゃん。一年以上考える時間があるんだから、なにか思いつくかもしれないでしょ、こっそり時計を実現させる仕組みを」とラッパーが答えた。

ラッパーの未来志向、いいなぁ。この人と一緒にいれば、落ち込まずに済みそう。ラッパーに励ましてもらえば、不良たちもYOSAKOIソーラン祭りに参加しなくても、明日を信じられるんじゃないかな。

亜衣が私を真っ直ぐ見つめてくる。「チームはこれからも続くんでしょうか？」

私は首を捻る。「わからない。バンザイからはなにも言われてないから。デコ時計と時計ホルダーが二つともどこかでボツったりしたら……チームも消滅かなぁ。それは嫌だなぁ。ワクワクしたいよねぇ、仕事で」

二人はこっくりと頷いた。

ラッパーが口を開いた。「忘れてたものを思い出させてくれたんだよね。いや、あのさ、結構人には前向きなこと、言う方なんだけど、自分自身は全然そうじゃなかったんだよね、最近。あのね、宣伝部にいるじゃない、私。前の旅行会社で法人営業の仕事をしてたのね。宣伝部に異動希望を出しても、きいてもらえなくって。どうしても宣伝の仕事がしたかったから、転職して日高に入ったの。希望通り宣伝部に配属してもらって、やったぜって喜んだんだけどさ。蓋を開けてみたら、想像してたよりすっごい少ない予算しかなくて。それだけでも酷い話なのにさ、他社はこんなに露出があるのに、なんで日高はって、社内のほかの部署の人たちから文句を言われるんだよ。冗談じゃないって話でしょ。悔しいから部長に言って、同業他社の広告予算額と日高のを比較する表を作ったの。部長会議で発表してもらったけど、他の部署の人たちの理解が深まったとは全然思えないんだよね。それでさ、もう一回転職しようか考えているうちに、時間ばっかり経っちゃって、どんどん転職には不利になっていって。だんだん諦め気分になってたんだ。そんな時、女性だけのプロジェクトチームの一員にさせられて。最初はさ、もっと簡単にアイデアが浮かんで、ちょちょいって進んで、はい、できたってなると思っちゃってさ。こんなに苦しんで生み出すもんだなんてね。でもさ、こうなってみると、苦しかったけど、胸躍る感じでもあったなぁって。なんかさ、常に考えてたのよ。週に三日は、出勤前にスポーツクラブのプールで、三十分泳いでいるんだけど、腕時計のことを考えながら泳いでたら、息継ぎを忘れちゃって、溺れそうになっちゃったぁ」ガハハと豪快に笑った後で、すぐに真顔に戻った。「夢を摑もうと必死でなにかするのって、いいよね。そういう気持ち、忘れてたから。勿論、部長会議に間に合わなくて残念なんだけど、胸を熱くする経験をさせてもらえて、良かったなってね」

私も。

まだなにも結果を出していないけど、このチームに参加できて良かったと思ってる。

それに、そう思ってるのが、私だけじゃないことがちょっと嬉しい。

箸を握った亜衣に向かって私は言った。「これでチームでの亜衣ちゃんの仕事が終わりってわけじゃないからね。二つの企画の商品化実現まで、三つのハードルが残ってるでしょ。今度の部長会議と、最終のＳＰ会議と、展示会。突破できるように、一緒に頑張ろうね」

「あの」亜衣が真面目な顔で話し出す。「私、自分の考えを話したり、自分で決めていったりするの初めてで、最初は随分戸惑ったんです」小さく笑った。「こっそり時計は残念な結果になりましたが、私でなにかお役に立つことがあれば、勿論チームのために喜んで手伝わせていただきます。先を読んで準備をしたり、フォローしたりは毎日やっていますので、慣れております。チームの皆さんたちより、部長や取締役の方々と接する機会は多いように思いますので、行動を予想することも、ある程度はできるのではないかと。今までは自分のことに精いっぱいで周囲に目が向いておりませんでしたが、根回しはどのようになってるんでしょうか？」

「根回し？」ラッパーと私は同時に大声を上げた。

「はい」

ラッパーが「男たちがやってる、あの、根回し？」と尋ねた。

亜衣が深く頷く。

ラッパーが尋ねるような顔を向けてきたので、私は首を左右に激しく振った。

亜衣がまぐろとアボカドの和え物に箸を伸ばしながら言う。「次は六名の部長たちにプレゼンするんですよね。部長たちは綱の引っ張りあいが激しい方たちと言いますか——互いの力関係に非常に興味をもっている方たちですよね。企画自体をきちんと評価してくだされぱいいんですが、あいつが賛成したから、反対してやるといったことになったりしたら……とても哀しいですよね」

「そんなことになったら」ラッパーが呟く。「なんのために今まで頑張ってきたんだってことになるよね。でもさ、なんだかおかしな話だよね。プレゼンの前に根回しが必要なんて。だったらプレゼンなんていらなくない？」

「仰る通りです」亜衣が皿に目を落とす。「すべての会議がそうではありませんが、なにか通したい案がある場合は、賛成してもらえるよう根回しを済ませておくことが多いように思います」

「へーんなの」ラッパーが肩を竦めた。

私は部長たちの顔を頭に浮かべてみた。

あー。

確かに、無駄な駆け引きをしそうな連中だよなぁ。

前回ミミゲはむくれて、協力してくれなかったと絵里先輩が言ってたし。

根回しなんてしたくないけど……。しなければ、企画がボツになるというなら、やるしかないか。

「それにしても」私は言った。「亜衣ちゃんがチームにいてくれて良かった。だって、そういう——根回し？　思いつかなかったもん。北島家ではなにかお願いする時は、手作りの料理を持って行くってルールはあったけど、そういうのとは違うんだよね？　だよねぇ。難しいねぇ。よく気が付くし、亜衣ちゃんはいいお嫁さんになるよねぇ」

首を傾げた亜衣が言った。「そうでしょうか？　最近、婚約解消したばかりなんですが」

「はい？」私とラッパーは再び同時に大きな声を上げた。

亜衣になんて言ったらいいかわからなくて、私は助けを求めてラッパーを見た。

ラッパーは目を丸くしていて、私と同じように驚いているようだった。

ラッパーがゆっくり口を開いた。「婚約解消なんて大変なことを、さらっと言っちゃったね、今。婚約してたことも知らなかったし、どうやって声をかけたらいいかわからないよ」

「どうぞお気遣いなさらずに」亜衣はしとやかに笑った。「私はまだ結婚するつもりはなかったんですが、向こうのご両親や、私の家族が早くするよう強く勧めるものですから、大学二年の時に婚約しました。卒業したらすぐに家庭に入ると皆思っていたようです。私が社会に出て働く経験をしたいと言いますと、驚かれました。彼を説得しまして、日高で働き始めたんです」

「も、もしかして」ラッパーが言った。「仕事を取るか、俺を取るかって、昭和の男だったとか？」

ゆっくり亜衣が首を左右に振ると、それに合わせて髪がふわりと揺れる。「ホームパーティに彼と参加しました。そこで、彼の友人たちに紹介されてる時、気付いてしまったんです。会長や社長に、秘書として他社の方に紹介される時と同じでした。彼が求めているのは、お酒を注いだり、料理を小皿によそったり、身の回りの細々としたことを、代わりにやってくれる人だったんです。私を必要としていたんじゃないって。ごっつぁん先輩は私に、いいお嫁さんになると仰いましたが、ならないかもしれません。私、自分がこんなに面倒な女だと思ってませんでした」

「そう、なの？」

ラッパーの問いに、亜衣は頷いた。

「あれだよね」ラッパーは私に報告をするように、「なんだって」と言った。

「あれだよね」ラッパーが明るい口調に切り替える。「早く気付いて良かったよね。亜衣ちゃんって、結構見た目の感じより、しっかりしてるよね。なんか、チームの中で一番芯《しん》が太いって気がする」

「そんな感じ」と私も同意した。

ラッパーが歌うように「いつかは出会えるさ。本当の自分を丸ごと理解してくれる人と」と励ます。「未来は広がっているよ、亜衣ちゃんの前に」

亜衣がにっこり笑って、「ありがとうございます」と答えた。

食後、亜衣に部長たちの人間関係を図にしてもらい、三人で作戦を練った。

ラッパーが頬杖をついて口を開いた。「うちの宣伝部の部長には、私から話すでしょ。経理部の部長はジミーでいいよね。直属の上司なんだから。問題は営業の一部と二部の部長と、企画部長と製造部長だよね。製造部長はごっつぁんがいいんじゃない？　よく工場行ってくれてるし、それにほら、手製の差し入れを大量にしてるんだから、すでにハートはキャッチしてるでしょ」

「どう思う？」私は亜衣に尋ねる。

「そうですね」亜衣が頷いた。「製造部長には、ごっつぁん先輩からお話しされるのがいいでしょうね」

「わかった。じゃ、あとは三人だね」

亜衣が綺麗な顔を曇らせた。「この三人は難関ですね。ここを突破できるかどうかで成否が分かれると思います。勿論、順番も大事ですが」

「順番って？」ラッパーが目を丸くした。「もしかして、この六人に根回しをする、順番ってこと？　マジで？　それも大事なの？　そんなことやってるから、日高はダメなんじゃないかね」

「うちだけのことではないようです」亜衣が小さな口をワイングラスにつけた。「他社の方から、お話を聞くことがあります。そこでのお話から想像すると、こういった根回しはどこにでもあるようです。会社の規模や業種には関係なくです」

ラッパーは自分の髪の毛先を指で弄びながら、ため息交じりに言った。「男たちが住んでいるのは、面倒臭い国なんだねぇ。でも、チームの企画を商品化するには、その国を通らないと、その先の消費者の国に行けないんだよね」

「はい」亜衣が答える。

「だったら、面倒臭い国で戦うしかないか。敵は六人、こっちも六人。人数は同じ。でも、敵は部長って肩書きをもってる。こっちは……こっちは……こっちにはなにがある？」

私は必死になって、部長たちにはなく、私たちにはあるものを探す。

若さ？　勢い？　粘り？

なんだろう。私たちが勝っているものって。

亜衣が口を開いた。「人数は違うのではないでしょうか？　敵は六人ですが、六人が一斉に向かってくるわけではありません。一人の敵に対して、私たち六人であたるわけですから、一対六で、人数では勝っています」

ラッパーが亜衣の肩に手を置いた。「いいねぇ、亜衣ちゃん。その前向きな戦闘モード。確かに。一対六だわ。勝てるかもしれない。っていうか、勝たなきゃね」

亜衣がしっかり頷く。「社長派にも会長派にも属していない私たちだからこそ、うまく対処すれば、勝算はあると思うんです」

「なるほどねぇ」感心したような声をラッパーが上げた。「じゃ、作戦を練ろう」

真剣に敵の分析を始めた二人の様子を見て、少しだけほっとする。

二人が気持ちを切らさずに、チームのためにあれこれ考えてくれるのが嬉しい。もし私だったら――。仮に時計ホルダーがボツになったとして――この二人のようにチームのバックアップに入ろうとすぐに気持ちを切り替えられるだろうか。

……ちょっと無理かも。

「これ、ごっつぁん」ラッパーがテーブルにのせていた私の手を叩いた。「なに、ぼんやりしてんのよ。敵は手強いぞ」

はっとして、私は人物相関図に目を落とした。

10

「医者はなんて？」

私が尋ねると、佳那子ではなく、明希が「傷跡は残らないだろうって。ただ腫れが引くのに一週間ぐらいかかるって」と答えた。

私は「仕事はどうすんの？」と、ダイニングテーブル脇のソファに横になっている、佳那子に向かって質問した。

「怪我をしたので明日休むって、部長に連絡した」と、佳那子のくぐもった声が聞こえてきた。

「彼女に殴られたの？」私は聞いた。

一瞬の間の後、佳那子は「そう」と答えた。

言いたいことは山のようにあったが、ひとまず食事だ。

私はキッチンに入った。

カウンターのいつもの席に座った明希は、大きく振り返り、ソファに横たわる佳那子を見やってから、身体を戻した。

私は冷蔵庫から麦茶を取り出し、グラスに注いで明希の前に置いた。「ありがとうね。一緒に病院へ行ってくれて。佳那子の側にいてくれたのも、ありがと」

明希はなにも言わずに麦茶を飲んだ。

「びっくりしたでしょ」と私が言うと、明希は素直に頷いた。

明希が学校から帰ると、マンションのオートロック扉の前に佳那子が立っていたという。佳那子の服は袖が千切れていて、顔は内出血で腫れ上がっていた。どうしたのかと尋ねると殴られたという。警察には行きたくないというので、明希は近くの病院に連れて行き、私が会社から戻るまで佳那子を自宅で預かってくれた。明希からのメールで、佳那子と顔を合わせる前に、おおよその事情を知らされていたものの、実際に殴られた跡を見ると、咄嗟に言葉が出てこなかった。それぐらい佳那子の顔は大変なことになっていた。親にこんな顔を見せられないので、今夜はうちに泊まりたいと佳那子が言ったので、私は了承し、ひとまずソファに寝かせたところだった。

明日一日で佳那子の顔が元に戻るとは思えないけど——。あっ。明後日の九月四日は土曜か。出勤まで三日あれば、なんとか見られるような状態まで快復するかもしれない。

私も麦茶を飲み、メニューを考え、手順を頭の中で決めていく。

冷蔵庫から今夜の食事に必要な物を取り出してカウンターに並べた。

人をつけ回して秘密を探ったりなんかするから。

友人や知人に頼まれて仕事の合間に始めた素行調査だったが、飽きっぽい佳那子のことだから、すぐにやめると予想していた。ところが、素行調査は続けられていた。最近になって、調査の謝礼の代わりに、保険に加入してもらっていると知った。そのせいで成績が良くなり、ますます探偵仕事に精を出していたらしい。

先週、佳那子の携帯電話に、見知らぬアドレスから、地獄に落としてやると書かれたメールが届いた。

調査によって望まぬ結果になった人ではないかと思われ、佳那子はアドレスを変えた。翌日、番号非通知で電話が入り、佳那子が出ると、女が「死ね」と叫んだという。さすがに佳那子もビビり始め、番号非通知の電話は着信拒否設定をした。今まで調査した女の中から、そういうことをしそうな数人をピックアップし、どう対処しようかと言っていた矢先の出来事だった。

私は料理をしながら、こういったことを明希に語った。

「刃物を持ってなくて良かったよね」私は言う。「殴られただけで済んでさ。もうこれに懲《こ》りて、人の秘密を暴かなくなればいいんだけど」

「必要悪だよ」

「えっ？」手を止めた。

「事態を変えたいと思っても、変えられない時ってあるから。相手の弱味を探って、それをネタに事態の打開をはかるっていうのは、アリだから。調査は必要悪」

私は包丁をまな板に置き、明希を見下ろす。

もしかして――担任教師をつけ回していたのって、恋じゃなくて、調査？　好きになった人のすべてを知りたくてつけ回すっていうのより、調査って方が明希らしいって言っちゃあ、明希らしいけど。

包丁を握り直して私は言う。「事態を変えたいと思ったこと、あるの？」

明希は無言でグラスの麦茶を空けた。

あるんだ……。

「どんな時？」私は尋ねてみた。

明希は迷うような顔をした。

私は包丁を動かしながら、明希が話し出すのを待った。

茄子《なす》を切り終え、水をはったボウルに入れる。

しょうがをまな板にのせた時、明希がようやく口を開いた。

「クラスに苛めがあるって知ってる担任が、なにもしない時」

はっとして、目を上げた。

明希が探るように私を見つめていた。

「もしかして、理世ちゃんのこと？」私は聞いた。

明希の目元が緩んで、ほっとした表情に変わった。

私は言った。「事態は変わった？」

「そうだね」

「どんなふうに？」

「担任が教室や廊下なんかに監視カメラを設置しようって、学校に提案した。親たちを説得して、来週から始まる」

「すっ……ごいね、それ」

明希は口を引き結び、精いっぱい無表情を装おうとしているのに、目はキラキラしていて、本心を隠すのに失敗していた。

そんな明希が可愛かった。

ふと浮かんだ疑問を、私は口にした。「そこまで担任を動かすことになった弱味って、なに？」

明希は激しく首を左右に振った。

あぁ……それは教えてくれないんだぁ。

ま、いいけど。

「佳那子さんに教えてもらってた」と明希が言った。「尾行の仕方とか」

「ええ？　いつ？」

明希はわざとらしく首を傾げて、私の質問をシカトした。

そのくせ、「また理世を連れて来てもいい？」と尋ねてきた。

私は元気良く答えた。「勿論」

「理世がね、変身した話、また聞きたいんだって」

「また？」

「うん。それに、料理も教えてもらいたいんだって」

そうきたか。

自分で作った方が、何百倍も早いんだけどな。

私も最初はあんなもんだったかな。いや、さすがにもうちょっと早かったような。

不安そうな明希と目が合い、急いで笑顔を作った。「だったら、集合時間は食事の四時間前だよ」

明希はぱっと顔を輝かせたが、すぐに不機嫌そうな表情を作り、頷いた。

難しい子だ。

でも、私はこの子が好きだった。

第五章

六人の敵

1

壁に手をついて、息を整える。

苦しい。

はー。

デブだからなぁ。

階段を上っただけで、心臓麻痺《まひ》を起こしそうなんですけど。

エレベーターがなかなか来なくて、つい階段を急いで上ってしまった。

壁から離した手を、胸にあてた。

中に別の生き物がいるみたい。

深呼吸を繰り返し、少しだけ落ち着いたところで、秘密の場所のドアを押し開けた。

「ごっつぁんせんぱーい」千香が泣きそうな声で言い、抱きついてきた。

「ダメだったんですか？」私は千香の背後に立つ、絵里先輩に尋ねた。

絵里先輩は顔を顰め、頭皮を激しく掻いた。「参っちゃった。あれと比べれば、ミミゲなんかスイートベイビーって頰擦りしたくなるぐらい可愛いわ」

部長会議まで十二日となった今日、根回しをするため、千香と絵里先輩の二人は、企画部長の元にサンプルを持参した。事前に了承をもらい、部長会議の席で賛成に回って欲しかった。

佐奈江先輩に相談したところ、千香と絵里先輩の二人で企画部長のところに行くのがいいだろうと言われた。部長の好みが、千香のようなタイプらしい。千香に説明をさせ、確約は絵里先輩が取るようにしたらとアドバイスを受けた。

私がやきもきしながら自席で報告を待っていると、九時半に、ダメだったと絵里先輩の携帯からメールが入った。慌てて階段を駆け上ってみれば、秘密の空きオフィスには悔しそうな二人の顔があった。

絵里先輩が、ジャケットの胸ポケットからICレコーダーを取り出した。「はい、これ。これを聞けばわかるだろうけど、要は、プライドの話みたいなの」

佳那子が貸してくれたICレコーダーを受け取り、私は尋ねた。「企画部長のプライドを、私たちが刺激してるんですか？」

「えっ？」と鋭い声で聞き返されたので、私はもう一度同じ言葉を言った。

「そうみたい。この前の企画会議で三つの企画を了承したのは、自分がすべてボツにしたら、バンザイの手前、マズいって考えたんじゃないかな。私たちのチームのバックには、バンザイがいるって思ってるから。再来週の部長会議じゃ、六人の部長たちで決定するわけだから、チームの企画をボツにしても責任は分散されるでしょ。営業がどうしてもこれを売りたいって言ったら、反対はできないけどさぁだって。あー、腹立つなぁ」再び髪の間に指を差し込んで小刻みに動かした。

企画の良し悪しで決まるんじゃない……。

はー。脱力。

ノートを持ち歩いて、いつも企画のことを考える生活を送って、何度も工場に行って、打ち合わせをしてきた――。それが、部長のプライドのせいでボツになったりなんかしたら……。

ＯＬのやる気を吸い取るのは上司？　組織？

千香が私の腕を左右に揺する。「こういうのが売れたら、僕も引退を考えなきゃって部長は言ったんですよぉ。絶対売れないって思ってて、チームの企画を馬鹿にしてるんですぅ。悔しいですー。お店に出して売れなかったら、負けを認めますけどぉ、その前にオッサンたちに決め付けられるのは、絶対に嫌ですぅ」

私は深く頷き、千香の頭を撫でた。

昼休みに反省会を開くことにして、私たちはそれぞれの席に戻った。

竹内係長は額を擦りながら電話中で、りえの姿はなかった。

椅子に座り、竹内係長を眺める。

また誰かに難癖をつけられているのかな。

竹内係長は仕事の九割は虚しいものだと言い、バンザイは仕事は積み上げていくんじゃなくて、妥協していくもんだと言っていた。悲観的なことばかり言う上司たちに囲まれているんですけど。

自分のデスクに並ぶ時計ホルダーに目を向けた。

低反発ウレタンフォームで造った時計ホルダー、全七種類が並んでいる。土台となる低反発ウレタンフォームの大きさは二種類だけにして、それを覆うカバーを七種類にした。全部ファスナーで着脱できるようになっているので、自分で着せ替えができる。小さいホルダーは、魚やカバなどの動物が大きく口を開けている四種類のイラストを布地に印刷した。時計はその口の中に置くことになる。大きいホルダーには枕と掛け布団が、カバーの上に縫い付けてあり、時計を置くと、枕に文字盤がのるようになり、ベッドで寝ているのを上から見たようになる。三種類の掛け布団の柄を用意した。

人差し指で時計ホルダーを端から撫でていく。

この全部に愛情をたっぷり注いできた。

これを欲しいと思ってくれる人はいないかもしれない。

自信は全然なかった。

でも——その判断を部長たちにされるのは嫌だ。

それだけは絶対ダメ。

むくむくと怒りが湧き上がってきた。

キーボードをがしっと摑むと、素早く引き寄せた。

猛スピードでキーボードを叩き、チームのメンバーに緊急招集をかけるメールを書く。そこに、絵里先輩の胸ポケットで録音した、企画部長の音声データを添付して送信した。

十二時に手製の弁当を持って秘密のオフィスに行くと、私が一番のりだった。

六つの椅子を円陣になるよう配置していると、足音がしたので振り返ると、ジミーだった。

私は言った。「急に招集をかけてすみませんでした。お昼休みも勉強があるんですよね」

「あぁ……試験は終わったのよ」

「どうだったんですか？」

「結果は十一月下旬に発表なの」

「そんな先なんですか。それまでドキドキが続くなんて、落ち着きませんね」

出入り口に一番近い椅子に座り、膝の上に小さな包みをのせた。「ドキドキなんてしないわ。もう試験は終わったんだもの」

「さすが」感心した私は言葉を続けた。「やり遂げたってことですね。いや、ほら、私だったら、もっと勉強しとけばよかったなぁとか、あの問題は最後にもう一回見直すべきだったって、今更どうしようもないことをぐだぐだ考えて、この小さな胸を痛めちゃうと思うんですよ。すっきり気分で結果を待てるってことは、合格の手応えがあるからなんですよね？」

「期待をする人なのね、ごっつぁんは」

「はい？」

「期待をするから、ドキドキするんでしょ。ダメだったらどうしようとか、合格したら嬉しいなとか。そんなことを想像する時間が無駄だわ。ダメだったら不合格だし、良かったら合格する。それだけのことよ」

ジミーは包みの結び目を解き始めた。

私は感慨をもって言った。「ジミー先輩が羨ましいです。いつも冷静だから」

解くのを止め、左手を口にあてる。「そうなるよう努めてきたのよ。毎日のいろんなことと、少し距離を置くテクニックを覚えると楽なのよ。小さなことでクヨクヨしたり、ぬか喜びしなくて済むもの」

気が付いたら、私はジミーに近づき、彼女の隣に腰掛けていた。

じっとジミーを覗き込んだ。

「なに？」ジミーが私を避けるように、上半身を後ろに引いた。

「それ、凄いテクニックだと思います。距離を置くことで、心のバランスが取れるなら、その技術、欲しいです。でも、ドキドキもしたいです。いや～、ドキドキしちゃうって言いながら、実はそれを楽しんでる部分もあるんです。距離を置くことで、穏やかな時間が手に入るかもしれませんが、失くしてるものもありますよね」

ジミーは膝の上の包みに目を落として、考え込むような顔をした。

そこへラッパーが現れ、その後ろから千香と亜衣が並んでやって来た。

絵里先輩がレジ袋を抱えて走りこんできて、全員が揃った。

それぞれが椅子に座ったところで、私の左隣に座るラッパーが口火を切った。「企画部長の音声、聞いたよ。なんだ、あいつ。って、その前に、さっきから気になってることをつっこませて。ごっつぁん、工事現場で働く人がオッカアに作ってもらったお弁当みたいだね」

「それ、褒めてますか？」

「そ、うだね。褒めてる、ね」

「ありがとうございます。保温効果が高くて、冷めにくいんですよ、これ。ラッパー先輩は、そんな薄いサンドイッチだけで足りるんですか？　ぎゅって握ったら、私の親指ぐらいの大きさ程度でしょう」

　ラッパーが私の肩に手をのせた。「サンドイッチの嵩《かさ》を、握り潰してから量っちゃあ、ダーメ、ダーメ」

「まずは」私の正面に座る絵里先輩が鋭い口調で言った。「謝らせて。企画部長に上手く根回しできなくて、すみませんでした」

　皆の動きが止まった。

　私は慌てて手を左右に振った。「そんな、謝らないでくださいよ。誰が話をしに行ったって、同じ結果ですから。二人に嫌な思いをさせてしまって、謝りたいのは私たちの方ですから」

　絵里先輩は納得しないのか、ぶすっとした顔のままお握りを齧った。

　絵里先輩とジミーの間に座る亜衣が、自分の顔の高さまで手を上げた。

「はい、亜衣ちゃん」私は発言を促した。

「皆さんは、根回しが失敗だったとお感じになっているんでしょうか？　音声データを聞きましたが、私は、企画部長への根回しは成功だったと思います」

「うっそー」千香が叫んだ。

亜衣が続けた。「自分が出した企画や提案でない限り、心の中でどんなに素晴らしいアイデアだと思っていても、積極的に賛成はしないんですよ、部長の皆さんは。もう一度よーく音声データを聞いていただければと思うのですが、反対だと企画部長は決して言ってないんです。営業が売りたいと言ったら、反対はしないって、言ってましたよね。これ、充分、根回しとして成功しているんです。女性にはわかりにくい表現ですよね。入社してまだ日の浅い頃、議事録を取ることができなくて、秘書室の先輩にご指導をいただきました。独特な言い回しがあるんです。それで、まったく反対の意味と取ってしまったこともありました。部長たちは言質《げんち》を取られるようなことは、絶対に言わないんです」

へー。

五人が心の中で呟いた言葉が聞こえた気がした。

わっかりにくいの。

このチームに亜衣がいてくれて本当に良かった。

女子社員の寄せ集めって感じでスタートしたけど、このメンバーがベストだったんじゃないかな。もしかして、バンザイはそこまで考えたんだろうか。

千香はデコ時計の生みの親だし、絵里先輩が仕事の合間にたくさんの店回りをしてくれたお陰で時計ホルダーの企画を進めることができた。ラッパーは——側にいてくれるだけで良かった。不安の虫が騒いだ時、ラッパーはいつも力強く励ましてくれた。ジミーは……ジミーは——冷静でいてくれた。チームの中に冷静な人は一人は必要。いじられ役のデブが一人は必要なように。

そういえば美咲が言ってたなぁ。分担された仕事を各自がこなして、会社は回っていくって。

このこと？

新しい勤務体系を作るなんていって、竹内係長と一緒にいろんな部署の社員から話を聞いて歩いたけど――。なんだか今の方が同僚や上司、組織を理解している気がする。

私は――なにをしただろう。

時計ホルダーが売れたら、胸を張って「私の仕事」って言えるけど。どこかで頓挫《とんざ》したら、なにも残らない。どんなに頑張っても、最終段階まで辿り着かないと、ゼロになってしまう。

どんなに小さくなってもいいから、綿菓子を残したいな。

ラッパーが足を組み替え、「そんじゃ、次の戦いに集中できるってことだね」と言った。

亜衣が頷いた。

2

千香から内線をもらい、急いで総務部の部屋を出た。

通路の先にメンバーの姿が見えて、途端に胃がきゅっと縮んだ。

私は、営業部の部屋の前にいる彼女たちに合流する。

営業部の部屋から絵里先輩と千香が出てきて、全員が揃った。

私たちは顔を見合わせ、頷きあった。二手に分かれて静かに部屋に入った。

私は、千香と絵里先輩の後ろから、部屋の右奥にいるミミゲを目指す。

亜衣とジミーとラッパーの三人が向かうのは、部屋の左奥に控える、佐藤部長の席だった。

営業部の部屋は、右サイドを一部、左サイドを二部が使っていて、その間を営業管理課のデスクが占めている。それぞれの最奥におさまる、ミミゲと佐藤部長のデスクは約二十メートル離れていた。午前十一時の営業部の部屋は閑散としている。

ライバル心を燃やす営業一部と二部の部長の、どちらに先に根回しをするか、メンバーで意見は分かれた。営業一部を統括するミミゲは、北海道、東北、関東地方を担当している。その他の地域は営業二部の佐藤部長の管轄だった。ミミゲは社長派で、佐藤部長は会長派らしい。いや、逆だったかも。とにかくこの二人のどちらかが、部長会議で反対すればSP会議に進めない。

どうしようかとメンバーで頭を悩ませていると、千香が、いっせぇのせっで話したらと、半ばやけ気味で発言した。

亜衣がそれに賛成したため、二人同時に根回しをすることになった。そして、同時に根回ししていることがわかるよう、二人が自席にいる時を狙うことにした。二人の動きを監視し、タイミングを計って皆に連絡する任についた千香から入った内線を合図に、私たちは営業部の部屋にやって来た。

三日前、昼食を摂りながら皆で考えた作戦通りに進めばいいんだけど。

ミミゲのデスク前に千香、絵里先輩、私が並んだ。

千香が声をかける。「上野部長、お忙しいところすみませんが、ちょっと見ていただきたいものがあるんですが、いいですか？」

書類から顔を上げたミミゲは、「なによ」と不審げな声を上げた。

千香が紙袋を少し持ち上げた。「十五日の部長会議の前に、上野部長に見てもらおうと思って。サンプル」

「サンプル？」と、ミミゲは実に嫌そうな声音で言いながら、ちらっと佐藤部長のデスク方向を見やった。

その視線の先には、佐藤部長の前に並ぶ、ラッパーと亜衣とジミーがいる。

「あっちは」ミミゲが小さく顎を動かした。「なんて言ってるの？」

「さぁ」千香が明るく言う。「今、同じサンプルを見てもらおうとしてるところですから」

ミミゲは手元の書類に目を戻した。

先週夏休みを取ったミミゲは、いつも以上に真っ黒な顔をしている。沖縄に家族旅行したらしく、シーサーのイラスト付きの小袋に入ったクッキーのお土産は、総務部にも回ってきた。

つい見入ってしまう、耳の中から生えている毛。

引っこ抜きたい衝動を抑えるため、私は自分の右手を左手で強く握った。

ミミゲはラブラブの奥さんとの記念日には、バラの花束を贈るらしい。奥さんは夫の耳の毛に気づいていないのか。それはいくらラブラブであっても、指摘できないデリケートな箇所なのか。それとも、奥さんは注意したが、験担《げんかつ》ぎだからとでも言われ、伸ばし続けるのを止めさせられないのか。

私は耳毛にまつわる妄想を膨らませる。

ミミゲがデスクの書類を摑むと、高く持ち上げ、隅にバサッと音をさせて落とした。

「いいよ。出して」ミミゲは自分のデスクを指差した。

千香が紙袋からケースを取り出し、そっとミミゲのデスクに置いた。「この完成したタイプは三色あって、自分でデコりたい人用のは、こっちです」

そう言って取り出したケースは、さっきのより倍ぐらい大きかった。

蓋を開けて、ミミゲに見せる。

ハート形をしたアナログの文字盤の周囲には枠だけがある。その隣には透明のアクリルケースが一つ入っていて、中にはクリスタルガラスと、小さなピンセットと接着剤が入っていた。同梱の材料と道具を使って、文字盤の周りとバングルにクリスタルガラスを付けて、自らオリジナルにしてもらう。

ケース自体もクリスタルガラスでキラキラさせたいと千香は最後まで頑張ったが、これはチームのメンバーが説得して諦めさせた。重ねて収納できないケースは、どんなショップでも嫌がられるという絵里先輩の意見に、皆が賛同したからだ。絵里先輩は、輸送中に破損する可能性が高いことも指摘した。せっかく納品しても、ケースの欠損で即返品になるのは哀しいとも言った。

ゴネていた千香だったが、「デコりたい人は、ケースも自分でデコるんじゃないの？」とジミーが発言した途端、納得したようで意見を引っ込めた。

ただ、やはり普通のケースでは「可愛くない」そうで、筋右衛門に頼んで、出入りのケースメーカーからありったけのサンプルを取り寄せた。

それでも千香の眼鏡にかなうケースはなかった。

私が綿菓子の話をしようとした頃、千香がどこかで携帯用のミラーを見つけてきた。鏡を覆うプラスティックが、探していた色と質感だったという。千香は製造元に連絡をし、文字盤の色に合わせて三色のケースを作ってもらうことに成功した。

私が佐藤部長の席へ視線を向けると、こちらと同じように、メンバーがサンプルをデスクに広げて、説明しているようだった。

「今、それどころじゃない」が口癖の佐藤部長も、こっちの様子が気になって、話を聞くことにしたのかな。だとしたら、この作戦、成功。

「店頭価格、いくら？」

ミミゲの言葉に、私はデコ時計に目を戻した。

ミミゲの小さくて黒い手が、デコ時計をいじくり回している。一瞬、デコ時計から悲鳴が聞こえた気がしたが、きっと空耳だろう。

千香が「この子が七千八百円で、この子が六千八百円です」と答えた。

ミミゲがデコ時計をデスクに置いて、アームレストに両手を置いた。部長以上だけが座れる、アームレスト付きの椅子。

「関西じゃない？　こういうの」ミミゲが吐き出すように言った。

千香が反論する。「原色は関西限定かもしれませんけど、キラキラは日本全国ですよ。これ、携帯で撮ったんで画像が粗いんですけど。渋谷のいろんな店を歩いて撮った、キラキラ商品たちです」画像の並んだ紙をデスクに置いた。

ミミゲは唇を曲げただけで、その紙を手に取ろうとはしない。

ここまではすべて予想通りの展開だった。

私は過去に、絵里先輩と千香は現在もミミゲの下で働いているので、この程度の反応なら予想の範囲内だった。問題はどっちかというと、佐藤部長の方だった。こちらはどういう反応をするか、ちょっと読めない。向こうには亜衣を送り込んでいるので、責任回避系男言葉を間違いなく訳せるとは思うが、どういう展開を見せるのかを想像するのは難しかった。

ミミゲが言う。「渋谷の子たちがターゲットなら、七八と、六八じゃ、高いでしょ」

はい、ここで、絵里先輩登場。「そのレポートの最後のページに、撮影したデコ商品の価格表があります。通常の同等商品と比べて、千円から三千円程度高いですが、デコ商品の方が売れています。欲しければ、高くても買うんでしょう」

さぁ、困ったミミゲ君。次はどうするか。

プライドを一瞬脇に置いて、そのレポートを渋々手に取るか――。

と、思ったら、アームレストをしっかり握ってしまった。ここまできても、納得したくない彼の次の行動は？　私たちのシミュレーションでは、渋谷は特別な街だと言い出すんだけど。「渋谷は特殊な商圏だからね」ミミゲが口を開いた。「銀座や新宿や、池袋なんかとは違うからさ」

ほい、きた。

絵里先輩が脇に挟んでいたクリアホルダーから書類を出す。「銀座と青山と池袋のショップを回って撮影したデコ商品です」

ポキンとミミゲのプライドを折るけど、これ以上は追い詰めないっと。

次は私の台詞《せりふ》だ。

足元に置いた紙袋から時計ホルダーのサンプルと、風呂敷包みを取り出して、デスクに並べる。「こっちも見てくださいよ、上野部長。その前に、これ、どーぞ」

私は結び目を解いて風呂敷を広げ、中のホイルも剝いた。昨夜作ったカステラをラップで包んだものを取り出す。蜂蜜《はちみつ》をたっぷり使ってふわふわに焼いたカステラの表面に、チョコで絵を描いた。ミミゲが趣味で集めているという屏風絵《びょうぶえ》風にしたかったのだが、線をたくさん入れ過ぎてしまい、説明しないと、なんだかわからなくなってしまった。

「これですね」私は風呂敷とホイルを紙袋に仕舞いながら言う。「ホラータッチになってしまいましたが、屏風絵風にしたかったんです。わかります？　これ、花で鳥なんですけどねぇ。線が多過ぎて、不気味になってしまいました。でも、味は保証します」

「ごっつぁん、これ、なによ」ミミゲが少しだけ笑った。「こういうのをもらったからって、特別扱いしないよ。仕事は仕事だからね」

「勿論です」と私は言って、自分の鼻を人差し指で掻いた。

これが千香への合図だった。

千香ははっとした顔をしてから、「おー願いしますよー、ぶちょー」と棒読みした。

なんでよ。

なんで、そんな下手なの？

千香は普段甘え上手で、末っ子的なポジションの確保に成功している。そんな千香だからこそ、与えた役割だったのに。

作戦ではまず、きっちりと、デコ時計が市場で受け入れられる可能性があるとする根拠を積み上げる。でも、それだとプライドを壊しただけなので、部長会議で反対はされないかもしれないが、協力も得られない。営業にほかの商品と同等か、それ以上に力を入れてもらうためにはどうするか。

あなたの力が必要なのでお願いしますと低姿勢であたることにした。これは、二人の部長は正論を振りかざされるのは嫌うが、お願いされるのは好きなのではという、亜衣の意見を採用し、皆で考えた作戦だった。

こちらのチームでは、私が合図を送ったら、千香がミミゲに甘えることになっていた。「お願いしますぅ」といつものように千香が言えば、ミミゲも了承しやすくなるのでは――。と考えた。

ところが、千香にいつもの自然さがまったくなかった。

千香の演技の酷さに、絵里先輩は眉間に皺を寄せている。

尋ねるような表情で千香が私を見つめてきたので、もう一度、鼻を人差し指で掻いた。

声こそ出さなかったが、千香の口は明らかに「えっ」と動き、少し顔を前に突き出した。

千香は不思議そうな表情を浮かべながらも、口を開いた。「ぶちょー、お願いしますよー。私たちー、一生懸命やったんですからー」

だから、棒読みだって。

いつもの実力はどうしたのよ。

私は心の中で問いかけたが、伝わるはずもない。

絵里先輩にいたっては目を瞑り、うなだれている。

チームの中で一番甘え上手な千香がこれなんだから、向こうは——佐藤部長のデスク方向へ顔を向けた。

と、一見して和やかな雰囲気が漂っていた。

苦戦すると思われていたあっちの方が順調？

亜衣がなにか喋っていて、隣のラッパーが頷いている。

向こうでは、亜衣が甘える役になった。不安そうなことを言っていたが、そつなくこなしているのかな。

私の太ももになにかが当たってきて、自分の足を見下ろした。

絵里先輩が、私の太ももをこっそり叩いていた。

え？　なんでしょう？

絵里先輩の横顔を覗き込んだ。

顎の先をほんの少しだけ、ミミゲがいる方向に動かした。

あぁ。

私は説明を始める。「えっと、時計ホルダーは動物のシリーズと、お休みシリーズの二つにしようと思ってます。店頭価格は八百八十円と七百八十円で、中身なしで、着替えだけのは四百八十円にしたいと考えています。時計売り場はもちろんですが、パソコン関連のアクセサリーグッズ売り場や、事務用品売り場みたいな、今までとは違った場所に並んでくれたら嬉しいです」

「単価がそれじゃあさぁ」ミミゲは自分の頭の後ろに両手を回して、背中を反らした。「相当数を売らなきゃな。それに、新規の売り場って、大変なんだよ。卸の会社に頼んで、担当バイヤーを紹介してもらったりしてさ。それが店頭価格四百八十円から八百八十円だろ。そんな小さな商売に、うちの人手は割けないよね。残念だけど」

まったく残念そうではなく言ってのけたミミゲが、腕を下ろした。

多くの人手をかけても、小さな数字も取れてないくせに。どんどん売り上げは落ちているのに、新しいことにチャレンジするのは嫌だと言う。ミミゲが部長でいることが、この会社をダメにしているんじゃないだろうか。

絵里先輩が低い声で言った。「部長会議で、上野部長は時計ホルダーを了承しないってことですか？」

「そうは言ってないけどさ」

「じゃ、賛成してくれるんですね？」千香が明るく言った。

「そうも言ってないでしょ」ミミゲは苦笑を浮かべた。

亜衣に訳してもらわないと、責任回避系男言葉はわからない。

私たちの背後から成川の声がして、ミミゲに電話が入っていると告げた。

ミミゲがデスクの電話機に腕を伸ばしかけた瞬間、千香が口を開いた。「部長だけが頼りなんですぅ。チームの企画、二つとも部長会議を通してくれますよ、ね？」

今の感じ、いいじゃない。ナチュラルで。

キューを出されない方が、いい演技ができてる。

ミミゲは千香の質問にはなにも答えず、電話機を指差し、「消えろ」と態度で示してきた。

千香と絵里先輩と私は互いに頷き合った。

「ありがとうございました」と三人で声を揃え、頭を下げる。

ミミゲが受話器を摑んだので、私はその場を離れようと身体を回しかけた。

その時、千香の身体も動いた。

千香が上半身を屈める。

それまでとは別人のように愛想のいい男になって、電話の相手に話し始めたミミゲを覗き込んだ千香は、自分の顔の横で両手を振った。

ミミゲはうんざりした表情を千香に見せながら、何度か頷く。

営業部の部屋を出ると、通路には佐藤部長担当の三人が待っていた。

千香が大きく口を開きかけた途端、全員が唇の前に人差し指をあて、喋るなと知らせた。

ラッパーが天井を指差すと、全員が通路を早足で進み始める。

それはやがて小走りになり、あっという間に結構なスピードになった。

デブの私は大きく引き離される。

ちょっとぉ。

置いてかないでよ。すっごい寂しいじゃないよぉ。

私は三階の秘密の場所へ向かう皆の後を、必死で追った。

やっと階段の踊り場に辿り着くと、ジミーだけが待ってくれていた。

ジミーにひと言、感謝の言葉を言いたかったが、息が上がっていて、口からは空気の音しか出ない。

手すりに手を置くと、ジミーが私の背後に立った。

「ほら」と言いながら、私の背中を押してくれる。

じゃれたくなって、わざと後ろに体重をかけてみる。

「こらっ」とジミーは言って、私のお尻をピタンと叩いた。「ごっつぁんに体重を預けられたら、圧死しちゃうわよ。ほら、真面目に上って。一、二、一、二……」

私はジミーの掛け声に合わせて、階段を上った。

3

やっぱり、緊張してる。

会社のトイレの鏡に浮かぶ自分の顔は、硬直していた。

私は手を洗い、ハンドタオルで拭いた。

腕時計は、部長会議開始の午前十時まで、あと三十分だと告げている。

やれるだけのことはやった。

根回してものにも挑戦した。

経理部長と製造部長と宣伝部長は、恐らく、チームの企画に反対しないだろう。企画部長も問題はないはず。亜衣の話を信じれば。

問題はミミゲと佐藤部長。こっそり録音した根回し中の会話を、亜衣に分析してもらったところ、二人ともプライドが保たれれば、チームの企画に賛成はしなくても、反対はしないだろうとのことだった。

ただ——二人の反目によって、どちらかが積極的に賛成に回れば、もう一人は反対するかもしれないと、不吉なことを亜衣は言って、私たちを不安がらせた。

日高の部長会議は、企画の良し悪しを検討するのではなく、力を誇示し合う場なのだそうだ。

日高、終わってる。

なんだか、またトイレに行きたい気分になって、個室に入った。

すぐに個室を出て、再び手を洗う。ハンドタオルを摑んで、気が付いた。

手が震えている。

ハンドタオルを握る、太くて短い自分の指を見下ろす。

いつだったか、トイレで緊張に震えるバレーボール選手を見かけたっけ。平凡なＯＬには縁のないことだと思っていたけど……。今、私はあのバレーボール選手のように緊張している。

企画部の会議でプレゼンした時は、ここまで緊張しなかった。

あの時だって、企画が通りますようにって願っていたのに。

頑張ってきた期間が長くなるほど、失敗したくないって気持ちが増加するのかな。

はあっ。

どうか、ミミゲからも佐藤部長からも、特別の応援をもらいませんように。

誰からも積極的な応援を受けず、するっと部長会議を通過しますように。

あれっ、いつの間に通っちゃった？　が理想です。

誰かが入ってきた音がした。

鏡越しに千香と目が合うと、彼女は勢いよく私に突進してきた。

私の身体に腕を回すと「緊張しちゃってー。プレゼンしながら吐くかもですー」と言った。

「吐くな」と叱り、「食べた物を吐き出すなんて、罰当たりじゃ」と続けたものの、私の胃酸も大量に分泌している。
私は千香の頭を撫でながら、「落ち着いていこう」と呟いた。
「ごっつぁん先輩の声が、落ち着いていませんよー」と不安そうな声を上げた。
トイレで互いを励まし合ってから、千香を残して、私は自席に戻った。
デスクの左端には、プレゼン用の資料が入ったファイルボックスがのっている。
ド、ドクッと、心臓がリズムを刻むのに失敗した。
竹内係長から声がかかった。「ごっつぁん、深呼吸」
ふー、はーと、深呼吸をしていると、ツンツンと肩を突かれた。
振り仰ぐと、ジミーが小さな手提げ金庫を抱えていた。
ジミーは金庫を私のデスクに置き、蓋を開けながら「立替分の、支払い」と言った。
「い、今ですかー。今、普通に仕事してますか？」
「プレゼンまで十五分あるもの」
「ひゃあー」と私が奇声を上げても、ジミーは一切表情を変えず、現金を数える。
デスクに現金と伝票を置くと、隅を指差して、受け取り印を押せと言う。
言われるままにハンコを押すと、ジミーは金庫を手に静かに去って行った。
平常心過ぎる。チームのメンバーなのに。
私は受話器を持ち上げ、ラッパーの内線番号を押した。
ワンコール目が鳴りきらぬ間に電話は繋がり、ラッパーの声が聞こえてきた。

私は早口で言う。「ラッパー先輩、私を励ましてください」

「大丈夫だって言って欲しいの？　オッケー。ごっつぁん、私たちの企画は通る。二つとも通る。頑張ってきたよね。素人なりに、素人だって利点を活かそうと、頑張った。私たちだけじゃなく、工場や下請けさんも頑張ってくれたよね」

「はい」

「助けてくれた人たちのためにも、企画を通したいね」

「はい」

「今からそんな涙声を出しちゃダメだよ。戦はこれからだからね。胃が持ち上がっちゃう感じ、してる？」

私は大きな声で答える。「メチャメチャしてます」

「オッケー。それが青春だよ」

「緊張と青春は違うのではないでしょうか？」

「ごっつぁん、同じなのだよ。緊張するっていうのは、こうなって欲しいとか、こうなりたくないという強い思いがあって、はじめて生まれるものだからね。この思いをもった瞬間、人は青春に突入するのだよ」

「それじゃ、私は――」

「青春の真っ只中だね」私の言葉を最後まで待たずに、自信たっぷりに言い切った。「緊張をなくそうとするのは無理でも、緊張も仲間の一人だと思って、受け入れてやるといいよ。意外といいヤツなんだ」

「緊張が？」

「そう。緊張が」

納得いかない気分のまま、受話器を置いた。

りえの声がした。「十分前ですよ」

不整脈を感じながら尋ねた。「もう、行ってるべき？」

「行っときましょ。どこにいても落ち着かないのは一緒ですから」

「そうだね」

「忘れ物はないですね？」

「うん」

立ち上がり、ファイルボックスを両手に持つ。

途端に不安の虫が騒ぎだして、なにか大事なものを忘れている気がしてしまい、ファイルボックスから一つずつ取り出す。サンプルでしょ、パワーポイントで作った企画書でしょ、絵里先輩が撮ってきてくれたショップの画像を印刷した書類でしょ、工場からもらった原価計算書とハンドタオルとティッシュ。頭痛薬と胃腸薬はヒップバッグに入ってる、と。

戻し入れたファイルボックスを、再び両手で持った。

竹内係長が「行ってらっしゃい」と言い、りえが「頑張ってください」と声をかけてきた。

「二人とも祈っててください。行ってきます」と答えて、私は部屋を出る。

会議室のドアを開けると、中には亜衣がいた。

雪崩《なだ》れ込むように会議室に入った私は、どさっとテーブルにファイルボックスを置いた。

亜衣が走り寄って来て「大丈夫ですか？」と言って、私の腕にふれた。

私は首を左右に振りながら、笑い出しそうになってしまう。「全然大丈夫じゃない。どうしよう。すっごく不安なのに、なんだか嬉しい気分がして、笑っちゃいそうなの。あれなの。昨日から、このプレゼンのことで、頑張れって励まされたり、通るように祈ってるからねって言われてばっかりで。それはそれでプレッシャーなんだけど、皆、いい人たちだなぁって思っちゃって、そうすると自然と顔が笑っちゃうっていうか。ごめん、なに言ってるかわからないよね。大事なプレゼンの前なのに、壊れちゃった」

亜衣は聖母のような微笑を浮かべ、私の背中を撫でながら「壊れたんじゃなくて、混乱してるんでしょうね」と言った。

年下とは思えん包容力。

私は予行練習した時に佐奈江先輩に座るよう言われた、左から三つ目の席につき、企画書を留めているダブルクリップを数える。

何度も何度も数えていると、チームのメンバーがやってきた。

私たちは一列に並び、敵が来るのを待つ。

誰も口を開かないので、会議室は異様な静けさで満ちる。

私はクリアホルダーから、佐奈江先輩監修のプレゼンの台本を引っ張り出した。必死で読もうとするのに、内容が頭に入っていかない。

やがて、佐奈江先輩が部屋に入ってきた。

「皆、頑張んなさい」と佐奈江先輩は言いながら、私たちの背後を通って、端に座っている亜衣の横の椅子に腰を下ろした。

次に現れた企画部の荻野は、私たちになにも声をかけずに椅子をドアのすぐ横まで移動させ、そこに着席した。

私の右隣に座る千香も、台本に目を落としている。

「棒読みにならないようにね」私は声をかける。「いつもの調子でいいんだよ、千香ちゃんの場合は」

不安そうな顔を私に向けると、千香は書類の下から一冊の本を取り出した。

タイトルは『思い通りに人を動かす話術のヒント』となっていた。

私は頷き、「吐くなよ」と声をかける。

その時、企画部長が現れた。

企画部長は、私たちの向かい側に相対するように置かれているテーブルの左端についた。

次々に部長たちがやってきて、佐奈江先輩から事前に教わっていた通りの席に、それぞれが座った。

敵は六人、こちらも六人。進行は佐奈江先輩で、雑用を荻野がする。

荻野が千香から企画書の束を受け取り、部長たちに配布していく。

私はハンドタオルを握り、「落ち着け」と心の中で呟いた。

こんなに心臓がバクバクしてるのって――中学校のあの、お楽しみ会の時以来かも。入試や就職試験の時でさえ、こんなに心臓は激しく動かなかった。この緊張が仲間の一人だなんて全然思えない。

千香が説明を始めた。

吐きそうと言っていた割には、千香の声はしっかりしている。

私は六人の敵たちを眺めた。

千香の言葉を聞いているんだか、いないんだかわからないが、一応、企画書を捲ったりしてはいる。

怖くないのかな。

デコ時計についてどれだけ説明されても、このオヤジたちには理解不能だろうに。わからないものを決裁するの、怖くないんだろうか。もしかしたら、ヒットの可能性があるものの芽を摘んでしまっているかもしれないって考えて、不眠症になったりしない？

千香がサンプルケースを持ち上げると、荻野がすぐに近づいてきて、受け取った。

荻野はそれを、右端に座る経理部長の前に置いた。

千香が説明を続けるなか、経理部長はすぐに隣のミミゲに回す。すでに見ているせいなのか、サンプルをじっくり検分する部長はおらず、左端の企画部長まであっという間に流されていった。

「——ご検討、お願いします」千香の言葉が会議室に響いた。

誰からも声が上がらず、私は佐奈江先輩を窺った。

これって、了承ってことですか？

「昔、こういうの、ありましたよね」

沈黙を破ったのは、意外なことに経理部長だった。

この会議に出席している必要性をまったく感じない経理部長が、何故発言する？

「ほら」経理部長は上半身をテーブルにのりあげるようにして、ほかの部長たちに向かって続ける。「あの時は、本物のダイヤやルビーでしたけど。百万とか、二百万とかしましたっけねぇ」

お前、黙れ。

お前が昔話を持ち出さなかったら、今頃デコ時計は了承されてたかもしれないんだぞ。ＳＰ会議の時も思い出話が披露されていたっけ。そういうの、昼休憩か居酒屋でお願いします。

企画部長の右に座る佐藤部長が、テーブルの書類の一点をペンでトン、トンと叩く。「この売り上げ目標数字の根拠ってなにかな？　この価格帯での売り上げの平均の数値を入れたんだろうけど、個性的だからって理由で営業二部に期待されても、困るんだよね。大阪は確かに派手なものが売れるけど、ごく一部だしさ。うちは大阪だけじゃないからね。ほかの地方の街じゃ、コンサバなんだ。無難なものしか売れない。こういう商品は東京なんじゃないの？」

ミミゲへの質問と思われるのに、佐藤部長の顔は私たちに向けられていた。

なんで、こっち？

佐藤部長とミミゲの間には、宣伝部の浅田部長と製造部の柳本部長が挟まれている。挟まれている二人が、ミミゲへ顔を向けた。

ミミゲは澄ました表情で、パラパラと企画書を捲っている。

黙っているミミゲに向かって柳本部長が、「東京では、こういった商品はどうなんでしょう？」と尋ねた。

大袈裟にはっとした表情をミミゲは浮かべ、今初めて、質問が耳に入ったといった態度をした。

子ども過ぎるんですけど。

ミミゲはやけにゆっくりと「そーねー」と言い、企画書を捲り続ける。

と、おもむろに手を止めた。

ミミゲは両手で書類を立てるようにして持ち、「買い取りだから、バイヤーの気分次第ってことでいいんじゃないですかね。委託だったら返品が怖くて、とてもこんな数字は呑めませんが。最小ロット数をクリアするかどうか、展示会に出してみないことにはわかりません。大阪だの東京だの、ここで言っててもしょうがないでしょ」と言った。

柳本部長と浅田部長が、今度は顔を佐藤部長に振り向ける。

俯いている佐藤部長が、どんな表情をしているのかわからなかった。

こんななんだ、この二人って。

二人が同席する会議に出たことのない私は、噂を耳にするだけだった。二人は決して目を合わさないという噂。それを今、目の当たりにしている。

佐藤部長が反論するのを全員で待ったが、なかなか口を開かないし、顔を上げない。

その時、企画部長が身体を大きく動かしたので、二人の仲を取り持つような言葉を言ってくれるのかと期待して待ったが、口を開かなかった。

会議室には沈黙が広がった。

激しく私の心臓が鳴る。

もしかして、私の鼓動、聞こえてませんか？　私は胸を押さえて、きょろきょろする。

誰とも目が合わない。

その時、左にいる絵里先輩が私の太ももになにかを置いたので、目を下げると、「甘えろ」と書かれたルーズリーフがあった。

私が驚いて、自分の鼻を人差し指で押さえると、絵里先輩は激しく首を左右に振った。

絵里先輩は腕を伸ばして、ルーズリーフを、私の右にいる千香の太ももにのせた。

千香がメモに気が付き、はっとした顔をして、口を開きかけたので、私は彼女の腕を摑む。

「感情を込めて」と私は千香の耳元に囁いた。

千香が頷いた時、企画部長の声がした。

「追加の意見がないようでしたら」佐奈江先輩に向けて言った。「手塚君、決を採って」

佐奈江先輩が落ち着いた声で言った。「番号２３２‐１０８５‐３２、店頭価格七千八百円、カラー三色、番号232‐1085‐33、店頭価格六千八百円、カラー三色に、反対の方がいらっしゃいましたら、挙手願います」

私は激しく目玉を左右に動かして、佐藤部長とミミゲの動きを探る。

二人ともじっとしている。

と、佐藤部長の右手が動いた。

うわっと声を上げそうになる。

私は唾を呑み込み、佐藤部長の右手を睨みつける。

佐藤部長の右手はすっと後ろに引かれ、背もたれの上にのせられた。

おっと。

フェイントはなしにしてください。

佐奈江先輩が言った。「それでは、二点とも了承です」

わっ。

やった。

通った――。デコ時計が了承された――。

私は鼻から大きく息を吹き出した。

絵里先輩から背中を叩かれ、私は我に返り、慌てて企画書の束を持ち上げる。

荻野に企画書を手渡し、部長たちに行き渡ったところで、私は咳払いをした。

いろんなところから嫌な汗が滲み出てきて、シャワーを浴びたくなった。

私は台本通りに話をしていく。

部長たちは自分勝手にページを捲ってしまい、私の説明に耳を貸しているようには思えなかった。

やっぱり、手料理の一つも持参した方が良かったんじゃないだろうか。

佐奈江先輩に相談した時には、絶対にいらないし、却ってマイナスの結果に繋がりかねないと言われた。なんでも、プライドを引っ掻いてしまう危険性があるという。根回し中ならいざ知らず、この部長会議は自分たちの権力を誇示できる場所として、大事にしているのに、それを汚されたような印象を持たれかねないとのことだった。

それで、今日は部長たちに差し入れは持って来なかった。

でも……こんなに私の話を聞いてませんよって態度を示されると、差し入れ一つで、この場が和んだのではないだろうかと思ってしまう。

「ご検討をお願いします」私は最後の台詞を口にした。

時計ホルダーのサンプルは、左端の企画部長の前で止まっている。

部長たちは皆、書類を見るのが好きみたい。

誰もなにも言わず、企画書に目を落としていた。

佐奈江先輩に、もう決を採っちゃってくださいと、心の中で訴える。

このまますっと通してください。

「七百八十円と八百八十円ってさ」企画部長がサンプルを摘みながら言う。「ちょっと高くないかな。この原価計算書の数字、合ってる？」

ミミゲが言う。「スポンジと布でしょ。原価はもっと抑えられそうな気がするな。なんでこんな高いの？」

柳本部長がちらっと私を見てから、ミミゲに向けて言った。「普通のスポンジではなく、低反発ウレタンフォームを使ってるからです。これは通常のスポンジより価格が高いんですよ」

柳本部長は普通のスポンジと、低反発ウレタンフォームの仕入れ価格を告げた。

部長たちが揃って企画書になにかを書き付けた。

ミミゲが大きな電卓を叩き出す。

カタカタとやけに派手な音をさせて、なにかを計算する。

その指が大きく跳ね上がり、空中で止まった。

と、突然その指が力強く電卓に叩き落された。

企画書になにかを書き足してから、ミミゲが言った。「普通のスポンジにしたら、店頭価格を百円は落とせるじゃない」

「スポンジじゃ、ダメなんです」

気が付いたら、私は発言していた。

全員に注目されて、一瞬怯む。

でも、言わなきゃ。

ここは譲れないんだから。

「スポンジじゃ、ダメなんです」私はもう一度ゆっくり言った。「腕時計をのせることはできても、包み込むようにはなってくれないんです。ただ腕時計を置くだけなら、スポンジ製のコースターのようなもので、よくなってしまいます。わざわざ時計メーカーが造るからには、腕時計に優しいホルダーだってことが大事なんです」

「気持ちはわかるけどさぁ」と、全然理解していない口調でミミゲが言った。

どう言ったらわかってもらえるんだろう、この人たちに。

ここで諦めたくない。

企画部長が上半身を後ろに反らせて、遠くに声をかけた。「納入業者って、うちとの取引、初めてですよね。値段交渉できるんじゃないですか?」

柳本部長が答える。「これでも交渉した結果なんです。これ以上は下げられないと思います」

「じゃ、やっぱり素材を変えるしかないんじゃないの?」ミミゲが軽い調子で言った。

冗談じゃない。

ここで妥協はできない。小さくなっても綿菓子だったらいいけど、これじゃ、カルメ焼きになってしまう。

お祖母ちゃんならどうする?

逆転の発想……弱味を強味にっていっても、今問題にされているのは、安い素材にして価格を抑えろってことで——ん? どうして?

「あの」私は自分の前にあるサンプルの一つを、両手で包むようにしてそっと持ち上げた。「どうして、安くしなくちゃいけないんですか？　これ、牛乳や卵じゃないんです。トイレットペーパーでもないですし。千円でも百円でも、安く出そうとするのはうちの社風かもしれませんが、それは二番煎じ、三番煎じの商品の時。大事なことだからですよね。これ、オリジナルなんです。うちに価格決定権があるんです。その価格がついた理由に納得できれば、買ってもらえるんじゃないでしょうか」

あっ。

もしかして——やっちゃった？

ミミゲは不機嫌そうな顔で頬杖をついた。

私はプライドを砕いてしまいましたか？

千香の向こう側にいるラッパーから声が上がる。「この低反発ウレタンフォームがどういったものか、説明するポップを作ったらどうでしょう。どうしてこの値段なのか、お客さんにわかってもらったらいいんじゃないでしょうか。販売員さんも、トークする必要がなくて、喜びますよね」

「あぁ、そうだね」とチームのメンバーたちが口々に言ってくれる。

「その費用はどうすんのよ」と言ったミミゲの声は、完全に拗ねていた。

「皆で」ラッパーが声を上げた。「やりますよ。千店分って言われたら、根性必要ですけど、四、五十店舗程度だったら余裕です。手書きのポップの方が訴求《そきゅう》効果は高いですし」

千香が手を上げて「私、イラスト、得意です」と言うと、ラッパーがパチンと指を鳴らして「いいねぇ」と歌うように発言した。

不自然な間があった後、それまで黙っていた佐藤部長が口を開いた。「これこそ、買い取りなんだから、バイヤーさんの判断に任せたらいいんじゃないですかね」

意外なところからの応援にびっくりしていると、ミミゲがすぐに反論した。

「従来の取引先ならね。パソコンのアクセサリー売り場や、事務用品売り場での展開を、考えているもんですからね、私は。こういった新規開拓には人手と時間を割かないといけませんから。コストがかかる分、原価を百円でも五十円でも下げられるだけ下げておこうと考えるのは、営業の責任者なら当然でしょう」

ミミゲが言ってることは正しいんだろうか。——正しいのかも。

でも……。

逆転の発想、逆転の発想、逆転の発想……心の中で呟いてみる。

さすがに逆転はできないよなぁ。

あれっ。

私はふと浮かんだアイデアを口にした。「買い取りと委託で、納入価格を分けたらどうですか？」

ミミゲが言った。「同じこのモデルを？　買い取りと委託の二種類にするってこと？」

私が「はい」と答えると、部長たちは一斉に失笑した。

経理部長が笑いを嚙み殺しながら言う。「高額品が買い取りで、低価格品が委託だよね、普通。一つのモデルがあったら、そのどっちかなんだよ。同じモデルなのに、こっちの店は買い取りで、こっちの店は委託にするってことを、ごっつぁんは言ってるんだよね？　どうやって管理するの。それに、お店の人が嫌がるでしょ」

「品番を分ければいいんじゃないでしょうか？」私はなおも食い下がった。「たとえば、買い取りなら1111番で、委託は1112番って感じで。買い取りなら一個四百円で、委託なら四百五十円っていう具合に、うちからの納入価格に差をつけるんです。お店が嫌がるとは思えません。それぞれのお店の都合に合わせて発注できるわけですから、不公平感もたれないと思います。原価を下げなくても、納入価格が二つあれば、コストのいくらかをカバーできるんじゃないでしょうか？」

部長たちは薄ら笑いを引っ込め、難しそうな顔になった。

あとちょっとなのに。

ここで諦めたくない。

私は言い募った。「どうして一つのモデルは一つの納入方法しかないんですか？　管理が面倒だってだけの理由なら、理由になってませんよね。今までにない新商品なんです。今までとは違った体制で販売する方法も同時に試せる、いい機会じゃないですか。今までのやり方に合わなければ、新しいやり方に変更すればいいと思います」

「それ、グッドアイデア」ラッパーが言った。「委託ではじめたお店も、売れ出したら、やっぱ買い取りに変更なんてこともあるかもしれないしね。そんな時は営業管理課が入力する品番を変えればいいんだもんね。なんだ、簡単じゃんってね。経理だって、別に問題ないでしょ、品番が違っていれば」

ラッパーはジミーに尋ねたと思われたが、右端にいる彼女の返事は、私のところまでは聞こえてこなかった。

佐奈江先輩監修の台本からは大きく外れてしまい、これからの展開はまったくわからなくなってしまった。

佐奈江先輩を窺ったが、その表情からはなにも読み取れなかった。

その時、千香が声を上げげた。「私たち、これ、絶対に売れるって思って一生懸命やってきたんです。自信あります。だから、商品化させてください」

絵里先輩が腕を伸ばして、千香の太ももを突いた。

千香が「お願いしますー」と少しだけ甘えた声音で締めくくった。

部長たちからは声が上がらない。

私の意見はとんでもないものだったろうか——いや、正論。でも、会社の中では正論であることは、それほど重要でなかったりする。そういったことがわかる程度には、ＯＬ経験を積んできた。

気まずい時間が続く。

絵里先輩の身体が少し動いて、私は顔を左に向けた。

「次のＳＰ会議までに」絵里先輩の横顔は凛としていた。「次のＳＰ会議まで進めたら、ですけど。女性へのモニタリングを実施して、感想や意見などのデータを付けさせていただきますが、どうでしょう？」

絵里先輩、それ微妙。

今の言い方だと、「ここは黙って通過させろや、取締役たちに判断を仰ぐからよ」って意味に取られかねないんですけど。

ラッパーが明るく言う。「それ、いいね。展示会でバイヤーさんたちに話をする時、そういうデータがあると、説得力が増すからね」

ノーリアクションっと。

永遠かと思われるほどの沈黙が続いたところで、佐奈江先輩が口を開いた。

「決を採りますか？」

うわっ。

こんな空気の中で決を採っちゃっていいんでしょうか？

企画部長が微かに首を縦に動かした。

佐奈江先輩が言う。「番号２３２‐１０８５‐３４、店頭価格八百八十円、カラー三色、番号２３２‐１０８５‐３５、店頭価格七百八十円、カラー四色、番号２３２‐１０８５‐３６、店頭価格四百八十円、カラー七色に、反対の方がいらっしゃいましたら、挙手願います」

咄嗟に私は目を瞑ってしまう。

無理。

見られないって。

全員が手を上げてたら、どうするよ。

両脇から腕を摑まれたが、私は目を開けない。

やがて佐奈江先輩の声がした。「それでは三点とも、了承です」

あっ。

目を開いた。

部長たちは皆、無表情で企画書を閉じたり、なにかを書き付けたりしている。

私の腕を摑む絵里先輩と千香の手に力が加わり、上下に揺さぶられた。

はっとして、左に向くと、絵里先輩の満足そうな横顔があった。その向こうにいる亜衣が顔をぴょこんと出してきて頷き、自分の手を持ち上げる。その手は絵里先輩と繫がれていた。

私はゆっくり顔を右へ動かす。

千香の先にはラッパーの笑顔があり、その先にはジミーの真面目な顔があった。

そして、三人が揃って繫がれている手を上げてみせた。

あぁ……繫がってる。

私は泣きそうになった。

4

社員食堂を出た私は、筋右衛門に近づく。

背後の社員食堂から笑い声が聞こえてきた。

正面の大きな窓から秋の柔らかな日差しが入るホールには、筋右衛門しかいない。

円形ホールの中央には、大きな観葉植物の鉢がある。周りには十脚ほどの白い長椅子が等間隔で置かれていて、そのうちの一つに筋右衛門は座っていた。

私の姿を認めた筋右衛門は、携帯電話を閉じて立ち上がる。

私が筋右衛門の前で足を止め、「お疲れ様です」と挨拶をすると、「付き添いですか？」と尋ねてきた。

私は頷き、バッグの中に手を入れた。

「せっかくですが」筋右衛門が早口で言った。「つい今しがた昼食を摂ったばかりなので、差し入れは結構です」

「あぁ……すみません。さっきオヤツは全部食べてしまったので、なにもないんです」と言いながらファイルを取り出して、「お見せしたいものがあったんです」と続けた。

「そうでしたか。早とちりをしました」と恥ずかしそうな表情を浮かべた。

長椅子に並んで座り、ファイルを見せた。「これ、我が家でやってるモニターの途中結果をまとめたものなんです。デコ時計と時計ホルダー、どっちも結構評判いいんですよ」

「今、我が家って言いましたか？」

「はい。狭いマンションなもので、人数制限があるんですけど」

「それ、自腹でやってるってことですか？」筋右衛門が尋ねる。

「バンザイ——奥谷取締役から、接待費の名目でお金をもらってます。それで食材を買って作ってますから、持ち出しにはなってません」

チームのメンバーの友人たちが、会社の同僚などを誘って我が家に来る。夕食を食べた後サンプルを見てもらい、意見や感想を話す様子をカメラで撮影していた。

筋右衛門がファイルを捲っていくのを眺める。

社員食堂からまた学生たちの笑い声が聞こえてきた。

今日は都内にある大学の就職課とのコラボで、大学一年生と二年生が工場見学に来ている。

年々学生の就職活動のスタートが早くなっているとはいっても、エントリー時期は概ね大学三年生の十月ぐらいだった。一流企業なら、そこからどんどん絞っていき、優秀な学生には大学三年のうちに内定を出し、囲い込む。三流の日高はどうかといえば、早くに内定を出しても、学生を囲い込めず辞退されてしまうのがオチ。うちは、一流企業を落ちた人や、二流企業にも潜り込めなかった人を拾っていかなくてはならないので、選考はずるずると長引いた。

三流企業の新卒採用に「逆転の発想」はあるだろうか。

いいアイデアが浮かばずに困っている時、明希が理世を連れて遊びに来た。サトイモの皮を剝いたことで疲労困憊《こんぱい》の彼女たちから、高校の文化祭に行く話を聞いた。二人ともまだ志望校を決めていなかった。学校説明会に行くにはそれなりの覚悟が必要だが、文化祭なら行きやすいから、何校か遊びに行こうと思っていると言った。

その話を聞いた途端、「あー」と声を上げ続ける私を、二人は気持ち悪そうに見つめていた。

さすがに日高で文化祭はできない。でも工場見学なら受け入れられる。

就職活動真っ最中の大学三年生ではなく、一年生と二年生に遊び感覚で来てもらったら、うちの雰囲気を理解してもらえるのではないか。早い段階で日高に親しみを感じてもらえたら、就職活動中にうちを思い出してエントリーしてくれるかもしれないし、それが内定辞退率を下げるかもしれない。

この私の提案は、竹内係長に受け入れられ、今日という日になった。

筋右衛門がファイルを戻してきた。「SP会議は十一月の十日でしたよね。あと二十日か……通るといいですね」

「はい。取締役たちへの根回しは、奥谷取締役にお願いしているもんですから、どうも心配で。感触はどうですかって私たちが聞いても、奥谷取締役はオッケーオッケーって言うばかりで、本当かどうか全然わからなくって」

「そのモニターのデータを見る限り、かなり評判が良さそうじゃないですか。大丈夫なんじゃないですか？」

「八掛けかなって思ってます」

「えっ？」

「これをこのまま受け取れないっていうか。モニターに協力してくれた人たちからしたら、友達の会社の同僚のマンションで食事をご馳走になって、それで感想をって言われたら、やっぱり悪いコメントなんてできないですよね、普通。だからここにあるコメントはそのまんまは受け取れないと思うんです。なので、八掛けして聞くようにしようって、皆で言ってるんです」

「そうですか」筋右衛門は目を細めて笑った。

「なにかおかしかったですか？」

「いえ。おかしくはないです。本当です。僕も商品化になることを祈ってますよ。本当ですって。あなたたちから教わったこと、これから忘れずにいようと決心したぐらいなんですから。困ったな、どうしてそんな怒った顔するんです？　思い込みを簡単に吹き飛ばしてくれたじゃないですか。いっぱいありましたよ。教わったこと。たとえばですか？　そうだな……ほら、どうしてレディースの文字盤は小さくなくちゃいけないんだって言いましたよね。あの時、ガツンときましたよ。婦人時計は小さくなくちゃいけないと、ずっと思い込んでいたんです。女性たちに毎年アンケートを取っていたわけでもないのにね。経験って、紙一重だと思いました。たくさんの腕時計を造った経験があると、それまでのが正しいと勘違いしてしまうんですね。時計ホルダーだって、プラスティックじゃなくて、柔らかいスポンジで造りたいって言いましたよね。僕が理由を尋ねたら、大事な時計を休ませるのだから、硬いものではなく、柔らかいものの上に寝かせたいと北島さんは答えました。覚えてますか？　そうですか。その話を聞いた時、僕はてっきり、二十万や三十万円を超えるような高級腕時計をのせるホルダーなんだと、ここでも思い込んでしまったんです。そうしたら、カバだのカエルだの布団だのといった絵が届いて、呆れてしまって――すみません。その時は本当に呆れて、すぐに北島さんに電話したんです。そうしたら、北島さんが考えている大事な時計というのは、お気に入りってことだとわかりました。一万円の腕時計でも、本人が気に入っていれば、大事なものなんですよね。あの時も、僕は大きな衝撃を感じました。わざわざ時計のホルダーを用意するぐらいなのだから、きっとそれは高額の腕時計なのだろう、だとするなら、高級感のあるホルダーにしなくては釣り合いが取れないと、思い込みからスタートしたために、まったく違うものを想像していたんです。思い込みは怖いと思いました。なんか僕、喋り過ぎてますね」照れ笑いを浮かべた。

「町村さんには感謝してます。無理なこと言って困らせてばかりで――。物を造っていくって大変だけど、楽しいですね」

「楽しいですか？」

「はい」

「それは良かった」筋右衛門はほっとしたような顔をする。

「営業も経理も宣伝も、本社勤務の皆、もっと工場に来ればいいんですよね。造ってるところを見れば、製造部の人たちに敬意をもてるし、自社商品に誇りをもてるから。この前、修理課の『神』が古い腕時計を生き返らせるのを見た時、拍手しちゃいましたもん」

筋右衛門は優しい目になって「そうですか」と呟いた。

私は立ち上がり、デブが苦手な深いお辞儀を精いっぱいした。

社員食堂へ戻ると、竹内係長の隣に座った。

竹内係長の前には、初めて見る形状のペットボトルに入った、ミネラルウォーターが置いてある。

食堂内では、Tシャツやジーンズ姿の学生たちがドリンクを飲みながら、お喋りをしている。説明会で見る、リクルート姿の学生たちと違って、自然な表情をしていた。ここにいる学生は、竹内係長の出身大学の後輩たちだ。

「竹内係長にも、あんな時代があったんですか？」思わず、私は尋ねた。

ふふふと笑った。「ありましたよ、僕にだって、ああいう時代が」

「そうなんですよね。なんか、会社の人って、生まれた時から係長や部長だったような気がしちゃうんですけど、新入社員の頃があったんですよね」

「なんだかしみじみしてますね」

「はい。しみじみです」ぼんやりと、若さで輝く学生たちを眺めた。「この中から、日高に入社する人が出てくるでしょうか？」

「それは、わかりませんね」

私は言った。「一年後か二年後に、選考申し込み数が上がればいいんですけど」

「そうだね。でもそんなすぐには結果が出ないかもしれないね」

「すぐに結果が出ないと、うちの場合」辺りを憚って小声にした。「打ち切りになっちゃいますから。それは避けたいですよね」

「避けたいねぇ」

「どうしたら避けられますかね？」

「そおーっと」

「はい？」私は驚いて、高い声を出してしまう。

「そおーっとやることだね。目立てば、どこかから打たれちゃうからね。結果が出るまでは、そおーっと進めておくこと」

「もしかして、これ」人差し指を下に向けた。「課長や部長に、内緒なんですか？」

「いやいや」手を顔の前で左右に振った。「そおーっと相談して、そおーっと許可もらってあるから」

笑ってしまう。「やりますねぇ、係長。なかなかの策略家じゃないですか」

「ごっつぁんたちを模範にしたんだよ」

「私たち？」私は自分の胸に手をあてた。

「そう。随分策略をめぐらしたでしょ、チームの企画を通すために。それを見ててね。真っ直ぐ順番通りにいくだけじゃダメだなと思ってね」

そう言って、竹内係長はふふふと笑った。

5

亜衣が席を立ち、会議室の明かりをつけた。

緊張が少しだけ解ける。

我が家で行われたモニタリングの結果発表は、ラッパーが担当だった。スクリーンを使って、ちょっと過剰かと思えるほどの自信を見せながら発表を終えた。

私には格好よく見えたけど、取締役たちにはどう映っただろう。

ラッパーが演台から席に戻り、私たちのＳＰ会議でのプレゼンは午後一時半に終わった。

部長会議の時のように並んだ私たちに、向き合うよう一列に座る敵がいる。

取締役たちだ。

バンザイは左から二番目の席に座り、いつも以上にギラギラしていた。この男の思いつきですべては始まったんだよなぁと、しみじみしてしまう。

最近しみじみすることが多いのは、年を取ったからなのかな。

左隅に座るのは、進行役のミミゲだ。茶渋が嫌いで、ちょっとでも自分の湯呑みに見つけると、「ちょっとぉ」と大声を上げる。だったら茶渋が目立たない黒いのにすりゃあいいのに、真っ白な湯呑みを使うのは、お茶汲みをする女子社員への嫌がらせとしか思えなかった。この人にも、新入社員の頃があったんだよなぁ。想像つかないけど。すでにその時、耳毛は生えていたのかな。

部長会議の時とは、明らかにミミゲのキャラは変わっていた。横柄な態度は影を潜め、きびきび動く、好中年を演じている。よく思われたいんだろうな、取締役たちから。

悪く思われたい人なんて、いないか。

必死なんだよな、ミミゲだって。

初めてかも。こんなに優しい気持ちでミミゲを見たの。

そのミミゲが言った。「ご意見はいかがでしょうか？」

右端に座る取締役が「いいんじゃない？」と言った。

誰よりも真っ先に喜んだ顔をしたのは、バンザイだった。顎を前に突き出すようにして、得意そうでもあった。

別の取締役が企画書に手をのせた。「同じモデルで買い取りと委託ってのも、おもしろいし。これがうまくいったら、そういうの増やしていけるよね」

私は顔を左右に動かして、チームのメンバーたちを眺める。

皆、比較的落ち着いた顔をしている。

もう一人の取締役が言った。「あれだよね、モニタリングをやるなら、もっと早い段階でやった方が良かったよね。この日付を見ると、つい最近やったんでしょ、意見を聞くの」

すぐにバンザイが口を開いた。「今回は順番が違っちゃいましたが、次回は、企画を練る段階でやればいいでしょ」

次回って……。

私より先にラッパーが声を上げた。「次回があるんですか？　私たちに「ある」という言葉を聞きたくて、耳を澄ました。

しかし、誰も口を開かない。

決断は誰もしてはくれない。責任を引っかぶりたくないから。

静けさを破ったのはバンザイだった。「次があるかどうかは、今回の結果次第だろうな」

あぁ……ごもっとも。

チームのメンバーたちから、一斉に吐息がこぼれた。

もしもう一度、このメンバーで企画することができたら——もっとサンプル造りに時間をかけたい。余裕のあるスケジュールを組んだはずだったのに、気が付いたら、時間が足りなくなってしまった。もっと時間をうまく使わないと。それに今度は竹内係長とりえに迷惑をかけないよう、人事課の仕事も効率を上げなきゃ。

取締役が言うように、モニタリングはもっと早い段階でしたい。意見を取り入れられるように、企画段階で。専門の調査会社に頼みたいな。しがらみがない分、正直な意見が集まりそうだけど、料金が高いだろうから、やっぱりダメかも。チームの二つの企画が大ヒットすればなぁ。そうすれば、調査会社への発注もすんなり了承されるかもしれない。

成果を出せば、その後が色々やりやすくなるんだろうな。成果、出したいなぁ。

ミミゲが重々しく言った。「それでは決を採らせていただいてよろしいでしょうか？」

誰からも反論の声は上がらず、ミミゲが続けた。「ブランド名、『ブリッター』とウォッチレスト、商品番号２３２－１０８５－３２、３３、３４、３５、３６、２３２－１０８６－１０、１１、１２、不承知の方は挙手願います」

取締役たちが企画書に目を落としているのに、バンザイだけが、そんな彼らの様子を窺おうと、顔を上げてきょろきょろしていた。

取締役たちへの根回しをバンザイに一任しようとチームで決めた時、全員が、本当にこの男にすべてを託して大丈夫なのかといった不安を感じていた。

そんな時、亜衣が、「会長と社長の間を、あれほど見事に行ったり来たりできているのはバンザイ取締役しかいないし、並外れたバランス感覚がある」と発言した。

私たちは亜衣の意見に従うことにした。

でも、根回しの状況をバンザイに尋ねる度、「オッケー」だの、「順調」だのといった能天気な答えしか返ってこなくて、本当に一任して良かったのかと心が乱れた。

さっきからのバンザイの様子からすると、私たちと同じように心配だったのではないかと思ってしまう。

ちょっと可愛い。

誰からも手も声も上がらず、私はミミゲを見つめた。

なにしてんのよ。

早く「了承」って宣言してよ。

気が付いたら、メンバーの全員がミミゲを睨んでいた。

ミミゲはもったいぶった咳払いを一つしてから、言った。「それでは了承となります」

その瞬間、ぱっとバンザイの顔が輝いたが、すぐに表情を消した。

そのわざとらしさがおかしくて、私がくすりと笑うと、左の絵里先輩からも小さな笑い声が漏れた。

私がテーブルの下で、絵里先輩と右の千香の手を握ると、力強く握り返された。

6

始業二十分前に出勤した私は、自席で新聞を広げる竹内係長に「おはようございます」と言った。

「おはよう。相変わらず、早いね」

「早い方が、まだ電車が混んでないんですよ。十二月になると、一気にコートの人が増えまして、着膨れした分、デブの居場所がないと言いますか。そのうち、デブは電車に乗ってはいけないという法律ができるのではないかと心配しております。係長、朝ご飯は？」

「ん？」新聞から顔を上げた。「向かいの店で、モーニングセットを買ってきて食べたよ」

「そんなもの、朝ご飯とは言えませんな。はい」

竹内係長のデスクに赤飯のお握りを二つ置き、腕時計を外してホルダーにそっとのせた。

腕時計は魚の口の中に納まり、私は微笑む。

「赤飯って……もしかして」竹内係長が言った。「決まったの？　商品化。あっ、その顔は。そう？　決まった？」

「営業管理課の女の子が、昨夜遅くに、携帯にメールをくれたんです。地方を回っていた展示会が昨日で終了して、この一ヵ月に入った注文の数がまとまったって。その数字を見たら……」

「見たら？」

私はにたりとして、パソコンの電源を入れる。

竹内係長が言う。「数字はどうだったのよ、焦らすねぇ」

「聞きたいですか？」

「聞きたいよぉ、どうだったのよ」

私が口を開きかけた時、背後から「ごっつぁん先輩」と大きな声がした。

振り返る途中で、抱きつかれた。

髪の匂いで、千香だとわかった。

「ごっつぁん先輩、私、嬉しくて。こんなに嬉しかったの、生まれて初めてかもですぅ。昨日メールをもらってから、ごっつぁん先輩に電話したんですよ。でもずっと話し中でした」

「ごめん。皆から電話が入ってさ」

「皆と一緒に喜びたくて、こんなに早く出勤しちゃいましたよ」

私は竹内係長に向けて言った。「もったいぶってるうちに、自分の口から発表する機会を失ってしまいました」

竹内係長は「ふふふ」と笑ってから、感慨深げな声で「やりましたねぇ」と言った。

たちまち私は幸せな気持ちになって、頷いた。

デコ時計の展示会での受注売上金額は、全体の三位に、買い取りの時計ホルダーは九位に入った。これには、卸会社が別会場で百貨店のバイヤーのために開いた展示会での数字も含まれていた。デコ時計も時計ホルダーも最低ロット数を大きく超える受注があったので、商品化は確実になった。

これから一ヵ月ほどの間にも注文は入る。展示会には来られなかったバイヤーが、カタログを見て、発注してくるからだ。この数字が加わっていけば、ランキングに変動も生じるだろう。もしかして、もしかしたら、二モデルの受注売上金額の順位が、ワンツーフィニッシュとなるかもしれない。なんて。

ラッパーとジミーが現れた。

私たちは見つめ合った。

誰かがなにか言い出すのを待ったが、それぞれが幸せそうな顔をしているばかりで、口を開く者はいなかった。

私はラップに包んだ赤飯のお握りを皆に配る。

千香が「おめでたいですもんね」と言った。

しばらくお握りを眺めていた千香が、中腰になった。

私の耳元に口を近づけ、小声で言った。「メールをもらった時、側に成川さんがいて。一緒に喜んでくれました」

私がその意味するところについて考えていると、絵里先輩がいつもの香水を纏《まと》って現れた。

絵里先輩が……出した。

この場をまとめるような言葉を言ってくれるのではないかと期待して、私は

でも、「ありがとう」と言って赤飯を受け取った絵里先輩は、「お赤飯か」と呟いただけだった。

ほかの皆と同じように、赤飯を見ながらにやにやしている。

突然、ジミーが制服のポケットから小さな電卓を取り出した。

しばらくの間、電卓に指を押し当てていたかと思うと、顔を上げた。

ジミーは電卓を持った左手をぐうっと前に押し出し、右手で口元を覆った。「チームが上げた現段階の売り上げの数字。会社にこれだけ貢献したんだから、次のモニタリングは調査会社に依頼する予算をもらいましょ。ごっつぁんの家を使ったり、手料理をご馳走になったり、そういうの、今度は止めましょう。公私の区別はきっちりつけるべきです」

「今度?」千香が尋ねた。

ジミーが頷く。「今度よ。次回。えっ?　私、なにかおかしなこと言ってる?」

私を含めた四人が、さっき以上ににやけた顔になってしまう。

「おはようございます」

亜衣の声がして、私たちは一斉に挨拶を返した。

私は声をかけた。「はい、お赤飯。どうかした？　なんか、興奮した顔してるよ」

小さく何度も頷き、亜衣が口を開いた。「あの、実は皆さんにお話がありまして。こっそり時計のアイデアを思いついたんです。聞いていただけませんか？」

メンバーたちから歓声が上がる。

私はラップを外し、赤飯のお握りに齧り付いた。

私の周囲では、亜衣のアイデアを尋ねる声や、打ち上げはいつにするのかといった声、バンドイを誘わないとまずいだろうかと相談する声などが重なり、賑やかだった。

く、とても、幸せで、竹内係長へ顔を向けて私は言った。「この喜びを味わうためだったら、仕事が九割あっても、耐えられそうです」

竹内係長は静かに頷いた。

往復ハガキを取り出し、祖母に宛てて、嬉しい報告を書き始めた。

本作はフィクションです。

初出：「日経ビジネス Associe」二〇〇九年四月二十一日号〜二〇一〇年十月五日号

しばらくお握りを眺めていた千香が、中腰になった。

私の耳元に口を近づけ、小声で言った。「メールをもらった時、側に成川さんがいて。一緒に喜んでくれました」

私がその意味するところについて考えていると、絵里先輩がいつもの香水を纏《まと》って現れた。

「おはよう」

絵里先輩なら、この場をまとめるような言葉を言ってくれるのではないかと期待して、私は赤飯を差し出した。

でも、「ありがとう」と言って赤飯を受け取った絵里先輩は、「お赤飯か」と呟いただけだった。

ほかの皆と同じように、赤飯を見ながらにやにやしている。

突然、ジミーが制服のポケットから小さな電卓を取り出した。

しばらくの間、電卓に指を押し当てていたかと思うと、顔を上げた。

ジミーは電卓を持った左手をぐうっと前に押し出し、右手で口元を覆った。「チームが上げた現段階の売り上げの数字。会社にこれだけ貢献したんだから、次のモニタリングは調査会社に依頼する予算をもらいましょ。ごっつぁんの家を使ったり、手料理をご馳走になったり、そういうの、今度は止めましょう。公私の区別はきっちりつけるべきです」

「今度？」千香が尋ねた。

ジミーが頷く。「今度よ。次回。えっ？　私、なにかおかしなこと言ってる？」

私を含めた四人が、さっき以上ににやけた顔になってしまう。

「おはようございます」

亜衣の声がして、私たちは一斉に挨拶を返した。

私は声をかけた。「はい、お赤飯。どうかした？　なんか、興奮した顔してるよ」

小さく何度も頷き、亜衣が口を開いた。「あの、実は皆さんにお話がありまして。こっそり時計のアイデアを思いついたんです。聞いていただけませんか？」

メンバーたちから歓声が上がる。

私はラップを外し、赤飯のお握りに齧り付いた。

私の周囲では、亜衣のアイデアを尋ねる声や、打ち上げはいつにするのかといった声、バンザイを誘わないとまずいだろうかと相談する声などが重なり、賑やかだった。

とても、とても、幸せで、竹内係長へ顔を向けて私は言った。「この喜びを味わうためだったら、虚しい仕事が九割あっても、耐えられそうです」

竹内係長は静かに頷いた。

私はヒップバッグから往復ハガキを取り出し、祖母に宛てて、嬉しい報告を書き始めた。

〈著者紹介〉
桂 望実　1965年東京都生まれ。大妻女子大学卒業。会社員、フリーライターを経て、2003年、「死日記」でエクスナレッジ社「作家への道!」優秀賞を受賞しデビュー。2005年、『県庁の星』が映画化され大ベストセラーとなる。主な著作に『ボーイズ・ビー』『Lady, GO』『平等ゲーム』(いずれも幻冬舎)、『Run!Run!Run!』(文藝春秋)、『明日この手を放しても』(新潮社)、『もしも、あと少し、幸せになれるとしたら。』(朝日新聞社)、『嫌な女』(光文社)がある。

ハタラクオトメ
2011年3月30日 第1刷発行

GENTOSHA

著　者　桂 望実
発行者　見城 徹

発行所　株式会社 幻冬舎
〒151-0051 東京都渋谷区千駄ヶ谷4-9-7

電話:03(5411)6211(編集)
03(5411)6222(営業)
振替:00120-8-767643
印刷・製本所:中央精版印刷株式会社

検印廃止

Printed in Japan
ISBN978-4-344-01966-9 C0093
幻冬舎ホームページアドレス　http://www.gentosha.co.jp/

この本に関するご意見・ご感想をメールでお寄せいただく場合は、comment@gentosha.co.jpまで。